LE TRIPODE

Littératures ■ Arts ■ Ovnis

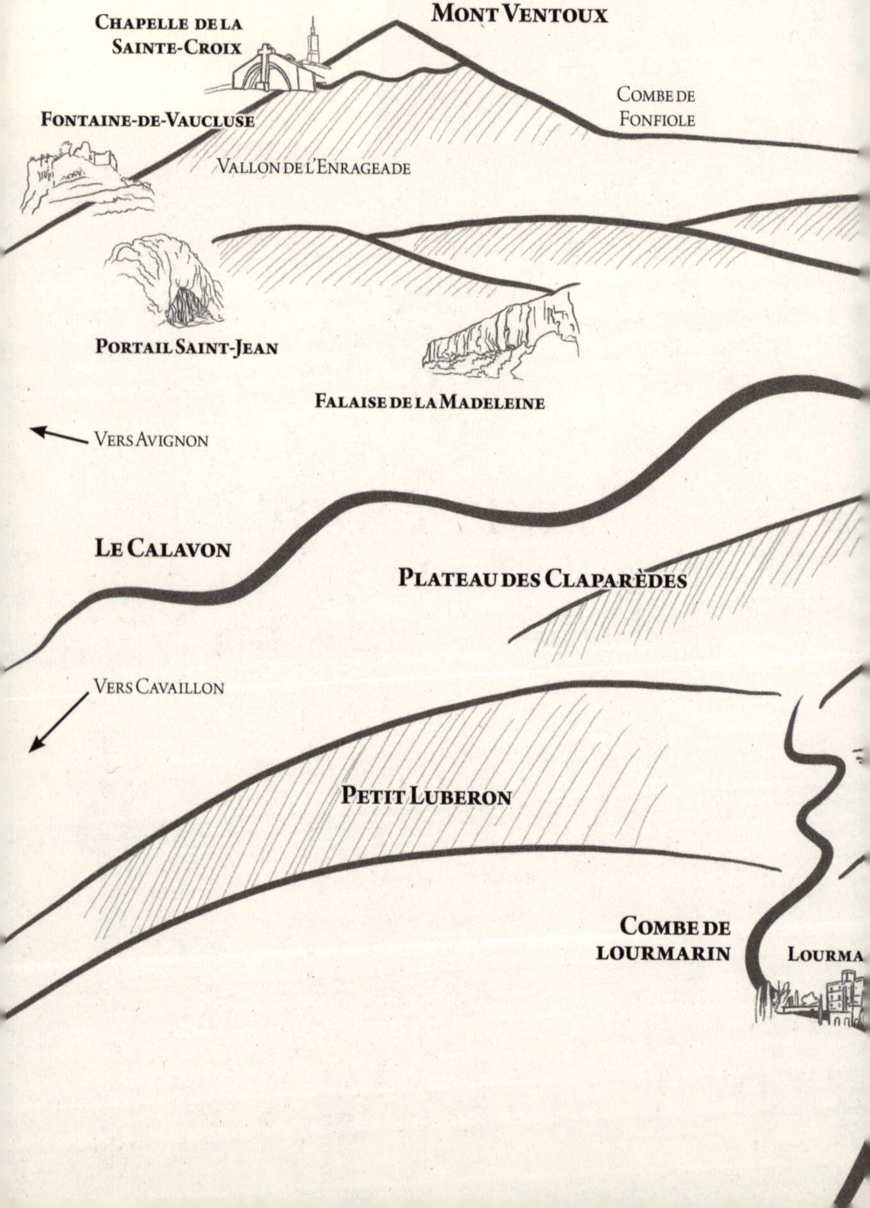

MONT VENTOUX
CHAPELLE DE LA SAINTE-CROIX
FONTAINE-DE-VAUCLUSE
COMBE DE FONFIOLE
VALLON DE L'ENRAGEADE
PORTAIL SAINT-JEAN
FALAISE DE LA MADELEINE
VERS AVIGNON
LE CALAVON
PLATEAU DES CLAPARÈDES
VERS CAVAILLON
PETIT LUBERON
COMBE DE LOURMARIN
LOURMA

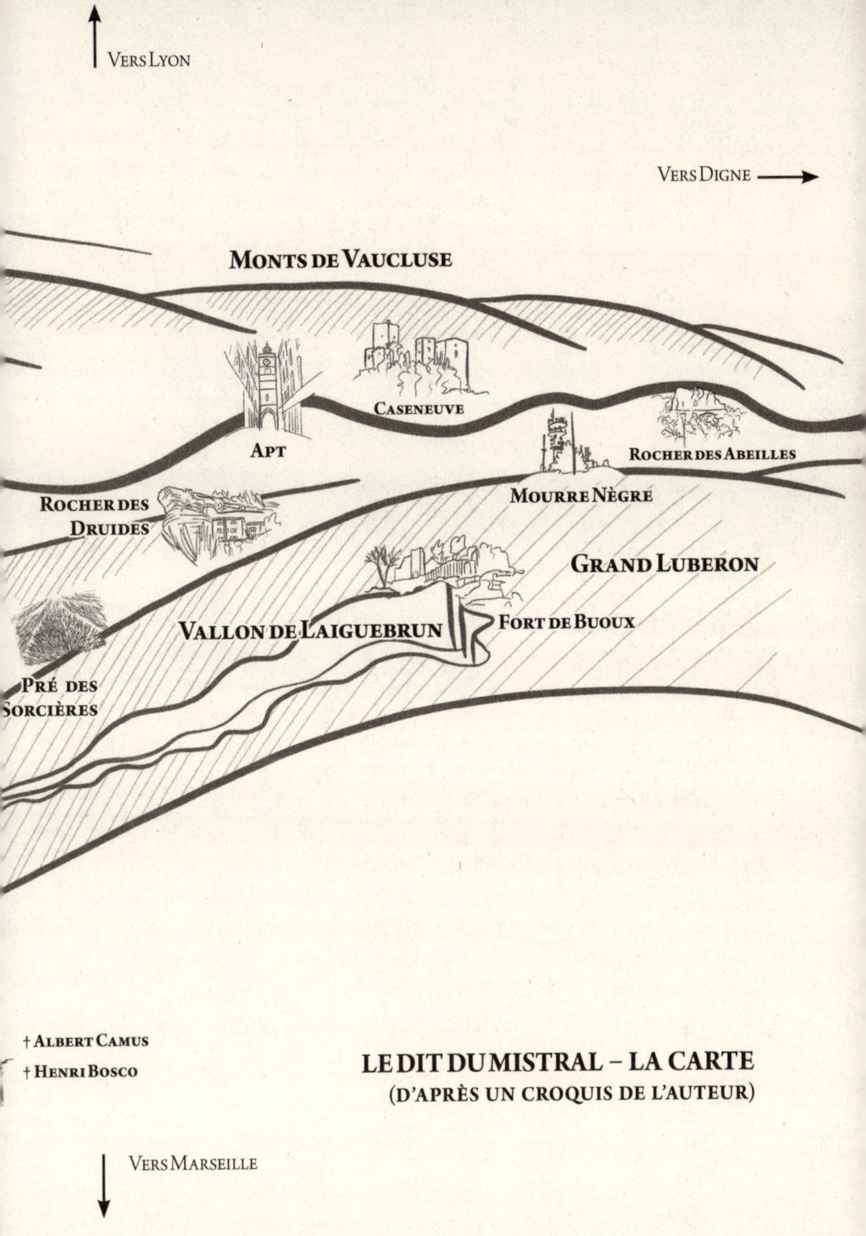

LE DIT DU MISTRAL – LA CARTE
(D'APRÈS UN CROQUIS DE L'AUTEUR)

Illustration de couverture : Phileas Dog,
collectif des 400 coups.

Plan et croquis de Sholby.

Les proverbes cités dans le texte sont issus du *Dictionnaire de mots, expressions, proverbes : provençal-français avec lexique Français-Provençal,* de Camille Moirenc, Jean-Michel Jausseran, Equinoxe, 2010

Olivier Mak~Bouchard

LE DIT DU MISTRAL

LE TRIPODE

PROLOGUE

Quan lou vent coumenco, vento très jour, sièis ou nòu.
(Le vent dure trois, six ou neuf jours.)

Si le lecteur veut comprendre comment toute cette histoire a pu arriver, il ne doit pas avoir peur de remonter dans le temps. S'il se limitait au réel qui baigne chacune de ses journées, il risquerait de ne pas saisir le fin mot de tout ce qui va suivre, ou pire encore, de ne pas y croire du tout. Il comprendrait à la rigueur le *comment*, mais le *pourquoi* lui échapperait. Il serait comme un de ces touristes qui, les jours de crue du Calavon, n'en croient pas leurs yeux et se demandent comment un si petit rataillon peut se transformer en quelques heures en fleuve Amazone, aussi large que violent. Les Anciens lui diront que forcément, c'est lié au relief du pays : une cuvette, une *vallis clausa*[1] en entonnoir dont le Calavon est l'unique réceptacle en temps de pluie, vous comprenez.

Oui, si le lecteur veut vraiment comprendre, il doit remonter jusqu'à la création du monde. Pas celle que tout le monde connaît, mais bien celle des légendes du coin, celle que l'on raconte aux enfants d'ici pour qu'ils s'endorment.

*

Les légendes prétendent qu'au matin du septième jour, le bon Dieu était fatigué de son labeur et décida de se reposer.

---

1. Vallée close.

Il s'assit au soleil et, caressant sa barbe blanche, contempla son œuvre : la croûte terrestre, la voûte du ciel et des étoiles, la nature embryonnante, l'homme et la femme. Il n'était pas mécontent de lui, mais il n'était pas complètement satisfait non plus : il avait l'impression qu'il manquait quelque chose. Il avait besoin d'une cerise sur le gâteau, d'une touche finale avec un peu plus de gueule que les simples Adam et Ève. Il fit venir les Quatre Éléments, et leur dit qu'il voulait mettre un petit bout de paradis en ce bas-monde. Pour cela il comptait sur eux.

« Après tout le travail de cette semaine, je suis vanné, je n'ai plus d'idées. Chacun d'entre vous doit me faire un cadeau, un cadeau à la fois utile et sublime, que je mettrai dans cette région où nous voilà réunis. »

L'Eau, l'Air, la Terre et le Feu se regardèrent en chiens de faïence, se demandant bien ce qu'ils allaient pouvoir répondre.

« Pourquoi ne demandez-vous pas à Adam et Ève ? Après tout, ce sont eux, les joyaux de la Création », questionna l'Air, un tantinet narquois.

« Oui, oui, justement, je me demande si je ne me suis pas un peu loupé, là-dessus. Mais allez ouste, la Terre, c'est toi qui as été créée la première, c'est toi qui t'y colles. Tu as quoi dans ta besace ? »

La Terre se leva, bien ennuyée, regardant ses pieds et fouillant dans ses poches. Elle chercha une bonne minute, puis regarda le bon Dieu, le sourire aux lèvres, heureuse de la trouvaille qui venait de germer en elle.

« Moi, j'offre le calcaire. Ça n'a l'air de rien, ça n'est pas du marbre ou du diamant, mais c'est du solide. C'est blanc comme la neige, ça se met en strate tout seul si bien que pas besoin de tailler, ça fait de belles pierres plates naturellement. Avec le calcaire, les paysans pourront faire des murs à flanc de collines, et cultiver en terrasse. Les bergers pourront en faire des bories, pour s'abriter lorsque la nuit arrive ou quand l'orage surgit. »

Le silence se fit, comme dans une salle de classe à la fin d'une récitation, quand les élèves attendent l'appréciation du professeur. Le bon Dieu passa ses doigts dans sa barbe, la lissant sur le fil de ses pensées.

« Oui, le calcaire, c'est pas mal, c'est utile. Mais en termes de magnificence, c'est tout de même un peu blancasse. Voyons ce que les trois autres ont trouvé. Le Feu, à ton tour, qu'est-ce que tu peux faire à partir de ça, vas-y, on t'écoute. »

Le Feu se leva d'un coup, impatient de montrer ce qu'il avait préparé pendant que la Terre passait à la casserole. Il toussota pour s'éclaircir la voix, et prit la parole.

« Moi, je vais prendre ces strates de calcaire, et je vais faire courir de belles flammes tout du long. Le blanc, je le prends et je le fracasse, je l'expose à toutes les couleurs que mes flammes peuvent avoir. De la flammichette du briquet jusqu'à la torchère du pin qui crame, je donnerai au calcaire le pourpre et l'écarlate, le jaune topaze et le rubis, le vert luciole et le bleu pétrole, et tout ça en falaises, en à-pics, et en cheminées de fée. Moi, j'offre le plus beau des cadeaux : l'ocre. »

« Eh bien en voilà, de la magnificence ! Bon, je garde l'idée, ça m'a l'air très bien. Allez, l'Eau, maintenant, c'est à toi, montre-moi ce que tu as en réserve. »

L'Eau se leva, jetant des regards fuyants de tous les côtés, faisant son possible pour éviter de croiser les yeux du bon Dieu. Elle ne disait rien et restait silencieuse.

« Allez ouste, on n'a pas toute la journée », dit le bon Dieu.

« Je n'ai rien », répondit l'Eau.

« Allez, arrête ton cinéma. Montre-nous ce que tu as », dit un ton plus haut le bon Dieu.

« Mais puisque je vous dis que je n'ai rien trouvé, se mit à pleurnicher l'Eau. J'ai beau chercher, tout ce que j'ai ne convient pas. C'est le problème avec ce pays : il n'y a pas d'eau. La mer ? Elle est à deux heures de là, et si je la fais monter, vous pouvez dire adieu aux calanques. De la pluie ? Il suffit que je fasse tomber quelques gouttes pour délayer votre calcaire, pour délaver vos ocres. Et de toute manière, comment voulez-vous que je fasse venir la pluie ? Avec ce soleil, vous croyez que la raïsse[2], elle vient par l'opération du Saint-Esprit ? Chaque année, ça va être la même chose, sécheresse sur sécheresse, rien en été, et pas beaucoup en hiver. Puisque je vous dis que je n'ai rien. Il y a bien la rosée du matin, mais en termes de magnificence, la rosée, ça pourra repasser. Quand je dis que je n'ai rien, ça veut dire que je n'ai rien de rien. »

Le bon Dieu est sévère, mais il est aussi miséricordieux. Il comprit que l'Eau avait vraiment cherché, qu'elle n'avait vraiment rien trouvé, et qu'il valait mieux ne pas continuer à la faire bisquer.

« Bon, bon, ce n'est pas la peine non plus de se mettre dans ces états-là. On va réfléchir et trouver une solution ensemble. Je suis sûr qu'on va trouver quelque chose de très bien. »

Les autres Éléments, assis à l'ombre d'un figuier, se regardèrent, de l'envie plein les yeux : le bon Dieu répondait à la place de l'Eau, elle avait bien de la chance. Ils se disaient que c'était injuste, mais pas un n'ouvrit la bouche, et chacun regarda ses pieds.

« Bon, alors, montre-moi ce que tu as déjà dans la région. On a le lac de Sainte-Croix, mais ce n'est pas franchement la porte à côté. On a le Rhône et la Durance, aussi, mais ce n'est pas non plus tout près. Non, il nous faut quelque chose

2. Pluie.

du coin, que les gens trouveront ici et pas ailleurs. Le Rhône, ils peuvent le voir à Lyon, et la Durance, ils peuvent la voir à Sisteron. Qu'est-ce que tu as comme rivière autour de la montagne à proprement parler ? »

« J'ai beaucoup de petites choses, mais rien de bien gros : l'Aiguebelle, l'Aiguebrun, la Dôa, le Rimayon, la Sénancole… Beaucoup de cailloux et des trous d'eau par-ci par-là. Quand je vous dis qu'il n'y a rien, je n'invente pas, j'ai déjà cherché. »

« Ma foi, c'est justement parce qu'il n'y a rien qu'il doit bien y avoir une solution. La nature est comme moi : elle a horreur du vide. Elle cache sa beauté dans sa simplicité. Ces cailloux et ces trous d'eau, ils doivent bien se jeter quelque part ?

« Non, soit ils retournent direct dans la nappe, soit ils se perdent dans la plaine », dit d'un ton résigné l'Eau.

« Eh bien à partir d'aujourd'hui je veux que chaque goutte qui tombe du ciel entre cette montagne et la montagne de Lure aille dans tous ces rimaillons, et que tous ces rimaillons aillent dans une seule et même rivière. Cette rivière, ce sera le Calavon. Insignifiant chaque jour de l'année, il se réveillera les jours de gros orage, grossira autant qu'un fleuve, et arrachera tout sur son passage. Ses flots seront alors belliqueux, et emporteront tout jusqu'à la mer, les agneaux comme les serpents. Le Calavon rappellera aux habitants du coin, au moins une fois par an, que la nature reprend toujours ses droits ; et que s'ils peuvent se croire au paradis ici, un rien pourra les en priver », dit le bon Dieu.

Il fit une pause. Il réfléchissait à la tournure que prenaient les événements et ne semblait pas mécontent. Dans un sursaut, il se rappela qu'il y en avait un qui n'était pas passé, celui-là même qui regardait ses pieds avec beaucoup d'attention.

« L'Air, c'est à toi. Attention, tu as eu le temps de préparer, je serai exigeant. »

L'Air prit la parole à reculons, comme si on venait de le surprendre en train de préparer un mauvais coup. Il parlait d'une voix sourde, qu'on avait du mal à entendre.

« Moi j'ai regardé dans ma besace ce que j'avais en stock. Je prends ma rose des vents, et je vois qu'on a déjà de beaux zefs dans cette région. Venant du nord, on a la Tramontane, qui nettoie tout de la montagne jusqu'à la mer. De l'est, on a le Levant, aussi doux qu'il est humide. De l'ouest, on a le Narboune, qui amène l'hiver après l'automne et le ramène d'où il vient au printemps. Au sud, on a le Sirocco, qui se coltine quand même toute la mer Méditerranée pour faire le trait d'union entre les sables du Sahara et ici. »

Le bon Dieu le coupa tout net.

« Eh oh, tu te stoppes, là. Je ne t'ai pas appelé pour que tu me fasses l'inventaire des stocks et me décrives par le menu menu tout ce qui existe déjà, je le connais mieux que toi. Passe directement au prochain chapitre. »

« J'allais y venir. Je vous présente mon petit dernier, qui vient de naître dans une grotte près de Burzet. C'est mon caganis[3] : je l'ai appelé Mistral. Vous vouliez de la magnificence, vous ne serez pas déçu : c'est un enfant terrible, un petit malpoli qui peut dépasser les cent kilomètres par heure en rafale. Il a une personnalité à décorner les bœufs, toujours à faire les quatre cents coups. Les gens vont l'adorer ou le détester, mais je peux vous dire qu'ils s'en souviendront et qu'il marquera les esprits. Il va déshabiller la région, la pénétrer jusqu'au corps, lui enlever son capèu[4] de nuages

---

3. Dernier-né.

4. Chapeau.

les jours de mauvais temps. Si des nuages s'accumulent au-dessus du Mourre Nègre, le Mistral se mettra à souffler pour les faire déguerpir : moi, avec lui, j'offre un ciel toujours bleu, une lumière radieuse, et des couleurs chatoyantes. »

« C'est pas une mauvaise idée, en effet, ce ciel toujours bleu. Ça rendra le calcaire plus blanc et les ocres plus rouges. Ça me plaît », jugea le bon Dieu.

Le silence se fit. Lissant sa barbe, le bon Dieu regardait dans le vide comme si une toile invisible y attendait la touche finale. L'Eau, la Terre, l'Air et le Feu ne mouftaient pas, bien contents que le bon Dieu ne leur demande plus rien, et attendaient la suite.

« Oui, mais bon, il y a un détail qui me tracasse, reprit le bon Dieu. Dis-moi, l'Air, avec ton Mistral qui va souffler tous les jours, n'y a-t-il pas un risque que les gens d'en dessous deviennent complètement fadas ? S'il est aussi terrible que tu le dis, il ne saura pas s'arrêter et tout cela finira mal. »

L'Air ne répondit rien, accusant le coup. Le bon Dieu avait marqué un point, et l'Élément se triturait les méninges. Au bout d'une petite minute, il reprit la parole :

« Vous avez raison, je n'avais pas pensé à cela. Tout est question d'éducation : il faut savoir fixer des règles aux enfants, surtout aux plus terribles. Je vous propose ceci. Le Mistral pourra souffler aussi fort qu'il le souhaite, mais seulement par tranches successives de trois jours. Un, trois, six ou neuf, pas plus.

Je m'explique : si des nuages font mine de s'installer en haut du Mourre Nègre, s'ils commencent à y déployer leurs volutes, alors le Mistral aura le droit de souffler. Il pourra souffler, mais attention, gentiment. Les gens l'appelleront alors le mistralet. Si les nuages n'ont pas disparu au bout d'un jour, alors le Mistral aura le droit de souffler plus fort jusqu'à la fin du troisième jour. Quand je dis plus fort, je veux dire par bourrasques et rafales. Les gens l'appelleront alors le rauba-capèu[5], car il enlèvera les capes sur les épaules, et les chapeaux vissés sur les têtes. Si, à la fin de ces trois jours, les nuages sont toujours là, alors il aura le droit d'y aller franco pour trois jours supplémentaires. Les gens l'appelleront le mistralas : il sera fort et méchant, obligeant les gens à rester chez eux, les volets clos, le temps qu'il fasse la sale besogne. Si, à la fin de ces six jours au total, le beau temps complet n'est toujours pas revenu, alors le Mistral pourra souffler de toutes ses forces, il aura carte blanche sur les cumulus pour trois jours de plus. Le ciel bleu devra impérativement être revenu au bout de ces neuf jours. Et les gens appelleront alors le Mistral par son titre de noblesse, son nom à rallonge, celui qu'on annonce dans les antichambres et qui retourne les portières : le broufounié de mistrau[6].

Un, trois, six ou neuf : le Mistral devra compter ses jours, il fera comme ça et pas autrement. »

Le bon Dieu ne répondit rien, approuvant en silence. Les Quatre Éléments le regardaient, et le voyaient en train de faire tourne et retourne dans sa tête.

« Parfait, parfait. Là, je crois qu'on commence à tenir quelque chose. Oui, avec cette règle du trois, six, ou neuf, je pense qu'on tient le bon bout. Avec ce calcaire, cette ocre, ce Calavon et maintenant ce Mistral, oui, ça commence à prendre forme », réfléchit-il à voix haute.

« Que le Luberon soit », ordonna le Créateur.

Et le Luberon fut.

---

5. Rebrousse-chapeau.

6. Voix de tempête.

1. LOU GRAN CARRI Y LOU PITCHO CARRI

L'obsession de l'autre versant
et l'attrait des quartiers invisibles.
Henri Bosco

J'éteignis les phares et sortis de la voiture. C'est toujours un moment particulier : les lumières des phares ne vous montrent que l'obscurité, et vous n'entendez pas les bruits de la nuit. La portière ouverte, c'est un nouveau monde qui se révèle, comme lorsque l'on met un masque et que l'on plonge la tête sous l'eau. Il fait plus frais. Vous ne voyez pas la montagne tout de suite, vos yeux ne font pas encore la différence entre le noir étoilé et le noir océan du massif. Une à une, les étoiles timides se dévoilent. La lune fait apparaître les sommets puis les crêtes, et la masse du Luberon se laisse enfin deviner. On ne le voit pas vraiment, mais on sent qu'il est tout autour, avec ses bruits qui ressemblent à des murmures, ses taillis profonds qui résistent au regard, ses bêtes que l'on devine de sortie pour profiter de la fraîcheur. C'est angoissant : l'obscurité et le silence cachent mal tout ce qui est là, qui épie, aux aguets, mais qui demeure invisible.

Je reste deux ou trois minutes accoudé à la voiture, pour apprécier la présence du mont. En journée c'est différent : il y a les rendez-vous qui n'attendent pas, le cagnard[7] qui assomme, la lumière qui fait plisser les yeux. Là, c'est mon

---

7. Soleil.

heure de solitude, une rivière noire que l'on traverse en abandonnant sur l'autre rive les problèmes de la journée.

Enfin, solitude, c'est beaucoup dire : c'est toujours à cet instant que le Hussard vient tournicoter dans mes jambes.

Le Hussard est arrivé dans ma vie dans des conditions assez surprenantes. Il y avait au fond du jardin un vieux J7, bourré de ronces et de mauvaises herbes. Un samedi matin, le téléphone sonne, c'est monsieur Sécaillat, notre voisin du bout du chemin.

« Je vais porter à la déchetterie toute une remorque de cochonneries, et si ça vous dit, j'en profite pour embarquer aussi votre J7. »

J'ai hésité : ce camion datait de mon grand-père, qui s'en servait pour charger les cagettes le jour du marché, avec moi par-dessus. Malgré les ronces et les mauvaises herbes, il était une part de mon héritage. Je répondis non, ma femme Blanche dit oui au nom de la lutte contre le tétanos, et le vieux J7 partit.

Nous regardions l'épave disparaître avec monsieur Sécaillat dans le virage lorsque le Hussard apparut, remontant notre chemin bordé de chênes-kermès. J'ai demandé plus tard à monsieur Sécaillat s'il avait aperçu ce chat quand il remorquait le J7, il me répondit que non, et que d'ailleurs il ne l'avait jamais vu dans le coin. Il s'en serait souvenu : le Hussard est un gros chat tout blanc, à l'exception de ses pattes qui sont noires, des coussinets jusqu'aux genoux. C'est pourquoi nous l'avons appelé le Hussard : on aurait dit un chasseur alpin pourvu de grandes bottes de cuir noir, et longeant le mur de la Peste. Toujours est-il que, ce jour-là, de son pas cadencé et martial, le Hussard remonta notre chemin, nous doubla sans coup férir, et s'avança jusqu'à notre porte d'entrée. Il nous attendit sur le paillasson, fier de son nouveau titre qu'il nous restait à apprendre : maître des lieux.

Donc, comme à son habitude, le Hussard vint tournicoter autour de moi à ma sortie de la voiture. Si les chats ne sont pas aussi réputés pour leur fidélité que leurs cousins canins, le Hussard est une exception qui confirme la règle. Je me suis toujours demandé comment il fait pour être là quand je rentre, fidèle au poste. Je n'ai pas d'horaires fixes, il m'arrive de rentrer tard. J'imagine qu'au coucher du soleil, l'animal doit surveiller notre chemin depuis un trou de garrigue, à l'affût du ronron du moteur.

Après quelques tournicotis, le Hussard mit officiellement fin aux retrouvailles et se dirigea vers la maison, en ouvrant la route. Je ne m'en plains pas. Mes yeux ne sont toujours pas habitués à l'obscurité, et mon sherpa félin m'aide à éviter quelques racines traîtresses. Nous remontons ensemble un bout de chemin dans le noir, passant à côté du petit bassin. Les crapauds s'y appellent toute la nuit pour ne jamais se voir : ils se taisent quelques instants, à notre passage, pour reprendre de plus belle sitôt que nous les avons dépassés.

Blanche rentre du travail après moi, ce qui me laisse le temps de mettre la table et de préparer le souper. Ce soir, ce sera croque-monsieur avec une salade de concombres, histoire que ce soit pas trop estoufadou[8]. L'ouverture du frigidaire devient un moment de grande hypocrisie. Je regarde ce qu'il y a et me demande quoi faire, tandis que le Hussard fait des pieds et des mains devant. Il sait pourtant très bien qu'il n'aura rien : je mets un point d'honneur à ne lui donner à manger qu'une fois le repas terminé. C'est mon père qui m'a appris cela, les hommes d'abord, les bêtes ensuite. S'il voyait la place que prend le Hussard sur le canapé du salon, il se retournerait dans sa tombe.

8. Étouffe-chrétien.

Ma femme rentra et on passa à table. Elle adore les croque-monsieur et ne raffole pas des concombres, ce qui fait une bonne moyenne. Le Hussard trônait comme à son habitude en face de la table, pattes en avant et yeux fermés. Il ne faut pas se fier à son faux air de sphinx désintéressé. L'animal est toujours prêt à bondir au moindre bout de jambon tombé par terre. Ma femme prit le dernier croque-monsieur et me laissa finir la salade. Je l'écoutais me raconter sa journée tout en sauçant le fond du saladier avec un quignon de pain. C'est un usage hérité de mon enfance que je n'ai pas abandonné au fil des années : si tu as tout mangé, tu as le droit de saucer le plat. Ce privilège était l'objet d'âpres négociations avec mes deux frères, Franck et Andréas. Moi, je suis celui du milieu, la pire des positions. L'aîné a une autorité naturelle, donnant son avis sur tout, tandis que le plus jeune ne manque jamais de revendiquer son statut auprès des autorités parentales. Autrement dit, je n'ai pas eu souvent dans mon enfance l'occasion de saucer les plats et il me faut rattraper depuis le temps perdu.

Ensuite, un pacte de non-agression divise les tâches ménagères : à moi la cuisine, à Blanche la vaisselle. Un avenant m'attribue le ravitaillement du Hussard. Je pris le reste du jambon, sortis une boîte de thon, mixai le tout dans sa gamelle, et ouvris la porte-fenêtre de la terrasse. En hiver, le Hussard mange dans la cuisine et dort dans le garage, dans un panier juché sur la tondeuse à gazon, dont on ne se sert jamais. En été, il mange et dort à l'extérieur.

Après lui avoir donné sa pâtée, je restai dehors, à écouter les murmures nocturnes. La nuit étincelait : des serpents d'étoiles ondulaient dans le noir de l'océan, leurs écailles ricochaient en constellations ésotériques. Je n'ai jamais été très fort pour lire les astres. Je suis myope comme une taupe, et plus simplement je n'y connais rien. Franck et Andréas se battaient au sujet de Cassiopée, et c'est tout juste si j'arrivais à voir l'étoile du berger. Ce soir je réussis à aller jusqu'au bout de mes possibilités : je reconnus la Grande Ourse et la Petite Ourse. Je fermai les volets, laissant le Hussard à son dîner.

2. LE HUSSARD SOUS L'ORAGE

À l'heure où nous dormons, un monde mystérieux
s'éveille dans la solitude et le silence.
Alphonse Daudet

Ce n'est pas le tonnerre qui me fit ouvrir les yeux, mais le bruit de la pluie. Blanche dormait toujours, l'orage ne l'avait pas réveillée. La pluie faisait un bruit cadencé, intense et régulier. Je me levai en essayant de ne pas déranger ma femme et descendis dans la cuisine. La pluie s'en donnait à cœur joie : malgré la nuit noire, on pouvait voir de grosses gouttes lessiver notre baie vitrée. On entendait le tonnerre gronder au loin, sans voir d'éclairs toutefois. L'orage avait l'air d'être sur Caseneuve et se rapprochait. À travers le bruit de la pluie, les pins couinaient sous l'effet du vent, et les vieilles tuiles s'agitaient. Je n'avais pas peur, mais regarder la pluie tomber est différent de sentir un orage passer sur le coin de votre tête. C'est comme faire le guet en temps de paix ou en temps de guerre.

Soudain un éclair illumina la nuit. Il fit une formidable photographie en noir et blanc de quelques secondes, sitôt apparue sitôt disparue. L'éclair avait révélé le jardin et la piscine, et le mur de pierres sèches qui nous séparait de chez monsieur Sécaillat. Pendant une fraction de seconde apparut distinctement la silhouette du Hussard, marchant de profil sur une des terrasses du champ de cerisiers. L'obscurité revint et avec elle un grand étonnement. Je ne m'attendais pas à voir le Hussard gambader sous la pluie par une telle nuit. Je l'imaginai plutôt en train de dormir dans le garage, où il peut rentrer par un vieux soupirail éventré.

J'ouvris la porte-fenêtre et tentai de l'appeler sans réveiller Blanche, mais la pluie doucha ma tentative. Je commençai à douter de ma vision au fur et à mesure que l'impression de l'image diminuait sur mes rétines et que l'obscurité revenait. Je n'en étais plus sûr du tout. Ce ne devait pas être le Hussard, mais simplement l'ombre de pierres. Je restai encore un instant accoudé à la baie vitrée, guettant un nouvel éclair pour en avoir le cœur net. Mais l'orage filait maintenant sur Saint-Saturnin et les grondements se firent de plus en plus lointains.

Je n'étais pas prêt pour autant à aller me recoucher. La vision me trottait dans la tête, et se faufilait à chaque fois sous le rideau de mes paupières quand je fermai les yeux. Il me fallait quelque chose de chaud de toute façon : le contrecoup de la chaleur de l'après-midi comme l'orage avaient rendu le fond de l'air plutôt frais. Un bout de fièvre n'était pas loin et risquait de pointer le bout de son nez demain matin. Un aigo boulido[9] m'aiderait à faire faux bond à la maladie. Mon grand-père s'en faisait un tous les dimanches soir : ça le requinquait pour la semaine qui arrivait, et « qu'a de sàuvi dins soun jardin a pas besoun de medecin[10] », disait-il.

Je pris six gousses d'ail dans le garde-manger, les coupai en petits bouts puis les écrasai à la cuillère. Je les fis bouillir pendant une vingtaine de minutes, avec du sel, de l'huile d'olive, de la sauge et deux feuilles de laurier. La vapeur d'eau passait sur mon visage et se chargeait petit à petit des vertus de l'ail et de la sauge. L'eau perdait sa couleur transparente.

---

9. Ail bouilli.

10. Qui a de la sauge dans son jardin, n'a pas besoin de médecin.

Je coupai le feu, laissai reposer un instant puis m'en versai une grosse tasse.

J'ouvris la porte-fenêtre de la cuisine, et allai sur la terrasse avec mon aïgo boulido. L'orage avait laissé son odeur avant de partir. L'ozone nocturne vous fouettait comme l'iode au bord de l'océan : on avait envie de respirer à pleins poumons pour s'imprégner de ce bien-être alchimique. Je pensais déjà à la satisfaction que j'aurais le lendemain matin, en tapant sur la citerne en fer, de bas en haut, et au son si caractéristique qui signale le niveau d'eau. Je sortis une chaise longue de dessous l'auvent, et commençai à siroter à petites gorgées.

J'appelai à voix basse le Hussard, lançant des « pitchi pitchi » dans le noir. Peine perdue, il était aux abonnés absents. Il n'y avait pas un bruit. Les criquets, les grillons, les grenouilles et même le vent ne disaient rien, comme s'ils avaient peur de faire revenir l'orage, tels des écoliers attendant leur instituteur malade.

*

Au matin, la pluie tombait toujours. C'était un samedi, l'alarme de mon réveil était débranchée. Comme pour chaque grasse matinée, je me réveillai plusieurs fois, me rendormant un peu plus tard. La première fois vous vous dites qu'il est encore tôt, qu'il doit faire encore nuit, et que c'est pour ça que la pluie ne s'est pas arrêtée. La deuxième fois vous n'êtes pas sûr de bien entendre : c'est un bruit léger, un crachin, rien de plus. La fois suivante, la lumière se fait de plus en plus insistante à travers les volets, et vous devez vous rendre à l'évidence, ce sera une journée foutue, il pleut.

Deux sentiments se battaient en duel sur mon oreiller. La triste idée que la météo allait gâcher le samedi, et la surprise : en cette fin d'été, si les orages de chaleur ne sont pas rares, ils sont en revanche très courts. Mais il fallait bien se lever. Il ne me restait plus qu'à regarder la pluie avec une tasse de café.

Nous sommes des inconditionnels du café à l'italienne. En semaine, je ne fais pas le difficile, je bois chaque matin le jus de chaussette préparé au travail. Je suis lent à démarrer, et il m'aide à connecter mes neurones. Le week-end, c'est différent : finie la perfusion de caféine, bonjour l'expresso. Nous avons une cafetière Moka, celle à huit faces et en aluminium. Il nous a fallu du temps pour l'apprivoiser. Même après toutes ces années, le tire-boyaux n'est jamais bien loin. Cette fois-ci, le résultat était à la hauteur des espérances. Je m'en versai une petite tasse, y ajoutai du sucre avec une petite cuillère en fer-blanc.

Blanche était déjà debout, travaillant sur son ordinateur. Je commençai à boire, accoudé à une fenêtre de la salle à manger. De gros nuages allant du gris au noir tutoyaient les cimes du Luberon, donnant à la montagne de sinistres versants. Ce n'est qu'au bout de quelques minutes que me revint la photographie en noir et blanc de la veille, celle du Hussard gambadant sur le mur de pierres au milieu des éclairs. Je n'y avais pas pensé jusque-là.

« Tu as vu le Hussard ce matin ? »

« Oui, il tambourinait à la porte du garage quand je me suis levée. »

« Il est toujours là ou bien il est sorti ? »

« Par ce temps, tu rigoles ? Il roupille sur le fauteuil du salon. D'ailleurs, tu as raison, il faut le surveiller, il va pisser en catimini comme la dernière fois. Tu n'as qu'à le faire sortir. »

Il était là, roulé en boule sur son fauteuil habituel. Je le caressai du bout de l'ongle entre les deux sourcils, passai entre les deux oreilles puis remontai tout le long de l'échine. Il s'étira, poussant du bout de ses pattes des soucis invisibles. Je lui demandai où il avait passé la nuit, et si c'était bien lui qui s'amusait à faire la farandole entre les éclairs dans le champ de monsieur Sécaillat. Il ouvrit les yeux, et me jeta un regard courroucé, celui des gens que l'on dérange pendant la sieste. Je le mis sur mes genoux pour faire la paix et il se mit à ronronner.

J'allumai notre vieux transistor et écoutai Radio France Vaucluse égrener les nouvelles du matin. L'orage avait fait de gros dégâts, les services publics avaient fort à faire. Vers Cadenet, un glissement de terrain avait balayé un bout de route. À Apt, le Calavon faisait des siennes : il enflait d'heure en heure et promettait de déborder en milieu d'après-midi. La fourrière avait embarqué les véhicules des imprudents qui étaient encore garés sur les rives. La mairie avait donné un numéro vert pour obtenir des renseignements. Le présentateur passa aux résultats sportifs.

Je ne l'écoutai plus, bercé par les ronrons du Hussard et me demandant ce que le Calavon allait déterrer cette fois-ci. Aux dernières crues, le torrent avait mis au jour, un peu plus loin dans la vallée, vers Lumières, les ruines d'un tombeau du néolithique. C'était surprenant : si les vestiges gallo-romains étaient nombreux à Apta Julia, Apt la Romaine, les traces d'un passé encore plus ancien le long de la via Domitia étaient plus rares. Je n'ai jamais pris le temps d'aller voir ce tombeau, qui avait fait pourtant la une de la presse locale. C'était à l'endroit exact où, trente ans plus tôt, mon père nous avait emmenés avec mes frères un matin observer les castors du Calavon. À ce niveau, le plat de la plaine oblige le torrent à faire de vastes méandres, idéaux pour leurs barrages. Nous en avions vu trois en train de s'affairer dans le froid matinal. On avait été marqués par leurs incisives et leurs queues plates : sitôt le travail terminé, ils se retournaient et consolidaient à grands coups de queue leurs constructions hydrauliques. Je les regardai, agrippé aux jambes de mon père, et l'imaginant dans son atelier, éternel bricoleur rangeant ses outils et disant d'un ton satisfait : « Ce qui est fait n'est plus à faire. »

Sa voix résonnait toujours dans ma tête lorsque l'on frappa à la porte. Comme nous n'attendions personne, je me demandai qui cela pouvait bien être. Je poussai doucement le Hussard vers le rebord du fauteuil, et allai ouvrir. Quelle ne fut pas ma surprise en découvrant sur mon paillasson, trempé comme une soupe, monsieur Sécaillat.

« Venez, y a quelque chose qu'y faut que je vous montre », m'annonça-t-il calmement.

3. PAR LES COLLINES ÉTRUSQUES

Et, quelque part en un lieu hanté de moi seul, perdu dans la broussaille, cette aire immense avec des talus et quatre grands fossés mangés par l'herbe. Un vieux peuple, rude et sensé, au cours d'une migration énergique, avait sans doute établi là, jadis, son camp à l'ombre de la Terre.

Henri Bosco

Mon voisin marchait vite : il essayait de passer entre les gouttes, ou bien était pressé de montrer sa trouvaille. J'avais du mal à le suivre, glissant sur les cailloux mouillés et perdant l'équilibre tous les deux pas. Je n'étais pas habillé pour aller sous la pluie. J'avais pris mon ciré, héritage d'une semaine de vacances au mont Saint-Michel, l'avais passé sur mon polo et mon bermuda. J'avais cherché sans succès mes bottes jaunes. Elles aussi dataient des grandes marées du mont Saint-Michel. Ne pouvant mettre la main dessus, j'avais pris en désespoir de cause mes claquettes et avais emboîté le pas à monsieur Sécaillat.

On ne se disait rien : je marchai, cinq ou six mètres derrière lui, faisant mon possible pour garder bonne figure. Il descendit le long du chemin, tourna à droite à l'intersection, comme pour remonter chez lui. À mi-parcours, il bifurqua et coupa à travers le champ qui séparait son mas du nôtre. Il y faisait pousser des cerisiers, et quelques amandiers en bordure. On y voyait passer des sangliers qui descendaient du Luberon pour aller boire dans l'eau du Calavon à la tombée du jour.

Monsieur Sécaillat remonta la pente jusqu'au mur de la première terrasse, le longea sur une vingtaine de mètres et s'arrêta brusquement. Pas la peine de lui demander pourquoi : le mur était éboulé sur quatre ou cinq mètres. Les pierres avaient roulé entre les troncs des cerisiers, en arrachant un au passage.

J'étais un peu remonté contre mon voisin. Certes, c'était impressionnant, et j'étais désolé pour son cerisier, mais ce n'était pas non plus la fin du monde, loin de là. Il n'y avait pas de quoi venir me déranger et me faire rincer jusqu'aux os. Peut-être espérait-il un coup de main pour remonter son mur. Cela faisait bien dix ans que j'avais développé une passion pour les murs en pierres sèches, et que j'occupais mes étés à aménager notre terrain en construisant des murets. Monsieur Sécaillat aurait pu attendre le lendemain pour me passer un coup de fil, cela aurait été du pareil au même. Je tournai mon regard vers lui et m'apprêtai à lui dire le fond de ma pensée lorsqu'il leva le bras sans mot dire et pointa du doigt quelque chose dans les éboulis.

Ce n'étaient pas *juste* des éboulis. Il n'y avait pas que de la terre, des racines et des cailloux. À travers tout ce micmac, on pouvait apercevoir autre chose, et cette autre chose n'avait pas échappé à son vieux regard de paysan. Il y avait des cailloux qui n'en étaient pas, des tessons de terre cuite, des bouts de poterie. Poussé par la curiosité et sachant déjà que je violai une scène de crime, j'escaladai à quatre pattes les gravats.

C'est à ce moment précis que tout a commencé. Un tartempion n'aurait pas fait ce pas fatidique. Interloqué, il se serait retourné vers monsieur Sécaillat, les bras ballants. Pas moi. Et peut-être que monsieur Sécaillat l'avait deviné, pour venir toquer à ma porte par ce jour pluvieux.

J'ai bondi sur ces éboulis, cherchant parmi les mottes de terre comme un chien autour des racines de chêne à la saison des truffes. Je passai d'une motte à l'autre, découvrant des trésors là où il n'y avait que des racines, repoussant des pierres là où il y avait Dieu sait quoi. J'entendais César, ou bien encore Pline, à chaque goutte de pluie qui s'écrasait sur mon ciré.

Un long bout de terre cuite vert olive sortait d'une motte. Raclant la terre mouillée avec mes ongles, je me demandai ce que cela pouvait bien être : un bout d'amphore, de lampe à huile ou que sais-je encore. Je repoussai ce qui restait de terre autour, et imaginai la dernière fois qu'un homme l'avait manipulé. Qu'avait-il pensé, qu'avait-il dit ?

Monsieur Sécaillat me rejoignit et, observant ma trouvaille, sourit d'un air interrogateur. Il me tira par la manche et me proposa de remonter chez lui, sous-entendant qu'on allait en discuter. Comme un enfant qui veut rester encore au Corso, je le suivis en regardant l'amas d'éboulis, rêvant déjà d'en découvrir un peu plus.

On suivit le mur de terrasse jusqu'à retomber sur le chemin qui menait à son mas. Il me fit entrer par la porte de son garage, qui était restée grande ouverte. Il pendit nos deux imperméables à un clou dans son atelier puis me fit monter à l'étage, là où lui et sa femme habitaient. Il y avait dans la cuisine une énorme table en bois massif. Une douzaine de personnes pouvaient y tenir, elle avait dû voir bien des soupers. Du café restait dans la cafetière, mais il était froid. Monsieur Sécaillat remplit deux petites tasses à ras bord, et les mit une minute au four à micro-ondes. Ni lui ni moi ne parlions, attendant que la sonnerie de l'appareil lance le début de la conversation.

« Il faut appeler lundi à la mairie et leur dire que vous avez trouvé des trucs au fond du champ. Ils sauront vers qui nous diriger. Ils vont nous envoyer des gens de la sous-préfecture, à moins que ce ne soit le conservateur du musée qui vienne directement... » commençai-je.

« C'est hors de question », me coupa monsieur Sécaillat.

Silence.

« Qu'est-ce qui est hors de question ? Vous ne voulez pas que le gars du musée vienne ? Je le connais bien, c'est monsieur Gardiol. Il est très sympa. J'ai fait un stage avec lui quand j'étais au collège. »

« Lui ou un autre, c'est pareil. Il est hors de question qu'ils viennent faire des fouilles ici. On sait quand ça commence, on ne sait pas quand ça finit. On ne sait jamais quand ça va finir. Suffit qu'ils trouvent le bout de la moustache de Vercingétorix et l'État vous fout dehors. J'ai pas envie qu'ils se mettent à creuser des trous partout et de ne plus pouvoir aller dans mes cerisiers pendant dix ans ou plus. »

« Et qu'est-ce que vous allez faire alors ? »

« Dès que c'est sec, un coup de tractopelle là-dessus, et après je reconstruis le mur. Si vous pouvez m'aider à le faire avec les pierres, tant mieux, c'est plus joli, sinon, trois coups de parpaings et on n'en parle plus. »

*

Deux heures de débat supplémentaires n'avaient pas changé grand-chose. Son opinion était faite, et insister n'aurait servi qu'à envenimer les choses. L'heure du déjeuner était largement dépassée et il était temps pour moi de partir. Sa femme était atteinte de la maladie d'Alzheimer. Elle ne sortait plus beaucoup. Monsieur Sécaillat devait la faire manger. Il me raccompagna au garage, me tendit mon ciré puis me serra la main. La pluie s'était arrêtée, et il faisait grand beau. À contrecœur je retournai à la maison : foù saupre mettre l'aigo per lou valat[11].

11. Il faut laisser faire ce que l'on ne peut éviter.

Peu importe que monsieur Sécaillat ne s'intéresse pas à l'Histoire, peu importe le caractère illégal de ce qu'il comptait faire. Sa réaction provenait de quelque chose de profond et d'ancré en lui. Cela touchait à sa terre, à ce champ qu'il avait parcouru dans un sens puis dans l'autre, en plein cagnard comme en plein hiver. Le simple fait que l'État ou qui que ce soit d'autre puisse s'arroger la propriété de son sol était hors de question. Le priver de son lopin de terre était comme lui couper un bras.

Pour une raison que j'ignore, je n'ai rien dit à Blanche en rentrant. Elle m'avait demandé à mon retour ce que monsieur Sécaillat voulait, et j'avais maugréé une excuse bidon avant d'aller m'enfermer dans mon bureau après le repas. Je n'avais pas très faim, un reste de poulet fut vite expédié.

L'après-midi se révéla maussade, partagée entre la chute d'adrénaline et un sentiment de frustration. Se trouvait peut-être sous les cerisiers de monsieur Sécaillat une villa, une tombe, ou même un temple, qui sait. Au dix-septième siècle, la charrue d'un paysan avait heurté un gros caillou dans un champ sur la colline des Tourettes. Le gros caillou n'en était pas un : de forme rectangulaire, il était parcouru d'une longue inscription. Le curé de la paroisse la déchiffra : c'était du latin. Il la consigna dans les registres de la paroisse :

> *Borysthène l'alain, impérial cheval de chasse,qui par la plaine, par les marais et par les collines étrusques savait si bien voler, qu'aucun sanglier, quand il chassait les sangliers de Pannonie, de sa dent étincelante de blanc n'osa le blesser, de sa bouche éclabousser de salive l'extrémité de sa queue. Mais dans la force de sa jeunesse, comme il arrive souvent, en pleine possession*

de ses moyens, il a atteint son dernier jour. Il repose ici dans la terre.

L'évêque fit faire des recherches supplémentaires et l'on découvrit plus d'éléments dans un volume de Dion Cassius. Au cours d'une partie de chasse dans le sud de la Gaule, l'empereur Hadrien avait perdu son cheval préféré, Borysthène. Il lui avait fait ériger un mausolée et avait composé lui-même l'épitaphe, cette même épitaphe que le paysan avait retrouvée des siècles plus tard. Malheureusement, ni la stèle ni le lieu précis de la découverte n'avaient réussi à surnager jusqu'à nos jours, si bien que personne ne savait où était enterré ce brave Borysthène. Peut-être le paysan, apeuré par le tintamarre du curé, avait-il refusé de divulguer l'endroit exact de sa découverte, préférant que les lavandes poussent quelques siècles encore sur les os du fidèle compagnon impérial. Peut-être s'agissait-il d'un lointain aïeul de monsieur Sécaillat, et que celui-ci ne faisait que perpétuer la tradition familiale. Peut-être était-ce même le tombeau de ce Borysthène sous cet éboulis, qui sait.

Le grincement de la porte du bureau me sortit de mes considérations équestres. Le Hussard apparut clopin-clopant.

4. DES PLANS SUR LA COMÈTE

Quand un home pòu pas fiela, debano.
(Quand un homme ne peut pas faire une sottise,
il en fait une autre.)

Je frappai à grands coups la porte d'entrée de monsieur Sécaillat. Il était encore tôt, mais j'avais peur qu'il soit déjà sur le pied de guerre, avec le volant du bulldozer entre les mains. Monsieur Sécaillat était un vieux paysan de la première heure, du genre qui se couche avec les poules et se lève avant le soleil. Madame Sécaillat ouvrit la porte. Elle était en chemise de nuit et ébouriffée. Elle me sourit avec des yeux goguenards :

« Eh bien, Gens, tu as encore passé la nuit dehors et tu as oublié tes clefs, quand te décideras-tu à grandir un peu ? Un de ces matins, je serai déjà partie travailler et tu te retrouveras coincé dehors. »

Elle me prenait pour Gens, leur fils qui était mort il y a une trentaine d'années, dans un accident de voiture de retour de boîte de nuit. Il faisait partie de la génération du dessus, celle qui portait des jeans troués exprès pour marquer mal, et roulait en 205 GTI Turbo.

« Bonjour, madame Sécaillat, c'est pour voir votre mari. Serait-il possible de rentrer cinq minutes ? »

« C'est bon, Mireille, je m'en occupe. »

Monsieur Sécaillat apparut derrière elle, l'air embarrassé. Il n'était pas tant gêné par la méprise de sa femme

– sa maladie n'était plus depuis longtemps un secret en soi – que de me voir. Il me fit néanmoins entrer et m'asseoir, le café était prêt et les biscottes beurrées. Il s'absenta cinq minutes, le temps de raccompagner madame Sécaillat dans sa chambre.

« Je vous préviens, si c'est encore pour me parler de vos Gallo-Romains, ça ne sert à rien, je vous ai dit que ma décision est prise, il n'y a pas à revenir dessus. »

« Personne ne va appeler qui que ce soit, à la préfecture, au musée ou ailleurs, le coupai-je. On va voir nous-mêmes ce qu'il y a là-dessous. Vous et moi, tout seuls, et on ne dit rien à personne », continuai-je.

Il me regarda avec un air circonspect. J'avais piqué son intérêt et il ne restait plus qu'à dérouler la pelote pour jouer avec le chat. Monsieur Sécaillat était un solitaire, le genre à vouloir tout faire tout seul, en cachette, avec une sainte horreur qu'on l'aide de près ou de loin.

« J'ai fait des recherches sur Internet. C'est sûr, si on fait les fouilles nous-mêmes, ça sera moins bien fait qu'avec de vrais archéologues, mais ça vaudra toujours mieux que votre coup de bulldozer. Et puis, ça n'a pas l'air si compliqué que ça, si on s'y prend bien. Il faut simplement y aller tout doucement, faire attention à ce qu'on déplace, garder tout et ne rien jeter, bien noter ce que l'on trouve, où on l'a trouvé et comment on l'a trouvé.

Ma femme part au Japon la semaine prochaine pour plus de deux mois, elle va travailler sur sa prochaine étude. Je ne lui ai rien dit, elle ne serait pas d'accord de toute façon. Je vais prendre un congé sabbatique : juste quelques semaines, ça devrait pouvoir passer.

Il n'y a jamais personne qui vient ici, à part le postier et des randonneurs. Il y a peu de chances que quelqu'un nous demande ce qu'on fait. Si jamais un tartempion s'interroge, on n'aura qu'à lui dire que vous creusez un bassin, pour arroser vos cerisiers, et que je vous donne un coup de main.

On n'a qu'à commencer par dégager les pierres du mur, et on les entrepose à côté. Puis on met de côté la terre des éboulis, et on la tamise, pour être sûrs de ne pas perdre des trucs en route. Une fois qu'on a dégagé les éboulis et qu'on a une surface plane, on creuse à la truelle, par strates successives, disons de cinquante centimètres. Je ne sais pas jusqu'à quelle profondeur on va creuser, mais on pourrait partir sur trois mètres ? J'ai un détecteur de métaux, une poêle à frire, que mes parents m'avaient offert quand j'étais pitchounet[12]. Il n'est pas super précis, mais il marche toujours et il fera bien l'affaire. On peut acheter quelques tamis en plus, mais entre vous et moi, on a déjà l'essentiel du matériel.

On numérote chaque truc qu'on trouve, on le prend en photo avant de le sortir de terre, l'emplacement où c'était. On pourra les stocker dans votre garage, le temps de bien les nettoyer. On verra où on en est dans un mois. On fait le point à ce moment-là, si on continue de creuser ou pas. On a encore à peu près deux mois de beau temps. Quand on décide qu'on a fini, on rebouche tout et on reconstruit le mur. Ou alors on en profite pour faire votre bassin d'eau de pluie. Si on trouve des trucs fracassants, on les laissera une nuit devant le musée municipal. On pourrait bien les envoyer à un autre musée des environs pour brouiller les pistes, mais j'ai envie que ce qu'on trouve reste dans le coin. On fait attention à ce qu'il n'y ait rien qui permette de remonter jusqu'à nous, et le tour est joué. »

Cela faisait bien un quart d'heure que je parlais, et que monsieur Sécaillat m'écoutait sans mot dire. Sa tasse était

12. Tout petit.

vide, la mienne à moitié pleine d'un café froid. Derrière la porte, il y eut du mouvement. C'était le Hussard, qui, dressé sur ses pattes de derrière, nous regardait fixement à travers la vitre et miaulait pour qu'on lui ouvre. Il devait m'avoir suivi jusqu'ici.

« Il vient souvent ici, Mireille lui donne du thon en boîte », dit monsieur Sécaillat, répondant à ma question silencieuse. Il se leva pour lui ouvrir, puis referma la porte-fenêtre, avant de s'accouder sur la poignée. Son regard se perdait dans le vague, en direction de Viens, vers les versants où le grand Luberon commence à prendre de l'altitude.

« On n'a qu'à faire comme ça », conclut-il.

5. CREUSER DES TROUS À CIEL OUVERT

Et que l'on creuse alors sur ta paroi, en plein calcaire,
là-haut loin des maisons habitées par les hommes,
entre le chêne noir et le laurier funèbre, un trou,
ô Luberon, au fond de ton quartier le plus sauvage.
Henri Bosco

Qui de nous deux allait donner le premier coup de pioche ? On se regardait avec monsieur Sécaillat, ne sachant pas trop par quel bout commencer. Il était beaucoup plus manuel que moi, et risquait d'abattre le plus gros du travail. Mais c'était mon idée, et planifier la suite des opérations retombait sur mes épaules. C'était un sentiment étrange, partagé entre l'excitation de la découverte et la crainte de l'interdit.

En dix jours les éboulis avaient séché, perdant au passage leur aspect de brèche spatio-temporelle. Il ne faisait pas un soleil éclatant, mais le temps restait doux. Septembre est le meilleur mois pour apprécier le Luberon, *ex æquo* avec octobre. Les foules estivales ont déserté et les villages redeviennent des citadelles imprenables. Le thermomètre redescend. La lumière est plus douce. La nature s'enfonce à reculons dans la saison, elle ne sait pas trop quoi faire. Elle hésite entre lézarder encore un moment sur les pierres calcaires ou se préparer pour les rideaux de l'automne. Parfois, on voyait encore un morceau d'écorce s'accrocher à la vie, remonter les rainures du pin et se mettre à chanter : c'était une cigale qui refusait de s'enterrer et voulait accompagner le beau temps jusque dans ses derniers jours. Le Hussard nous tenait compagnie pour l'occasion et se baladait sur les éboulis. Peut-être voulait-il nous montrer où creuser, peut-être voulait-il être le témoin de nos débuts clandestins.

« On n'a qu'à commencer par les pierres du muret : on les dégage du reste, et on en fait un tas sur le côté. »

Monsieur Sécaillat n'était plus tout jeune, et je culpabilisais de le faire travailler. Je commençai par les plus gros morceaux. C'étaient des pierres rectangulaires, en calcaire pur, dont une face avait été blanchie par des siècles d'exposition au grand Charles. Les plus lourdes pouvaient faire une quinzaine de kilos. Je les sortais de terre, les prenais à mi-corps, descendais les quelques mètres d'éboulis avec, puis les déposais aux pieds de monsieur Sécaillat. Il prenait le relais avec une brouette, et allait la verser à une dizaine de mètres de là. Au début je lui disais merci, au moment de lui donner la pierre. Rapidement je ne dis plus rien : j'étais essoufflé, et surtout cela devenait ridicule. C'était comme l'appeler par son prénom : cela faisait bien vingt fois qu'il me demandait d'arrêter avec mes « monsieur Sécaillat » et de l'appeler Paul. Mais pour une raison obscure, je n'y arrivais pas : ce n'était pas naturel. Paul, c'était trop familier, on ne l'avait jamais appelé comme ça à la maison. Mais c'était vrai que monsieur Sécaillat, c'était trop cérémonieux. Du coup je ne l'appelais plus par rien, je faisais tout mon possible pour ne pas avoir à le faire.

Il y avait une bonne centaine de pierres à dégager : cela nous prit deux jours complets. J'avais parfois des hésitations. Était-ce bien une pierre du muret que j'allais déplacer, ou bien était-ce déjà un pan de mosaïque que je violais sans m'en rendre compte ? Il me fallait deux ou trois minutes d'inspection attentive pour décider, puis continuer, avec la frustration grandissante de devoir ignorer ce qui était à coup sûr des artefacts antiques. C'était trop tôt, le mur restait à dégager, ce n'était pas le bon jour. Je déviai volontairement le regard. C'était comme dans les débuts d'un couple : on s'ignore tout d'abord, on feint de n'avoir rien remarqué, de ne pas être intéressés. On joue au chat et à la souris. Comme vous n'êtes pas encore trop sûr de vous, vous n'osez pas. Et puis vous savez. Vous savez que ça va arriver. C'est le meilleur. J'éprouvais ce sentiment à la vue de chaque bout de poterie qui sortait de terre : on allait trouver, même si on ne savait pas encore quoi.

Il est difficile de deviner si monsieur Sécaillat partageait mes états d'âme à ce moment-là. Nous avions en tout cas les mêmes casse-croûte. Le premier jour, je ne savais pas s'il allait rentrer déjeuner avec sa femme. Pour éviter une situation gênante, j'avais préparé plusieurs sandwiches, et il avait dit oui. Mais il restait silencieux : il contemplait ce qui avait été fait et songeait à ce qu'il restait à faire. Sandwiches comme conversation, le second jour fut identique : le tas de pierres grossissait coumo l'aigo à la pento[13].

Le soir du troisième jour, nous avions complètement dégagé les pierres du muret. Après avoir rangé les outils, monsieur Sécaillat m'invita à dîner, mais je déclinai. J'étais éreinté et je n'avais qu'une envie, c'était d'aller m'écrouler sur le lit. Blanche devait appeler du Japon. Cela faisait maintenant huit jours qu'elle était partie et on s'était promis de s'appeler un soir sur deux. Avachi sur le canapé, j'attendais son appel en essayant de résister au sommeil. Je ne sais pas trop combien de temps je suis resté à nager ainsi entre deux eaux, mais j'ai fini par cligner un œil, puis deux.

---

13. Comme de l'eau à la pente.

6. TROUVAILLES ET RETROUVAILLES

Il y a un compagnon avec lequel on est tout le temps,
c'est soi-même : il faut s'arranger pour que ce soit
un compagnon aimable.
Jean Giono

C'étaient des morceaux de poterie. Des dizaines et des dizaines de tessons de poterie. Ils faisaient une quinzaine de centimètres en moyenne, tous en terre cuite. Ils étaient très fragiles, et nous faisions tout notre possible pour les extraire intacts. On avait bon espoir de dégager un vase complet, une amphore intacte, mais pour l'heure rien de tel : les morceaux surgissaient de terre les uns après les autres, pêle-mêle.

Nous étions armés d'une truelle en langue de chat et d'une grosse brosse à poils durs. On triturait les éboulis à la truelle, grattant et dégageant les mottes de terre. Lorsque rien n'apparaissait, je chargeais les déblais dans une petite brouette, et monsieur Sécaillat allait les déposer plus loin. Il tamisait chaque tas, pour être sûr de ne rien jeter par mégarde. Une fois vérifiée, la terre allait rejoindre un monticule qui grossissait chaque jour.

Lorsqu'un tesson apparaissait, je prenais une photo avec mon téléphone, comme un détective qui immortalise la scène du crime avant de continuer ses investigations. On dégageait ensuite l'indice à coups de brosse successifs, en essayant de ne rien casser. Avec le bout de la truelle, nous grattions la terre par en dessous, jusqu'à l'ultime moment où il était impossible d'aller plus loin. Retenant mon souffle, je dégageai le tesson, priant pour que rien ne casse. Au début ce n'était pas très fructueux : un archéologue aurait eu une crise cardiaque en nous voyant opérer. Mais à la guerre comme à la guerre, et au bout de quelques jours, nous commencions à avoir le coup de main. À chaque indice, le processus était toujours le même. On collait une petite gommette avec un numéro dessus pour aller ensuite l'entreposer dans le hangar de monsieur Sécaillat. Nous en avions sorti les cageots qu'il gardait pour la saison des cerises, et fait de la place au centre. Chaque tesson était posé par terre, aligné et rangé dans l'ordre de la découverte.

À la fin de la journée, ou lorsque nous avions envie de faire une pause, nous nous armions de brosses à dents. Les trouvailles de la journée étaient nettoyées avec soin, chaque atome de poussière examiné comme un potentiel suspect. L'idée était aussi de voir ce qui allait avec quoi, et d'assembler les pièces du puzzle.

Les tessons étaient tous en terre cuite, de couleur unie : ambre gris, vert olive ou alors rouge ocre. À mon grand désarroi, il n'y avait pas de fins ornements, comme on peut en voir sur les belles amphores des musées, seulement parfois quelques détails sculptés : des torsades, des croix ou des chaînes. À la fin de la première semaine, nous avions extrait une petite centaine de tessons et déblayé la moitié des éboulis.

Nous commencions à échafauder des scénarios bancals sur nos trouvailles. Monsieur Sécaillat penchait pour un entrepôt ou un relais le long de la via Domitia. Il ne désespérait pas de trouver des sesterces, ou des bijoux. On imaginait aussi un grenier agricole où auraient été entassées des denrées, des récoltes. Nous penchions également pour un potier, qui aurait entreposé là le fruit de son travail. Peut-être dans les strates inférieures trouverions-nous ses outils, son tour ou son four. Nous avions peur de faire fausse route : qui sait, peut-être ne s'agissait-il que de remblais avec lesquels un brave paysan avait comblé son mur, au début du siècle dernier.

Le soir je cherchais sur Internet ce que les archéologues avaient pu retrouver dans le coin, en essayant de me limiter aux poteries. L'idée était double : arriver à dater nos trouvailles, mais aussi savoir à quoi elles avaient bien pu servir. Ça oscillait entre le jeu des devinettes et celui des sept différences, entre les « *bon, on n'y est pas du tout, là* » et les « *oui, ça pourrait être ça à la rigueur* ». Les pages défilaient, remontant les siècles pendant que la souris enchaînait les sauts à l'élastique. J'appris des trucs dont je n'avais pas la moindre idée. Dans les résultats de recherche revenait régulièrement le Chastelard de Lardiers, une colline de la montagne de Lure dont je n'avais jamais entendu parler. Les archéologues y avaient retrouvé dans les années soixante un lieu de culte gaulois : voie sacrée, temple, et surtout un nombre incroyable de lampes en terre cuite : entre dix mille et cinquante mille selon les estimations. C'était si exceptionnel que le site avait été surnommé la Lourdes gauloise par les archéologues. Les lampes votives se multipliaient à l'écran, et je m'accrochai à la loupe du zoom comme un vrai Sherlock Holmes pour dénicher les similitudes avec nos tessons de poterie. Ça y ressemblait beaucoup. Ça me semblait en tout cas de la même époque. Leurs couleurs unies, leurs formes simples pouvaient correspondre. Peut-être avions-nous trouvé leur lieu de fabrication, ou un ultime entrepôt sur la voie du pèlerinage avant le sanctuaire ? Un doute était permis en revanche sur les dimensions : les lampes votives avaient l'air beaucoup plus petites que ce que nous trouvions en creusant. Je montrai sur l'écran de mon téléphone le résultat de mes recherches à un monsieur Sécaillat dubitatif.

« Oui, ça peut être gaulois, c'est sûr, mais ça ne date pas forcément de l'an Pebre[14]. Qui sait, ça peut venir du siècle dernier, c'est juste que ce potier n'était pas très bon ou pas très riche, et qu'il ne faisait pas dans le luxe. Et puis les tessons qu'on trouve sont bien trop grands pour appartenir à vos lampes. Ça ne colle pas, vous faites fausse route. Ce que vous trouvez sur Internet, c'est juste les plus belles pièces, les plus connues, mais ils ont pu trouver tout plein d'autres objets. »

Il avait le chic pour vous laisser avec le bec dans l'eau. Tout ce qui avait été trouvé au Chastelard de Lardiers était entreposé au musée d'Apt. Il devait bien y avoir des lampes votives exposées en vitrine et accessibles au public. Histoire d'en avoir le cœur net, je décidai d'aller le lendemain au musée.

« Faites attention de ne pas vous faire remarquer, me dit monsieur Sécaillat. Lorsque dans cinq ou six mois on déposera à leur porte tout ce qu'on a trouvé, ils risquent de faire le rapprochement. »

*

Le musée n'était ouvert que les après-midi. J'aidai monsieur Sécaillat jusqu'à l'heure du casse-croûte, fis sortir le Hussard qui jouait à la dormiasse[15] sur son fauteuil, pris une douche puis descendis en ville. Du musée, j'avais des souvenirs qui remontaient à la classe de cinquième, lorsqu'une courageuse professeure d'histoire-géographie y avait emmené une trentaine de gamins ignares et bruyants. Je n'avais pas d'espèces et ne souhaitais pas payer par carte bleue, pour éviter de laisser des traces. Les mises en garde de monsieur Sécaillat résonnaient encore dans ma tête.

---

14. Il y a très longtemps.

15. Marmotte.

La banque était de toute façon à côté. Le distributeur cracha les trente deniers de Judas. Comme si l'argent me brûlait les mains, je le donnai vite-vite au guichet d'entrée. Alors que des plans s'échafaudaient dans ma tête, l'employée me tendit le plus naturellement du monde mon ticket et me souhaita une bonne visite. Le musée était vide, mes pas résonnaient comme dans une église. Je n'avais pas particulièrement envie de lézarder à travers les collections ; je montai directement au premier étage, là où était exposée l'époque gauloise.

Elles étaient là. C'était troublant de les voir en vrai, après s'être tant fait bouillir le cerveau. Entre les sesterces et quelques épées paradaient une petite dizaine de lampes votives, en terre cuite rougeâtre. Au pied de chacune, de petites étiquettes donnaient l'heure du crime :

Lampe votive
IIe siècle après J.-C.
Chastelard de Lardiers

Sobres, sans fioritures : la ressemblance avec nos tessons de poterie était certaine. J'aurais volontiers parié que c'était le même style, la même fabrique, la même époque. Elles semblaient tout droit sorties de notre chantier, tout droit sorties de chez notre potier. Leur restauration leur donnait des éclats de virginité soudaine, mais elles avaient bien un air de famille avec ce qui dormait, encore nu et en morceaux, dans le hangar de monsieur Sécaillat. Les dimensions clochaient en revanche : les lampes étaient beaucoup plus petites, sans commune mesure avec les tessons que nous déterrions. Nos trouvailles étaient peut-être de la même époque, de la même origine, mais avaient clairement une vocation différente. Il fallait continuer à chercher.

Je m'approchai et, m'assurant que personne n'était dans les environs, sortis mon téléphone. Je fis en mode sniper une dizaine de photos, sans flash, pour les montrer plus tard à monsieur Sécaillat.

Je jetai ensuite un rapide coup d'œil aux autres collections du musée : j'avais désormais l'esprit ailleurs, mais c'était pour donner le change à l'employée d'en bas. Être venu ici pour dix minutes aurait semblé louche, comme l'assassin qui revient sur la scène du crime.

Je sortis du musée une demi-heure plus tard. Le soleil m'attendait de pied ferme, tranchant avec la pénombre et la fraîcheur des salles d'exposition. Il me fallait un sas de décompression avant de retrouver monsieur Sécaillat. Je m'installai à la terrasse d'un café de la place Carnot, entre le musée et la cathédrale. Je commandai une mauresque et m'aperçus en la sirotant que cela faisait plus d'une dizaine de jours que nous avions commencé à creuser. Mis à part les coups de téléphone avec Blanche et les délires de Mireille Sécaillat, nous n'avions guère eu tous les deux d'échanges avec le monde extérieur. Nous avions vécu en autarcie, repliés autour du chantier. La civilisation ne me manquait pas plus que ça, à vrai dire.

La cathédrale venait de sonner le coup des dix-sept heures. Les élèves sortaient du collège. Ils se répandaient de tous les côtés, comme des chasseurs bloquant les routes pour une battue qui vous donnait l'impression d'être le sanglier. Je fis l'appoint et battis en retraite par les petites ruelles jusqu'au cours Lauze-de-Perret, où la voiture était garée. Quand je tournai la clef de contact, le moteur se mit à toussoter et posa sa question à brûle-pourpoint : monsieur Sécaillat avait-il fait des trouvailles supplémentaires cette après-midi ?

7. LA TROMPE DU HUSSARD

Le soleil semble se coucher dans un verre
de tavel aux tons rubis irisés de topaze.
Mais c'est pour mieux se lever dans les cœurs.
Frédéric Mistral

J'arrivai pile à la tombée du jour, au moment où le soleil vient de disparaître, mais où il est encore possible de distinguer les crêtes du Luberon de la ligne d'horizon. Cela faisait tout drôle de rentrer en voiture chez soi à la tombée du jour, comme après une journée de travail. Fidèle à sa vieille habitude, le Hussard attendait devant son buisson, comme si rien n'avait changé. Il prit le chemin de la maison, ouvrant la marche, direction la tambouille. Je lui fis des infidélités et partis dans la direction du mas de monsieur Sécaillat. Le Hussard fut surpris, il ne comprenait pas ce qui se passait et se demandait où j'allais. Il s'assit sur ses pattes arrière et miaula : Tu es bien gentil mais c'est par ici que ça se passe. Je lui répondis en lui montrant du doigt le mas de monsieur Sécaillat.

Mon voisin avait déjà étendu la bâche sur le chantier. La porte du hangar était ouverte : monsieur Sécaillat avait été chanceux cette après-midi. Il avait réussi à assembler cinq ou six grands morceaux de poterie, qui trônaient sur son établi sous les néons électriques. On avait faux sur toute la ligne : ils ne formaient pas une amphore, comme sur Internet ou au musée. Ça n'était pas un vase, ni même une jarre. Les tessons de poterie formaient une sorte de trompette, d'une cinquantaine de centimètres environ. Une trompe, un cor de chasse. Les morceaux s'imbriquaient parfaitement les uns dans les autres, il n'y avait aucun doute possible. On voyait deux anses : l'une était intacte, l'autre fissurée sur le côté. L'embouchure et le pavillon avaient visiblement plus souffert, au regard de la myriade de morceaux qui les composaient. Monsieur Sécaillat avait fait un travail de fourmi et avait tout reconstitué. Même si la couleur était terne et avait besoin d'être vernie, on devinait une belle teinte sombre, bleu pétrole, qui avait réussi à surnager malgré la houle de l'âge.

« Elle est pas trop mal, hein ? » lança monsieur Sécaillat en me faisant sursauter. Je ne l'avais pas entendu arriver. Il souriait, l'air très content de lui.

« On a enfin réussi à en trouver une complète », continua-t-il.

Il commençait à faire frais, et sous les néons électriques, la trompe se mettait à respirer, tout heureuse de se retrouver à l'air libre et de redécouvrir ses formes. Elle nous jetait des regards frondeurs, nous mettait au défi de deviner les dernières mains qui l'avaient touchée. Une à une, ses fractures me susurraient des époques au travers de la tête.

« Vous pensez que c'est quoi, que ça sert à quoi ? » demandai-je à monsieur Sécaillat.

« Aucune idée. Ce qu'y a de sûr, c'est que c'est pas une poterie ou une amphore comme on croyait. J'ai bien fait attention aux embouchures des deux côtés, il y a rien qui manque. »

Il fit une pause, comme pour se convaincre lui-même de ce qu'il venait de dire. Il reprit :

« Pour moi, c'est un cor de chasse. Quand ils appelaient les chiens, ou qu'ils lançaient la battue au sanglier. Ils devaient bien avoir ça en stock, les Gaulois, non ? »

Il devait avoir raison, je ne voyais pas ce que ça pouvait être d'autre. Je ne disais rien, mais mon silence valait approbation.

« De toute façon, on n'a qu'à l'essayer, la glu est sèche depuis un bon moment déjà », dit-il en la prenant délicatement par le haut.

Tout seul, je n'aurais pas osé, mais c'était en effet le meilleur moyen de savoir si on était dans le vrai ou pas. Il porta ses lèvres à l'embouchure et se mit à souffler fort à l'intérieur. Rien ne sortit, à part un son de creux, un son de vide. Il reprit son souffle et réessaya, sans plus de succès. Il était rouge comme une tomate. D'un geste, monsieur Sécaillat me la tendit en disant : « Tenez, essayez, peut-être vous serez meilleur que moi. »

Au lycée, on était partis un mois en Australie pour améliorer notre anglais. Ça n'avait servi à rien, mais j'avais au moins visité le musée aborigène de Sydney. Y étaient présentés des didjeridoos, avec des panneaux pour expliquer comment s'en servir. Je fis mon possible pour me rappeler le pourquoi du comment, et soufflai à l'intérieur. Rien ne se passa. Le même son creux, le même son vide. Je fermai les yeux, plissai les lèvres comme on nous avait appris à Sydney et soufflai de nouveau. On entendit dans le hangar une note grave et torturée, que je réussis tant bien que mal à garder une dizaine de secondes. À bout de souffle, j'ouvris les yeux, et ce fut tout.

À distance des néons électriques, le Hussard se tenait à l'entrée. Dehors un petit bout de mistral s'était mis à souffler. Le chat restait pile à la frontière, là où la lumière froide et l'obscurité noire dessinaient une ligne droite sur le sol. Lassé de m'attendre, il avait dû décider de pousser jusqu'au hangar des Sécaillat. Pressé par son estomac vide, il venait se rappeler à nous et miaula. Comme un écho, monsieur Sécaillat me demanda si j'avais mangé, et si je voulais venir dîner chez eux. Ce n'était pas dans ses habitudes : il préférait d'ordinaire être seul pour pouvoir s'occuper de sa femme.

Il devança ma pensée en me coupant tout net : « Allez, depuis le temps qu'on creuse, il faut bien fêter ça. Et puis de toute façon y en a un ici qui crie famine et qui ne vous laisse pas le choix. »

*

À ma grande surprise, c'était madame Sécaillat qui avait fait la cuisine. Je m'étais trompé sur son niveau de dépendance. Elle semblait en complète possession de ses moyens physiques, et s'activait devant son four. Elle avait mis sur la table une belle nappe provençale et avait fait en entrée une salade d'endives, avec des magrets, des dés de gruyère et des noix cassées. Elle avait passé à la moulinette des restes de canard et les avait déposés dans une sous-tasse à café, par terre. Je vis le Hussard se jeter dessus, et me dis que ce serait bien difficile de lui faire manger quoi que ce soit d'autre après. Môssieur allait développer des goûts de luxe après ce menu trois étoiles.

« Allez, Gens, va te laver les mains, il est temps de passer à table », dit madame Sécaillat en s'asseyant. Elle continuait à me prendre pour leur fils disparu. Je bafouillai, ne sachant trop si je devais la contredire ou laisser filer. L'air gêné de monsieur Sécaillat, comme s'il était porteur du secret de maître Cornille, me fit comprendre que cela ne servait à rien de la reprendre. Ce genre de méprise devait le faire souffrir au quotidien.

Elle parlait de choses et d'autres, de la pluie et du beau temps. On avait refait la chaussée de la Grand-Rue à Apt. La mairie avait enlevé les anciens pavés, qui dataient de

Mathusalem, et les avait remplacés par de grandes dalles lisses tout au long de la Grand-Rue. Ces dames étaient contentes : marcher avec des talons entre les anciens pavés relevait du *Puissance 4*, vous comprenez. D'autres étaient mécontents : tout le charme provençal du vieil Apt s'en allait à vitesse grand V. Et puis les dalles, ça glissait avec la pluie, vous pensez bien. La salade était finie. Monsieur Sécaillat sauça le saladier sans mot dire.

« Et qu'as-tu fait aujourd'hui, ça s'est bien passé au lycée ? » me demanda sa femme depuis la cuisine : elle était allée chercher la suite. Elle revint avec une épaule d'agneau, rôtie à l'ail et aux câpres, accompagnée d'une poêlée de mange-tout. Je lui répondis que nous avions fait une sortie pédagogique, en allant le matin au musée, et l'après-midi sur un chantier de fouilles archéologiques. Monsieur Sécaillat me fit de gros yeux, comme si Gens venait de dire à sa mère qu'il avait appris à conduire avant ses dix-huit ans sur les petites routes du plateau de Sault. Elle ne vit rien, et continua à s'intéresser à l'après-midi de son fils.

« Et il date de quand, ce chantier archéologique ? »

« Au minimum des Romains, ça, c'est sûr. Ça date peut-être d'avant, de l'époque gauloise, mais ils ne le savent pas encore précisément. »

« C'est vers où qu'ils l'ont trouvé ? »

« En haut de la colline des Puits. Pas loin d'ici, en fait, au milieu d'un champ de cerisiers. »

« Ils ont trouvé quoi dans ce chantier ? Ils savent ce que c'est ? »

« Oui, ils ont trouvé beaucoup de tessons de poterie. Ils viennent de réussir à reconstituer une pièce complète, un cor de chasse ou un truc de ce genre. Ils pensent que c'est un atelier de poterie, ou la boutique d'un potier. »

Monsieur Sécaillat avait découpé l'épaule et débouché une bouteille de châteauneuf-du-pape. Il renifla le bouchon et, satisfait, en versa à chacun un petit verre. Sa femme mit un doigt sur le rebord de son verre et lui dit : Doucement, Paul, doucement, sans pour autant l'arrêter. Elle s'humecta les lèvres puis continua :

« Alors ça, ça serait surprenant. Pour faire des poteries, il faut de l'argile. Et de l'argile, faut aller dans le lit du Calavon pour en trouver, certainement pas en haut de la colline des Puits. Y a que du calcaire là-bas, tu peux te lever tôt pour en trouver. Et puis c'est vachement loin de la via Domitia, qu'est-ce qu'il serait allé foutre là-haut, ce potier, je vous le demande. »

Entre une cuillère de mange-tout et une fourchette d'agneau, madame Sécaillat venait de mettre par terre toutes nos savantes théories. Sans mot dire, nous nous regardions avec monsieur Sécaillat. Elle avait raison. Elle avait mille fois raison. Le champ était tout sauf argileux : les plaques calcaires affleuraient, et à chaque passage de charrue, de la rocaille sortait à la pelle. Lorsque nous avions fait construire la maison, nous avions trouvé le baou[16] à moins de deux mètres en dessous de la surface. Un potier aurait eu bien du mal à s'y installer, à moins de ramener à dos d'âne l'argile des berges du Calavon.

Le silence avait pour accompagnement de petits fromages de chèvre, que madame Sécaillat avait fait vieillir dans des bocaux Bonne Maman, remplis d'huile d'olive et d'herbes de Provence. Je regardai les yeux vides ce vivarium, et mastiquai mon quignon de pain en remâchant ses dernières paroles.

« Et alors, si ce n'était pas un potier, qu'est-ce qu'ils ont bien pu trouver, toi qui es si forte ? » demanda monsieur Sécaillat

16. Roc.

à sa femme. Je ne dis rien, mais j'attendais avec impatience la réponse de cette Pythie qui nous tombait des cieux.

« Fatche, est-ce que je sais, moi. Un foui tra uno pèiro dins un pous mai fau proun sage pèr l'avura[17] », sourit-elle.

Le Hussard sauta sur ses genoux.

17. Un fou jette une pierre dans un puits, mais il faut bien des sages pour l'en retirer.

8. DUR COMME L'ÂME DU DIABLE

Il était vraisemblablement un peu plus de midi.
Tout indiquait la proximité de cette heure parfaite :
la hauteur du jour, le silence, et ce je-ne-sais-quoi
de précis et de simple qui partage le monde
en deux parts radieuses.
Henri Bosco

Une vingtaine de trompes avait suivi le sentier ouvert par la découverte de monsieur Sécaillat. C'était à chaque fois le même *modus operandi* : les météores d'un puzzle brisé qui reprenaient vie sur le sol du hangar. Ici, des couleurs qui se ressemblent ; là, des morceaux qui s'assemblent. Les trompes faisaient une cinquantaine de centimètres de haut, parfois un mètre. Elles n'avaient pas de décoration, ni d'ornement. Certaines avaient des anses. Elles étaient toutes de couleur unie, allant du vert olive au bleu océan. À quoi avaient-elles bien pu servir ? Mystère. Chaque soir, notre petite collection se dressait, comme des menhirs, sur le sol du garage, immobile et dédaignant de nous répondre.

Les jours commençaient à raccourcir sérieusement. Au début du chantier, nous rangions nos outils lorsque nous étions fatigués, et monsieur Sécaillat venait prendre l'apéritif sur la terrasse. On échafaudait les plans pour le lendemain, on digérait nos trouvailles de la journée. Maintenant, c'était fini : nous rangions nos outils pile à dix-sept heures, et encore fallait-il allumer le projecteur, car on n'y voyait goutte.

On se serait encore cru en plein été la semaine dernière, mais ça avait brusquement rafraîchi ces derniers jours. Les feuilles des cerisiers avaient déjà rougi, et commençaient à tomber. Elles ressemblaient à des pages de parchemin de velours pourpre, craquelées par le temps, qu'un moine copiste impatient aurait arrachées et jetées aux quatre vents. En filigrane, leurs nervures faisaient penser à des lignes de pattes de mouche, du latin-grec que le clerc n'aurait pas eu le courage de terminer. Chaque soir, nous en ramassions un plein seau au fond de la fosse, mais c'était peine perdue : le lendemain, il y en avait autant, sinon plus. Le mistral prenait un malin plaisir à les décrocher, à les faire virevolter dans les airs et à les faire tomber précisément dans la fosse. Nous avions creusé sur plus d'un mètre cinquante de profondeur, peut-être deux. Je commençai à croire les légendes, qui donnaient au mistral un caractère si espiègle.

Je continuais à passer beaucoup de temps sur Internet pour tenter d'identifier ce que nous trouvions. Amphores, urnes funéraires, vases décoratifs : nos trouvailles n'étaient rien de tout ça. J'aurais aimé pouvoir dire que nous avions trouvé des ossements, et que nous étions sur la piste d'une énigmatique tombe d'un chef gaulois. Ou que nous déterrions des sesterces et des bijoux, et que nous avions trouvé un fabuleux pactole. Ce n'était pas le cas. J'étais partagé entre la joie d'avoir – *déjà* – découvert quelque chose, ce qui n'était pas donné au commun des mortels, et la déception de ne trouver rien d'autre, rien de plus excitant, rien de plus extraordinaire. Nous nous rêvions Indiana Jones, nous n'étions que les terrassiers d'un vieux débarras. Monsieur Sécaillat semblait s'en satisfaire, heureux de ce que la terre nous avait offert depuis le premier coup de pioche. Accroupi au fond de la fosse, grattant la terre sans conviction, je n'osai trop lui avouer ma déception, de peur qu'il me demande ce que j'espérais, et de devoir lui confesser mes rêves de gosse.

*

La truelle émit un son âcre aux oreilles comme à mon cœur : elle commençait à racler le roc. Vingt ans plus tôt, le même son nous avait remplis de joie lorsque nous avions fait construire la maison. Il voulait dire que nous pouvions commencer à bâtir les fondations. Les maçons étaient venus nous chercher, Blanche et moi, pour célébrer cette première étape. Nous leur avions offert le champagne. Aujourd'hui, cela voulait dire qu'on ne pouvait pas creuser plus profond, et que nous avions trouvé tout ce qu'il y avait à trouver. Monsieur Sécaillat était en haut de la fosse : il pencha la tête par-dessus le rebord et me regarda, complice. Nous étions arrivés à la même conclusion sans en avoir parlé.

« Il faut prendre le balai-brosse et dégager le rocher, pour être sûrs qu'on n'oublie rien », annonça-t-il. Nous avions de nombreux tessons dans le hangar qui ne collaient toujours pas les uns aux autres. Selon toute vraisemblance il restait encore des petits riens à trouver.

J'étais déçu, mais essayais de ne laisser rien paraître. Comme un enfant gâté, je partis bouder dans le hangar, en faisant semblant de travailler à notre puzzle quotidien. Ça n'était pas très honnête. Nous n'avions rien sorti de terre depuis deux jours, et nous avions déjà passé de longues heures autour de toutes ces pièces. Il était évident qu'elles ne collaient pas entre elles et que sans nouvel élément aucune nouvelle poterie ne pouvait être assemblée. Il était presque midi, et je décidai d'aller manger à la maison, sans plus attendre. Je fis le tour des cerisiers écarlates en prenant bien soin d'éviter monsieur Sécaillat et remontai vers le mas.

Le Luberon semblait lui aussi décidé à me flanquer le bourdon. Ses flancs orange et ses crêtes jaunies défiaient le bleu du ciel et lui criaient : Toi aussi, ton heure est arrivée. Toi aussi, tu seras bientôt habillé pour l'hiver.

*

Je m'installai sur la terrasse pour déjeuner. Je n'avais pas très faim. Je sortis des rataillons[18] de rosbif froid, et fis rapidement une vinaigrette pour une salade verte. Je pris également un pot de mayonnaise, et un bocal de cornichons. Même s'il faisait frisquet, je décidai de rester sur la terrasse : la cuisine sentait le renfermé. Le Hussard était assis à côté des succulentes et me dévisageait.

« Vous devriez venir jeter un coup d'œil », dit une voix au-dessus de mon épaule.

C'était monsieur Sécaillat, je ne l'avais pas entendu arriver. Il souriait, les yeux remplis de malice. Ce n'était pas la peine de lui demander pourquoi : il aurait pris son air mystérieux, et aurait fait une réponse dans son plus pur style *vous verrez bien*. Il avait le chic pour avoir des réponses mi-figue, mi-raisin, avec lesquelles vous ne savez pas sur quel pied danser. Je refermai le bocal de cornichons et lui emboîtai le pas. Cela me rappelait ce matin d'août, lorsqu'il me précédait à travers les cerisiers sous la pluie. Je me penchai au-dessus de la fosse : il avait balayé une petite partie du rocher. Le calcaire apparaissait, blanc et mat, on aurait presque dit du marbre. Il n'y avait rien de bien exceptionnel à part cela. À côté du rocher il restait encore beaucoup de terre à remonter. Il n'y avait plus aucun bout de poterie à sortir, si bien que je ne voyais pas ce qui avait pu retenir l'attention de monsieur Sécaillat. Je l'interrogeai du regard ;

---

18. Des restes.

il sourit et m'invita à descendre au fond du trou. Je passai le premier. Pendant que monsieur Sécaillat descendait à son tour le long de l'échelle, je scrutai le sol, mais ne vis toujours rien. Il me montra du doigt le roc qui affleurait, et qu'il avait balayé. Je ne remarquai toujours rien. Il en avait dégagé une bonne partie, sur un mètre au moins. Il me fit accroupir là où le roc était fracturé, et pointa quelque chose du doigt.

Ce que j'avais pris pour une fracture du rocher n'en était pas une. L'arête du rocher n'était pas due à la géologie ou à l'érosion. Elle avait été taillée par la main de l'homme. C'était net et lisse, un bel angle à 90 degrés. C'était le début d'un rebord de mur, d'un parapet, ou d'autre chose qui restait à découvrir.

Je m'étais trompé : nous n'avions pas encore atteint le roc, la fin du chantier, mais bien les fondations de quelque chose. Il fallait creuser tout autour, dégager ce bout de parapet. Tous les tessons que nous avions découverts n'étaient que le dessus de l'iceberg : il y avait encore des vestiges à trouver sous nos pieds. Tout excités, on se mit d'arrache-pied au travail. D'habitude, l'un était au fond de la fosse à creuser, tandis que l'autre restait à la surface pour remonter les déblais ou les tamiser. Cette fois-ci, nous étions tous les deux au fond du trou, nous gênant l'un l'autre. Nous étions à deux sur le même centimètre, chacun voulant faire plus vite ce que l'autre venait juste de commencer. Dégager le rocher. Déblayer la terre. La pousser sur le côté. La remonter quand il n'y avait plus d'endroit où la mettre. Redescendre avec le seau vide. Passer un coup de brosse sur le rocher. Dégager encore un peu plus le bord. Racler avec le bout de la truelle. Pousser la terre. Recommencer. Encore et encore.

Le bord du rocher avait été taillé à angle droit, de manière fine et nette. Ici et là, il était possible de voir que des coups de burin avaient été donnés. Après avoir dégagé une ligne droite sur deux mètres environ, un angle apparut. Le rocher repartait, dans une direction perpendiculaire. La truelle et la brosse suivirent, centimètre après centimètre, ce fil d'Ariane. Vers dix-sept heures, monsieur Sécaillat descendit le projecteur et un trépied, pour pouvoir continuer à travailler de nuit. La visibilité était moins bonne, mais l'excitation était trop grande pour pouvoir arrêter.

Après cinq heures pleines d'allers-retours frénétiques vers la surface, la boucle était bouclée. Nous avions suivi et dégagé le bord du rocher jusqu'à notre point de départ.

Un rectangle vide de deux mètres sur trois était sorti de terre. Était-ce le haut d'un mur, ou le bas d'une fondation ? La margelle d'une citerne, d'un bassin d'eau de pluie ? Les murs du four du potier ? Il fallait creuser entre ces parois pour le savoir.

Nous nous regardions en nous demandant ce que pouvait nous réserver la terre sous nos pieds. C'était comme un retour dans le temps, lorsque par un beau matin d'orage nous nous posions la même question, quelques mètres plus haut au-dessus de nos têtes. On éteignit le projecteur, et couvrit la fosse avec la bâche sans prendre le temps de ranger les outils. Il faisait nuit noire et on était crevés.

*

À la maison, il y avait dans la boîte aux lettres une petite enveloppe avec un timbre du Japon. Le personnel du laboratoire avait emmené Blanche en excursion visiter Fujiyoshida Sengen, un temple dédié à la déesse du mont Fuji, sur les pentes du volcan. Ma femme expliquait dans sa lettre la légende de la déesse, elle savait que j'aimais bien ce genre d'histoires :

Coucou chéri,

Kono-Hana était la fille du dieu des montagnes, Oho-Yama. Symbole de la délicate vie terrestre, elle est souvent associée au bourgeon de cerisier, le sakura, qui représente la renaissance de la vie immaculée après un long hiver. Elle avait rencontré au bord de l'eau son futur mari Ninigi, le fils du dieu soleil. Il avait demandé sa main à son père, qui avait refusé. Il lui aurait proposé au contraire sa première fille, Iwa-Naga, la princesse roche, qui était moins belle, mais qui était beaucoup plus stable, beaucoup plus posée. Le dieu des montagnes souligna que les humains seraient fragiles et éphémères, comme le sont les pétales de cerisier. Ninigi refusa tout de même, et devant son insistance, Oho-Yama finit par céder et donna la main de sa seconde fille.

Kono-Hana tomba enceinte très rapidement : le lendemain de son mariage, elle annonça à Ninigi qu'elle attendait en effet un heureux événement. Ninigi fut pris de doutes : était-il vraiment le père, n'avait-il pas été joué dans l'histoire ? Kono-Hana fut offusquée par les doutes de son époux et eut recours à une solution extrême pour défendre son honneur. Elle s'enferma dans la maison de maternité et, toutes portes closes, y mit le feu, proclamant que si ses enfants étaient bien de Ninigi, alors ils vivraient. S'ils étaient d'une liaison adultère, alors ils périraient dans les flammes.

Le feu se mit à dévorer la maison, et entre les sifflements des flammes on entendit bientôt les cris de nouveau-nés. Kono-Hana mit au monde deux jumeaux : Hoderi, le feu brillant, et Hoori, le feu qui s'éteint. Les deux garçons survécurent aux flammes, mais pas leur mère. De douleur,

Oho-Yama érigea sur la maison de maternité le mont Fuji, et fit planter sur ses coteaux des centaines de cerisiers. Les coulées de lave sont les larmes de Kono-Hana, les fleurs de cerisier ses éclats de rire qui reviennent chaque année.

Tu me manques,
Je t'aime,
Blanche.

P.-S. : Passe le bonjour au Hussard de ma part.

9. LA FEMME-CALCAIRE OUVRE LES YEUX

Lou mounde est uno escalo, qu mounto, qu calo.
(Le monde est une échelle, les uns s'élèvent,
les autres s'arrêtent.)

La matinée était bien avancée, il faisait jour depuis longtemps. Le soleil perçait à travers les volets, et le Hussard grattait à la porte de la chambre. Il devait avoir faim. Je pris la longue douche que je n'avais pas eu le courage de prendre la veille au soir. Je m'étais écrasé directement sur mon lit, sans même prendre le temps de faire à dîner.

Il était onze heures bien sonnées. Je fis un thermos de café noir, et descendis avec deux tasses à travers les cerisiers. Monsieur Sécaillat était déjà au travail. Le son des outils résonnait de plus en plus fort au fur et à mesure que l'on approchait du chantier. Nos regards se croisèrent, et il arrêta de travailler.

Je lui dis de venir prendre un café. Il ne se fit pas prier et remonta lentement l'échelle, un barreau après l'autre. Au début du chantier je rouspétais à chaque fois qu'il voulait descendre dans la fosse, ou qu'il voulait soulever quelque chose d'un peu lourd. Je me proposais à sa place. C'était peine perdue. Monsieur Sécaillat était fait d'un métal que seul le travail empêche de rouiller. Retraite ou pas retraite, vacances ou pas vacances, le travail était pour lui le meilleur moyen de ne pas dépérir. Malgré son âge avancé, il gardait la forme. Il était sec comme un roseau et avait la peau tannée par le soleil, quel que soit le moment de l'année. Ses doigts se crispèrent autour de la tasse, comme une vigne autour des tuteurs. On pouvait voir que pas mal d'hivers étaient passés sur les sarments. Assis sur le mur de pierres sèches, il prit une première gorgée puis reposa la tasse sur une pierre plate.

« Une sacrée soirée, hein. »

J'opinai du chef.

« Vous avez trouvé des trucs depuis ce matin ? »

« Non, rien de plus. J'ai creusé sur cinquante centimètres de profondeur, il n'y a que de la terre à l'intérieur du rectangle qu'on a dégagé hier. »

« Plus de tessons ? »

« Non, plus de poteries. Juste de la terre, presque du sable. À part ça, dégun[19]. »

« On est à combien de profondeur ? »

« Quatre ou cinq mètres. Lorsqu'on est au fond, on ne voit plus le soleil. »

« Non, mais par rapport au rebord ? Par rapport à la margelle qu'on a dégagée hier soir ? »

« Ah, un mètre, moins d'un mètre. Lorsque je suis debout, la margelle m'arrive à mi-bassin. » Il joignit le geste à la parole.

Il sirotait son café, ponctuant chacune de ses phrases de petites gorgées. Pour le point final, il se leva, jaugea du regard le Luberon qui lui ne bougea pas et, comme pour laver l'affront, vida d'un trait le marc du café dans les cerisiers.

« Allez, j'ai pas eu le courage de remonter toute la terre que j'ai déblayée. Je l'ai seulement mise de côté. Ça serait bien si on pouvait faire ça tous les deux avant midi. »

Honteux comme un élève qui arrive en retard alors que le cours a déjà commencé, je lui emboîtai le pas. Il avait abattu

---

19. Rien, personne.

plus de travail que je ne l'avais imaginé. Il avait rapporté du hangar un gros seau en fer-blanc, qui lui servait normalement pour les bigarreaux. Un crochet était attaché autour de l'anse. C'était par-là que les cueilleurs l'accrochaient aux branches, le temps de faire le plein de cerises. On y attacha autour une grosse corde. Je restai en haut, tandis que le seau et monsieur Sécaillat descendaient par l'échelle. L'échelle aussi venait du temps des cerises : c'était plutôt un escabeau, qui devait voir d'un drôle d'œil sa reconversion en pilleur d'épaves.

« Toi aussi, mon pauvre seau, ils t'ont entraîné dans cette galère. Mais où tout cela va-t-il bien nous mener, je te le demande », semblait dire l'échelle au fond de la fosse.

Monsieur Sécaillat avait fini de remplir le premier seau. Les rôles s'étaient inversés : là où avant, c'était moi qui dégageais les tessons de poterie et monsieur Sécaillat qui tamisait, c'était maintenant le contraire. Une raison était que le seau était bien lourd, et le remonter à bout de bras n'était plus de l'âge de monsieur Sécaillat. Une autre raison était que mon voisin s'était pris au jeu et qu'il brûlait de savoir ce qu'il y avait là-dessous.

Les seaux se succédaient. Je vidais le seau dans une brouette, et le redescendais aussitôt. Il fallait en général trois ou quatre seaux pour remplir la brouette. J'allais la décharger à l'endroit habituel, là où monsieur Sécaillat tamisait les éboulis. Au bout d'une heure environ, nous avions remonté toute la terre qu'il avait déblayée plus tôt dans la matinée. Maintenant qu'il repartait sur des terres inconnues et avait besoin de gratter la terre à nouveau, le rythme des seaux ralentissait. L'instant d'avant, la cadence était difficile à tenir, mais maintenant je devais attendre avant d'entendre le *clang!* d'un coup de pelle contre l'escabeau, le signal convenu pour la remontée.

Pour ce seau-là, l'attente était particulièrement longue, voire trop longue. Je commençai à m'inquiéter : on ne voyait plus monsieur Sécaillat se démener au fond du trou. Il était agenouillé, il ne bougeait plus.

« Ça va ? »

Pas de réponse. Un long silence. Ma voix qui sonne dans le vide, et la désagréable impression d'être seul au monde. Mon sang ne fait qu'un tour : monsieur Sécaillat s'est senti mal, et il est parti *ad patres*, il a passé l'arme à gauche.

« Eh oh, ça va là-dessous ? », un ton plus haut.

« Oui, oui, ça va, c'est pas non plus la peine de gueuler comme un veau. Par contre, ce serait pas une mauvaise idée si vous descendiez voir un petit coup. »

« Ça va pas ? Qu'est-ce qu'y a ? »

« Je vous dis de descendre et de venir voir. »

Je lâchai la corde et descendis rapidement par l'escabeau. Il était accroupi contre une paroi. Je vis tout de suite de quoi il s'agissait. Des reliefs étaient gravés sur la pierre et sortaient de terre. Trois petits triangles, pointés vers le haut, nous invitaient à découvrir la suite. Des épis, ou des pics ? Des dents-de-scie, des pyramides ou des zigzags ? C'était difficile à dire, mais il était évident que la main de l'homme était passée par là. Sous terre, gravé dans le calcaire, nous attendait le reste.

« Vous pensez que c'est quoi ? » demandai-je.

« Noun sai[20]... Des montagnes. Ou alors le haut d'une couronne. Y a un peut-être un prince, ou même un roi là-dessous, qui sait. Et ils ont décoré les parois de la tombe. Ou alors ça ne représente peut-être rien, juste des formes géométriques, comme le haut d'une frise. »

---

20. Je ne sais pas.

Un miaulement se fit entendre au-dessus de nos têtes. Je levai les yeux au ciel et vis la tête du Hussard dépasser du bord du trou. Si la fosse n'était pas assez profonde pour nous plonger dans l'obscurité, il fallait néanmoins plisser les yeux face à la lumière de la surface. Il nous regarda et miaula encore. Sans doute avait-il faim, midi avait déjà sonné.

« Qu'est-ce qu'on fait ? On va manger ou on continue à creuser ? » me demanda monsieur Sécaillat.

« On continue, ça serait dommage de s'arrêter si près du but. Tant pis pour le Hussard, il a qu'à chasser les lézards, ça le fera maigrir un peu », lui répondis-je.

Je pris deux petites brosses à poil doux ainsi que deux truelles à lame fine. Nous les utilisions lorsqu'une poterie montrait le bout de son nez, pour la dégager avec soin. On ne pouvait pas prendre le risque d'abîmer ce qui était gravé sur le mur, même si cela allait nous prendre plus de temps pour le dégager. Monsieur Sécaillat attaqua par la gauche tandis que j'attaquai par la droite. Nous nous gênions de temps en temps, mais ni lui ni moi ne pouvions nous résoudre à remonter à la surface et simplement trimballer les seaux.

Les triangles continuaient à s'enfoncer dans le sol, chacun prenant progressivement forme à chaque centimètre de profondeur. Des gourmands y auraient vu des brioches tressées, des gothiques y auraient contemplé des nids de serpent. Nous ne creusions pas aussi vite que nous le souhaitions : pour descendre d'un précieux centimètre, il nous fallait gratter et déblayer le quintuple. La terre autour de nos genoux commençait à s'amonceler en collines qui dégringolaient toutes les deux minutes.

Triangles, serpents, brioches, couronne, rien de tout cela et pourtant tout à la fois : c'était le haut d'une chevelure que nous mettions à jour, une chevelure drue et importante, une crinière ronde et entrelacée, qui encadrait un front. Deux grands yeux sortirent des sables mouvants. Ils regardaient droit devant eux, indifférents à nos efforts de secouristes, comme ceux d'un noyé que l'on aurait ramené sur la plage.

« Mais pour qui sont ces serpents qui sifflent sur cette tête ? » demandai-je, amusé, à monsieur Sécaillat. C'était un visage que nous mettions au jour, un visage vieux de plus de deux mille ans et qui n'avait vu personne depuis tout ce temps. Je me plaisais à imaginer les dernières personnes qui avaient pu contempler ces yeux avant qu'ils ne soient recouverts d'un linceul de terre. Le Luberon était-il déjà ce parchemin pourpre qui attendait d'être lu par l'hiver ? Ou bien était-il alors bleu sombre comme le ciel avant l'orage ? À quoi pensait le dernier interlocuteur de ce visage de pierre ? Était-il conscient qu'il serait le dernier à lui parler, était-ce volontairement que ces yeux avaient été recouverts de terre ? Ou bien étaient-ce simplement l'oubli et l'abandon qui avaient été ses derniers compagnons ? Un éboulis, un mouvement de terrain avaient-ils été les juges qui avaient condamné ces yeux à l'ensevelissement ?

*

Il nous fallut trois bonnes heures pour pouvoir enfin contempler ce portrait minéral dans son intégralité. C'était le visage d'une femme, qui avait été sculpté d'un bloc dans la pierre. Le calcaire lui donnait un éclat immaculé, comme un portrait sur un voile de marbre. Elle regardait droit devant elle, d'un regard qui vous perce et qui vous sonde. Il était impossible d'y échapper. Elle suivait avec attention nos allées et venues au fond de la fosse. Il y avait désormais un troisième larron avec nous : un maître d'œuvre, un inspecteur des travaux finis. Notre duo n'en était plus un.

Le bas de son visage était occupé par une bouche grande ouverte en un rond presque parfait, une anfractuosité naturelle du rocher. Elle était le seul élément non sculpté de tout son visage, mais les lèvres qui épousaient ce rond parfait avaient été gravées par la main de l'homme. La bouche était remplie de terre et de graviers, que l'on pouvait gratter du doigt. C'était comme si cette femme allait vous interpeller, vous demander de l'aide ou un service, mais qu'un coup du sort l'avait arrêtée juste avant.

*

Nous avions réussi à dégager jusqu'à son menton. Notre priorité avait été de dégager la paroi, mais il restait beaucoup de terre à remonter à la surface. Il était aux alentours de seize heures. Il devait encore rester une bonne heure de soleil, mais nous commencions à sentir la fatigue, et nous n'avions toujours rien mangé. C'était comme une randonnée dans les Alpes : vous avez atteint à la mi-journée un sommet, et vous vous demandez s'il reste assez de temps pour en faire un second. Vous avez encore de l'énergie ; mais est-ce suffisant pour ne pas se faire surprendre par la tombée de la nuit ? D'ordinaire, j'aurais dit oui sans hésiter. Au diable la raison et s'il y a la moindre chance de transformer cette banale randonnée en une formidable aventure où tout risque de mal se terminer, eh bien tentons-la. Mais une fois n'est pas coutume, cette après-midi, nous étions tous les deux d'accord : ce fut non, et la journée s'arrêta là.

Sous le regard de notre nouvelle patronne, on rangea les outils, avant de la laisser seule pour la nuit. Comme pour être sûr qu'elle ne s'échappe pas, je pris plusieurs fois son portrait avec mon téléphone. De retour à la surface, la lumière était encore forte : il fallait du temps pour se réhabituer et se réorienter. Monsieur Sécaillat m'invita à venir manger chez eux. C'était devenu une tradition maintenant : à chacune de nos découvertes, madame Sécaillat mettait les petits plats dans les grands, et le Hussard s'en mettait plein la panse. C'était une bien mauvaise habitude : à chaque fois, il fallait une bonne semaine avant que Môssieur daigne toucher ses croquettes sans faire la fine bouche. Je proposai à monsieur Sécaillat plutôt de venir avec sa femme manger à la maison : c'était à mon tour de leur rendre la politesse. Il protesta pour la forme, mais aussi en raison de l'état de sa femme. Puis, patin-couffin, il opina du chef, et ce fut dit banco pour vingt heures.

10. LES PRÉSENTATIONS

Court sermoun, long dina.
(Courts sermons, dîners longs.)

« Allez, ouste, y a la cavalerie qui va débarquer, faut pas traîner, faut aller se préparer », dis-je au sphinx qui montait la garde sur notre paillasson. Il s'étira : d'abord les pattes de devant, puis celles de derrière, et enfin le bout de la queue. Je filai directement à la salle de bains prendre une douche : il commençait à faire frais en cette fin de saison, et le soleil était de plus en plus rare au fond de notre trou. Je passai la tête sous l'eau chaude puis, au bout de quelques minutes, montai à la température maximale. Je restai prostré sous le jet, les bras en croix, laissant l'eau dégouliner du haut de mon front jusqu'au bout de mes pieds. Les yeux de la femme-calcaire continuaient à me sonder malgré le filet d'eau et le rideau de mes paupières. À la sortie de la douche, la salle de bains était devenue un sauna. Ce n'est pas nouveau : j'apprécie chaque matin ce petit sas spatiotemporel, entre le grand vide amniotique et le monde extérieur. Je me rasai de près, un prétexte pour rester encore quelques minutes dans le sas et prendre le pouls de la dépressurisation.

Lorsque j'ouvris la porte, le Hussard m'attendait, allongé sur notre lit les quatre fers en l'air. Môssieur profitait que Blanche était au Japon pour grignoter des libertés qui lui étaient interdites à l'ordinaire. Je n'eus pas la force de le faire descendre et protestai à mi-voix, histoire de sauver les apparences. Je m'habillai rapidement, les aiguilles de l'horloge abaissant la ligne d'horizon. Je mis un CD que nous écoutions le dimanche matin, quand il pleut, *Quiet is the New Loud*, des Kings of Convenience, et sortis le whisky que Blanche m'avait rapporté d'un précédent séjour au Japon. Nous le gardions pour les grandes occasions, et ce soir en était une.

Je ne savais pas quoi faire à manger, et il n'y avait pas lieu de toute manière de rivaliser avec madame Sécaillat. Quels que soient mes efforts, elle serait toujours un cran au-dessus. Je me décidai pour une vieille recette de ma grand-mère, le cake au thon et aux olives. Elle nous en faisait un tous les mercredis que l'on passait chez elle, quand mes frères et moi étions gamins, et avait continué lorsque j'étais parti faire mes études à Marseille.

À peine les boîtes de thon ouvertes, le Hussard devint fada et se mit à danser la farandole entre mes pieds. Je jouai à celui qui ne remarque rien et continuai. Ce serait prêt dans une petite heure. Pour l'accompagnement, j'avais prévu une petite sauce à la crème fraîche. Ma grand-mère la servait avec son cake refroidi, c'était délicieux. Monsieur Sécaillat était un gros mangeur, et comme ni lui ni moi n'avions déjeuné, ça risquait d'être juste. Il valait mieux ajouter un plat au milieu du menu, et ce fut décidé pour un tian[21] de courgettes.

Pour le dessert, je ne voulais pas me casser la tête, je fis simple et facile avec une salade de fruits. Je me servis un deuxième whisky, pendant que passait *I'd Rather Dance with You*. C'était une chanson que Blanche aimait beaucoup, elle la passait en boucle.

*

21. Gratin.

Des coups furent frappés poliment à la porte. C'était la première fois que les Sécaillat venaient à la maison. Ils s'étaient mis sur leur trente et un, ce qui me fit sourire : il y a quelques heures, nous étions assis dans la terre, à dévisager une beauté calcaire. Ils entrèrent dans le salon. Monsieur Sécaillat avait apporté une bouteille de vin de noix.

« Il est de fabrication maison. On prend des cubis de mourvèdre à la coopérative, et puis on y ajoute des noix cassées. Elles viennent des trois noyers du bout du champ. J'y mets des clous de girofle et un brin d'eau-de-vie pour stabiliser le tout. Celui-là a quatre ans, vous me direz s'il n'a pas tourné. Ça m'ennuierait, on en a vingt bouteilles qui dorment au cellier. »

Je lui proposai d'en avoir le cœur net tout de suite et le servis en apéritif. C'était délicieux.

« C'est très gentil à toi d'avoir invité ton vieux père et ta vieille mère dans ton nouveau chez-toi. Ça nous fait très plaisir. C'est vraiment très joli », me dit madame Sécaillat, en sirotant son vin de noix. C'était touchant. Je savais que les malades d'Alzheimer confondaient le passé et le présent, mais madame Sécaillat faisait plus que cela : elle dressait des passerelles imaginaires entre la réalité et la fiction, entre ses souvenirs et ses délires. Je n'étais pas sûr que leur fils ait jamais quitté le cocon familial, il était mort trop jeune pour cela. Monsieur Sécaillat devait souffrir le martyre, tiraillé entre ses souvenirs et ceux qu'il aurait pu avoir. Je me demandai si je devais rentrer dans ce jeu de crève-cœur, à devoir choisir entre le ou la faire souffrir toute une soirée durant.

« Tant, maintenant que monsieur gagne sa vie, et après tout ce qu'on s'est saignés, c'est tout de même bien normal qu'il nous renvoie un peu l'ascenseur tout de même. »

Monsieur Sécaillat avait tranché de lui-même, en m'obligeant à saisir la balle au bond. L'avait-il fait pour elle ou pour moi ? L'avait-il fait pour m'éviter des hésitations ? L'avait-il fait pour éviter qu'un mistral à décorner les bœufs ne souffle sur des moutons de poussière ?

« C'est bien normal, ça me fait plaisir », répondis-je, en acceptant son jeu de rôle. J'essayai de ne pas pousser le vice en évitant de les appeler papa, maman.

« Alors c'est ici que Môssieur a domicilié sa résidence principale ? » questionna monsieur Sécaillat, en donnant du menton vers le Hussard, qui roulait et s'enroulait sur son fauteuil préféré. « Il fait pas mieux que les Parigots, il prend mon champ de cerisiers pour sa résidence secondaire. » Le Hussard faisait semblant de ne pas s'apercevoir que l'on parlait de lui.

Je coupai la musique et les fis passer à table : l'un en face de l'autre, et moi au milieu, avec la porte de la cuisine dans le dos. C'était plus facile pour servir. Je partis sur la terrasse chercher le cake : il était bien frais, parfaitement froid. Je le déposai sur la table, demandant au passage à monsieur Sécaillat de découper et de servir, et partis chercher la mayonnaise au frigidaire. J'ouvris une bouteille de Tariquet : ça serait rafraîchissant et passerait tout seul.

« Alors, explique-moi ce que tu fais à ton travail, je n'ai toujours pas compris », commença madame Sécaillat, après m'avoir félicité pour le cake, « vraiment très bon ».

« Tu te rappelles le chantier de fouilles dont on avait parlé, la dernière fois ? Celui qu'on prenait pour l'atelier d'un potier ? Eh bien je me suis fait embaucher là-bas et… » commençai-je à lui répondre.

« Toi dans un chantier archéologique ? Mais tu as toujours été nul en histoire-géographie. C'est nouveau, ça », me coupa-t-elle.

« Oui, bon, ben, il faut pas être calé en histoire, il suffit de creuser et déblayer. Et puis bon, c'est en CDI, alors c'est pas si mal que ça, hein », rétorquai-je, un brin énervé.

« Oh, ça va, ne le prends pas mal, je disais juste ça pour te faire bisquer, on ne peut plus rien te dire », soupira-t-elle.

« Oui, oui, Mireille, un CDI, il ne faut pas cracher dessus », renchérit monsieur Sécaillat. Décidément, il était d'humeur joueuse, ce soir-là.

Comme tout le monde avait terminé sa première tranche, et que j'étais un tantinet énervé par la réaction de madame Sécaillat, je me levai pour aller chercher le gratin. Je les entendis chuchoter dans le salon, comme si monsieur Sécaillat reprochait à sa femme ses commentaires.

Le tian était bien doré, on devinait de fines bulles le long des parois transparentes, comme dans du champagne. Comme par hasard, les maniques étaient introuvables. Je pris deux torchons à vaisselle et sortis le plat en me brûlant les doigts. À mon retour dans la salle à manger, les Sécaillat étaient tout sourire, en grande conversation avec le Hussard, qui les regardait de haut assis sur son fauteuil.

« C'est marrant de le voir ainsi, il a aussi ses petites habitudes chez nous. Il doit faire huit repas par jour, il mange à tous les râteliers, ce papadour[22] », dit madame Sécaillat.

« Oui, je me demande même si parfois il pousse pas jusque chez les Bourgues. Ça fait une petite trotte, mais ça ne m'étonnerait pas », lui répondis-je. Les Bourgues habitaient à un kilomètre au-dessus de chez nous.

« Et alors, plus exactement, qu'est-ce que tu fais dans ton chantier archéologique ? »

« Eh bien je creuse. On est deux, à travailler pour un archéologue. On creuse tout doucement, soit à la truelle soit

---

22. Glouton.

à la pelle. On tamise pour être sûrs de ne rien jeter d'important. Quand on trouve un truc, on le dégage tout doucement, en faisant attention de ne rien casser. »

« C'est toi qui fais ça ? »

« Au début, non, c'était l'archéologue. Mais petit à petit, il nous a montré comment faire et maintenant on se débrouille tout seuls, comme des grands, quand il est à côté. »

« Et qu'est-ce que vous avez trouvé jusqu'à présent ? »

« Des morceaux de poterie. C'est pour ça que la dernière fois, ils pensaient à un atelier de poterie. Mais je leur ai répété ce que tu m'avais dit, et du coup ils ne savent plus trop. »

Je sortis mon téléphone de ma poche et lui montrai les photos des trompes que nous avions reconstituées.

« Ils en ont reconstitué une quinzaine comme ça. »

« Et vous avez trouvé autre chose ? »

« Ben au-dessous, vers trois, quatre mètres de profondeur, on a trouvé une sculpture, une femme, taillée dans le calcaire. »

« Vous avez trouvé une statue ? »

« Non, c'est pas une statue. C'est un visage qui est gravé directement dans le calcaire, dans la paroi. C'est le visage d'une femme. Très belle. Calme. Sereine. Elle a des traits fins, délicats. Le visage est complètement intact. Du calcaire blanc, pur. On dirait du marbre. »

Je pris mon téléphone des mains de madame Sécaillat et fis défiler les photos jusqu'à arriver sur celles de cette après-midi. Elles n'étaient pas fameuses. La lumière manquait au fond de notre trou, le flash ne rendait pas justice à la femme-calcaire. Avec mes mains sales, je n'avais pas non plus travaillé la mise au point. Peu importe, je tendis l'appareil à madame Sécaillat.

« Tu as raison, elle est très belle. Elle regarde au loin, fixement, et pourtant on a l'impression qu'elle regarde au fond de vous. C'est marrant qu'elle ait la bouche ouverte, on a l'impression qu'elle va dire quelque chose, qu'elle va se mettre à parler. On ne sait pas trop ce qu'elle va vous dire, mais on devine que c'est important. »

J'écoutais sans rien dire madame Sécaillat. Sa description me faisait penser à la *Bocca della Verità*. On était allés la voir quand notre père avait emmené toute sa petite famille pour une semaine de vacances à Rome. Il nous avait raconté la légende de cette statue et de sa bouche creuse, qui était censée trancher la main de tous ceux qui ne disaient pas la vérité. Franck et Andréas avaient joué à cap ou pas cap, à celui qui oserait mettre sa main en premier. Ils m'avaient flanqué une telle frousse que je n'avais pas osé y rentrer ma main, en raison de deux ou trois bonbons chipés par-ci par-là. J'étais allé me réfugier en pleurant dans les jupes de ma mère, qui se demandait quelle mouche m'avait piqué.

Tout le monde avait repris du cake et fini son gratin. Je partis chercher la salade de fruits. À mon retour, madame Sécaillat avait reposé mon portable à côté de mon assiette. Son mari s'était levé et regardait ma collection de bandes dessinées, dans la bibliothèque. J'en ai tout un wagon. Ce ne sont pas des albums de prix, des éditions originales, mais il doit bien y en avoir plus de cinq cents, dont beaucoup de collections complètes.

« Pour ça, au moins, tu n'as pas changé, dit-il. Tout petit déjà, tu claquais tout ton argent de poche dans ces conneries. »

« Oui, sauf que maintenant c'est mon argent, et que j'en fais ce que je veux. »

« Tu ferais bien quand même d'économiser, hein, pense à tes vieux jours », dit madame Sécaillat en en remettant une couche.

« Hmm… commenta monsieur Sécaillat, le regard plongé dans le vide. Ou noun a paire ni maire, de se-meme lou déu faire[23]. »

23. Qui n'a ni père ni mère, doit lui-même se les faire.

11. TROIS BATTEMENTS DE CŒUR

Les arbres sont secoués comme si des enfants voulaient en faire tomber les fruits. Les blés environnants agitent les épis en se heurtant et font un bruit qui n'est ni celui du vent, ni celui de la faux.
(Tremblement de terre de 1909, archives municipales de Pertuis.)

Trois coups résonnèrent sur la porte et me sortirent du lit en moins de deux. C'est étrange comme tout dépend du contexte. Lorsque le réveil sonne en semaine, il me faut bien une bonne dizaine de minutes avant d'arriver à sortir du lit. À la première sonnerie, j'écrase d'autorité le bouton, m'accordant d'emblée un sursis de quelques minutes. À la seconde, je fais le mort. Au troisième rappel, comme au théâtre, impossible de reculer et je commence une longue revue de presse sur mon téléphone.

Le fait que l'on avait frappé à la porte aujourd'hui avait entraîné une réaction complètement inverse. C'était inhabituel et synonyme de mauvaise nouvelle. Personne n'avait de raison de venir frapper à ma porte de bon matin, si ce n'est la police, pour annoncer un décès ou un drame de ce type.

La dernière fois que c'était arrivé, c'était pour l'accident de voiture qui avait coûté la vie à mon frère Andréas. Ce n'étaient pas des coups à la porte qui avaient tout déclenché, mais la sonnerie du portail. J'avais entendu la voix assoupie de mon père répondre, puis le bruit d'une voiture qui monte le long du chemin. Je ne m'étais pas levé, j'étais toujours entre deux eaux, et je ne comprenais pas qu'il se passait quelque chose de grave. Quelques minutes plus tard, un bruit de sanglots étouffés m'avait poussé à me lever. C'était l'aube, et mes pas me portèrent le long du couloir qui menait de ma chambre à la cuisine. La porte se rapprochait à chaque pas, et je devinai que quelque chose de grave m'attendait derrière. Je n'avais pas la moindre idée de ce que cela pouvait être. En ouvrant la porte, la première chose que je vis fut mon père, dans sa vieille robe de chambre grise, qui était assis sur une chaise, prostré, immobile, et le regard dans le vide. Après, je vis les gendarmes qui soutenaient avec Franck ma mère, brisée en deux. Elle ne tenait pas debout, pleurait et tenait des propos incohérents. Franck me regarda et me dit dans un souffle :

« Andréas s'est tué cette nuit en voiture. »

Notre chien Tarzan était au milieu de la pièce. D'ordinaire, il n'était pas très sociable. Il se mettait à aboyer comme un furieux quand il y avait des invités chez nous, à tel point que mon père devait toujours le prendre par le collier et l'enfermer dehors. Ce matin-là, Tarzan était assis au milieu de la cuisine et avait un comportement inhabituel. Il n'aboyait pas, ne demandait rien à manger et ne voulait pas non plus sortir. Il restait simplement dans la pièce, passant de l'un à l'autre, se laissant caresser par tous. Bien des années plus tard, au moment des attentats aux États-Unis, la télévision montra des chiens déployés pour soutenir les victimes : ils me firent penser à Tarzan ce matin-là.

Les coups martelaient la porte et je descendis les escaliers. Chaque coup et chaque pas m'éloignaient de mon sommeil et me rapprochaient de la nouvelle qu'il me restait à apprendre. À chaque coup, chaque marche, un ralenti, un arrêt sur image, une apesanteur. Je pensai avec appréhension à Blanche. J'avais peur qu'il lui soit arrivé quelque chose au Japon. Je pensai aussi à ma mère, qui vivait toujours. Je me demandai quel visage aurait cette mauvaise nouvelle, derrière ma porte d'entrée. C'était le visage de monsieur Sécaillat.

« Habillez-vous vite, j'ai quelque chose à vous montrer », annonça-t-il.

« Y a quelque chose de grave ? » lui demandai-je.

« Dépêchez-vous. Je vous attends ici », me répondit-il.

« Mais c'est grave ? »

« Dépêchez-vous, je vous dis. »

Il n'y avait pas à insister. Mais j'étais soulagé : cela voulait dire que rien n'était arrivé à Blanche, ni même du côté de madame Sécaillat : il n'avait pas l'air catastrophé, mais plutôt pressé. Je refermai la porte et retournai m'habiller. S'il y a bien quelque chose que je déteste, c'est de devoir commencer la journée sans passer par le sas de la douche. Spécialement quand il fait froid, comme c'était le cas ce matin-là. Je me sentais comme un cosmonaute qui doit sortir dans l'espace, et qui doit affronter le froid intersidéral sans pouvoir mettre sa combinaison. J'enfilai un de mes vieux jeans usés jusqu'à la corde et un gros pull à col roulé que j'aime beaucoup : à défaut de combinaison, au moins avoir une seconde peau.

*

Monsieur Sécaillat m'attendait, prêt à repartir. Je lui emboîtai le pas, sur le chemin à travers les cerisiers. Il ne prit pas la direction de chez lui, mais fila droit sur le chantier et stoppa net au bord de la fosse. Je regardai à l'intérieur. Elle était remplie d'eau jusqu'aux deux tiers.

« Il a plu cette nuit ? demandai-je. Je n'ai rien entendu. »

« C'est pas la pluie qui a rempli ça. C'est une source. On a trouvé une source ! » s'exclama-t-il.

Il me regarda en souriant. Un frisson me parcourut le dos. C'était comme si on avait trouvé du pétrole. En regardant les yeux rieurs de monsieur Sécaillat, on y voyait la flamme qui avait dû briller dans certaines rétines au Texas au début du siècle dernier. La fièvre de celui qui a trouvé, qui ne voit plus ce qu'il a, mais ce qu'il va avoir. En Provence, l'eau est rare. Des siècles et des siècles de sécheresse l'ont hissée sur un piédestal au sein du panthéon provençal. Même si elle est devenue plus accessible avec l'ouverture du canal de Provence, elle fait encore aujourd'hui partie de ces trésors que l'on vénère dans les mas. Les livres d'histoire montrent souvent le face-à-face de l'église et de la mairie sur la place du village. Ils oublient qu'il y a toujours une fontaine, et que d'ailleurs elle était là en premier. Ils oublient que c'est la raison pour laquelle le village a été fondé à cet endroit. Cet oubli s'est poursuivi jusque dans les cadastres : il y a à foison des places de l'Église, des places de la Mairie, mais des places de la Fontaine, beaucoup moins.

Chercher une source avait été un des premiers chantiers que mon père avait lancés après avoir acheté son terrain. Il nous avait rabâché cette histoire à chaque fois qu'on oubliait de fermer un robinet ou qu'on gaspillait l'eau. Il avait fait venir monsieur Guigou, un sourcier bien connu dans le coin, qui avait arpenté le champ en long et en large pendant toute une après-midi. Il avait une baguette en Y, en bois de coudrier, si ma mémoire est bonne. Monsieur Guiguou la tenait, paumes levées vers le ciel, et marchait lentement, quadrillant la parcelle. Parfois il s'arrêtait, faisait demi-tour, repassant lentement là où il venait de marcher. Il avait dit que lorsqu'il passait au-dessus d'une veine, la baguette réagissait, mais aussi et surtout qu'il ressentait une légère contraction dans sa nuque. Comme des guili-guili, comme une légère chatouille. Mon père disait qu'il l'avait regardé faire comme ça, pendant quatre ou cinq heures. À la fin de la journée, monsieur Guigou lui avait montré deux points en lui disant dans le blanc des yeux : « Es aqui que fau cava per veire se li a d'aigo[24]. »

Pour le premier point, il disait avoir repéré un faible débit, vers quinze mètres de profondeur. Pour le second, il était enthousiaste et catégorique : il disait avoir trouvé l'intersection de deux veines, un très fort débit, mais à une profondeur beaucoup plus importante également. Libre à mon père de décider de creuser ou pas. Pour le remercier, mon père l'avait invité à rester dîner à la maison. Sans rien dire, mon vieux briscard de père avait fait venir quelques jours plus tard un second sourcier, qui n'était pas du coin, mais d'Aix, je crois. Il avait *grosso modo* utilisé les mêmes techniques. Il n'avait trouvé qu'un seul point, celui que monsieur Guigou avait identifié comme l'intersection de deux veines, à forte profondeur.

Mon père avait tout de même décidé de faire forer aux deux endroits. Il nous avait dit que les sourciers, ça ne lui avait pas coûté très cher, mais qu'en revanche il avait douillé pour le forage. Le premier forage n'avait guère été brillant : ils étaient tombés de suite sur le roucas[25], n'avaient pas pu atteindre la profondeur voulue et n'avaient pas trouvé d'eau du tout. Le second forage avait pris plus de temps. Mon père était encore tout excité lorsqu'il nous en parlait. Monsieur Guigou était venu, moins pour diriger le foreur que pour assister au résultat des courses. Ils n'avaient rien trouvé à la profondeur indiquée par le sourcier, mais mon père avait

24. C'est ici qu'il faut creuser pour voir s'il y a de l'eau.

25. Rocher.

demandé de continuer à forer une dizaine de mètres supplémentaire. Bien lui en prit, puisque quelques mètres plus loin, ils commencèrent à sortir de la terre humide, puis franchement mouillée. De l'eau était enfin remontée, pas autant que prévu, mais pas mal malgré tout. Mon paternel avait offert le champagne à monsieur Guigou et aux ouvriers, les pieds gafouillant dans la gadoue et des bulles aux lèvres. Il s'était couché heureux avec le sentiment du devoir accompli et d'une bonne chose de faite. Désormais nous aurions une source chez nous, une bégude. Cela voulait dire que l'on pourrait irriguer, et donc cultiver. Le prix du mètre carré, multiplié par cinq en une minute. C'était aussi mettre une croix sur la carte : des sources, il n'y en a pas cent mille, et cela se sait rapidement dans la région. Les années de sécheresse, l'Équipement viendrait pour savoir si notre source était à sec, ou si on pouvait compter dessus. Mon père avait dû rêver de cela pendant toute la nuit.

Mal lui en prit. Le lendemain, le forage était sec comme l'âme du diable. L'eau était partie pendant la nuit. Monsieur Guigou avait dû trouver une poche d'eau, qui avait dû se constituer là au fil du temps, mais pas une rivière souterraine, encore moins une source. Ce fut une ultime déception qui coupa tout net les ambitions hydrologiques paternelles, et depuis ce temps-là il était admis qu'il n'y avait pas d'eau en dessous de notre lopin de terre.

J'étais donc assez surpris de voir de l'eau, là où hier encore nous dévisageait cette femme-calcaire. Ce n'était peut-être qu'une réminiscence de la poche d'eau de monsieur Guigou, qui affleurait aujourd'hui de nouveau et qui disparaîtrait demain. Je fis part de mes réserves à monsieur Sécaillat, qui me regarda comme si j'étais jobastre[26].

26. Crétin.

« Pour avoir sorti ce débit en une nuit, elle serait foutrement grande, votre poche d'eau », s'exclama-t-il.

« Je sais pas, je vous dis juste ce qui est arrivé à mon père il doit bien y avoir cinquante ans sur notre terrain juste à côté. »

« Avec ce débit, c'est impossible. Non, vous voyez ces bulles et cette couleur ? C'est une source qu'on a trouvée : une source ferrugineuse, en plus. Je ne savais pas qu'il y en avait dans la région. En Auvergne, il y en a tout plein, mais par ici, c'est bien la première fois que je vois ça. C'est ça qu'on a trouvé, pas un atelier de poterie ou Dieu sait quoi. C'est une source. Y avait une source ici au temps des Gaulois, comme à Glanum. Et pour une raison ou une autre, la source s'est tarie ou a dévié. Ce sont des choses qui arrivent, comme avec un tremblement de terre, ou un glissement de terrain par exemple. Et du coup, le bassin ne servait plus à rien et ils ont tout rebouché avec ce qu'ils avaient sous la main, et ce sont tous ces tessons qu'on a trouvés », conclut-il.

Monsieur Sécaillat n'avait pas tort. Cette source pouvait être à l'origine de toute cette histoire. Il y a vers Villars un lieu-dit où c'était arrivé : Fumeirasse, qui veut dire fumée chaude en provençal. Si vous allez à Fumeirasse aujourd'hui, vous n'y trouverez rien de spécial, mis à part une jolie petite chapelle. Rien en tout cas qui justifie le nom : pas d'eau chaude, et même pas d'eau du tout. Mais des fouilles à côté de la chapelle avaient mis au jour des thermes, et quantité d'ex-voto, qui montraient qu'il y avait eu une activité thermale dans l'Antiquité. Un séisme, un glissement de terrain avait dû couper la source de Fumeirasse, exactement comme celle que nous avions trouvée. C'était une explication plausible.

Je n'avais pas remarqué que des bulles agitaient cette eau qui, loin d'être cristalline, était teintée de rouge. Une légère vapeur se dégageait de la surface : l'eau devait avoir une certaine température. Elle descendait probablement du plateau de Sault et passait à travers les ocres de Rustrel, absorbant au passage leur couleur et certaines propriétés. On n'a jamais compris comment, d'un point de vue géologique, les ocres du Colorado pouvaient se trouver là, épaves rouillées au milieu d'un océan de calcaire.

En bon Provençal, il faut se tourner encore une fois du côté des légendes pour avoir un début d'explication.

*

Les Ocres se souviennent qu'au XIIe siècle habitait à Roussillon le seigneur Raymond, féru de chasse et propriétaire des lieux. Il habitait en haut du village avec son épouse, dame Sirmonde.

Le seigneur de Chabestan, au-dessus de Sisteron, était désireux de parfaire l'éducation de son chevalier de fils, Guilhem, et décida de l'envoyer compléter son apprentissage à Roussillon. Ce qui devait arriver arriva. Raymond passait plus de temps à chasser le sanglier à travers la garrigue qu'à s'occuper de sa femme ou instruire le jeune Guilhem. Laissés à Roussillon, ces deux-là trouvèrent à s'occuper en son absence, et bientôt les ruelles du village se remplirent de cancans et autres racontars. De retour de chasse, il ne fallut guère longtemps pour que les ragots arrivent aux oreilles de Raymond. Celui-ci était un vieux briscard, qui sut ravaler sa colère et se garda bien de faire un esclandre, de peur de passer pour le cocu de service aux yeux de tous. Il se contenta d'inviter Guilhem à la chasse, tous les deux seuls pour la battue au sanglier.

Et, dans les monts de Vaucluse, entre les buis épais et les chênes aux sombres frondaisons, il demanda à Guilhem d'ouvrir la piste et de passer en premier. Alors que celui-ci s'enfonçait dans le cœur des buis, Raymond sortit sa dague et la planta de toute sa longueur dans le dos du malheureux amant. Raymond retourna le corps sur le tapis de mousse verte et en sortit le cœur de Guilhem, comme il le faisait pour les daims et les marcassins. Le cœur était la pièce de gibier qu'il affectionnait le plus. Il ne revenait pas d'une partie de chasse sans confier ses trophées à son cuisinier, pour qu'il les fasse revenir à la saint-gilloise, sa sauce favorite. Il cacha le corps dans les taillis, plongea le cœur au fond de sa besace et prit le chemin du retour vers Roussillon.

À son arrivée, comme à son habitude, il donna sa prise à son cuisinier, puis invita la belle Sirmonde à dîner. Elle s'étonna de l'absence de Guilhem, et Raymond inventa des balivernes à ce sujet. Au moment du plat principal, il ne dit rien, ne dit mot, et regarda Sirmonde déguster le mets qu'on lui servait. À la dernière bouchée, son rustre de mari éclata de rire, et entre deux spasmes lui apprit l'ignoble vérité : elle venait de déguster le cœur de son amant.

Mais tel fut pris qui croyait prendre : Raymond fut bien mal récompensé de toute son horrible mise en scène. Sirmonde ne lui offrit ni larmes ni cris. Pas de scène de ménage, pas d'apitoiement. Non, rien de tout cela. Elle prit sa serviette, s'essuya le coin des lèvres, et dit de manière très noble, posée, qu'elle avait fort bien mangé, et ce, pour toujours. Elle se leva, quitta la salle et, au lieu de regagner ses appartements, rejoignit les remparts et demanda qu'on lui ouvre les portes du village. Elle atteignit les falaises toutes proches, et, sans se retourner, sans lancer un regard en arrière, se jeta dans le vide. Son corps s'écrasa quelques dizaines de mètres plus bas, et les parois devinrent rouges de sang pour toujours.

Avant de s'arrêter, son cœur battit encore trois fois. Son premier battement, encore robuste, macula les falaises de

Rustrel, et créa le Colorado provençal. Le second teinta celles de Villars. Enfin, dans un ultime soubresaut, il gribouilla celles de Gargas, et s'arrêta définitivement. Les habitants du village racontent qu'à l'endroit où était tombé le corps, une source jaillit. Ils se dépêchèrent de la cacher sous un puits couvert, pour éviter que les maris jaloux ne viennent tourmenter le repos de la pauvre Sirmonde.

Ni monsieur Sécaillat ni moi n'étions des maris jaloux : peut-être le sort nous avait-il fait retrouver la source du cœur de Sirmonde.

12. LE GRAND TREMBLEMENT

Es arriva ounte leis ase descargoun.
(Il est arrivé là où les ânes déchargent.)

Toute cette eau avait signé l'arrêt de mort de nos fouilles archéologiques. On ne pouvait plus creuser, précisément au moment où cela devenait prometteur. Je ne disais rien, et la nature non plus d'ailleurs. À part le frémissement de l'eau dans la fosse, on n'entendait pas un bruit.

Nous étions aux derniers jours de novembre. Il commençait à faire très froid, et mère Nature se mettait à tourner au ralenti, économisant ses forces pour lutter contre l'hiver. Le ciel était bleu transparent, il touchait du doigt le blanc translucide de la paroi d'un glacier. Le Luberon ressemblait à une grosse couette couleur bleu de méthylène recouvrant un lit défait. À chacune de nos expirations sortait un léger brouillard qui s'évanouissait aussitôt, disparaissant avec la vapeur d'eau que dégageait la source. Monsieur Sécaillat me regarda sans mot dire. Après le temps passé autour de ce trou, il lisait en moi comme dans un livre ouvert.

« Vous êtes déçu, c'est ça ? Pour les fouilles ? Fan de chichourle[27], vous êtes jamais content, on vient de trouver une source ! » s'énerva-t-il.

« Non, c'est pas ça, je suis pas déçu. C'est bien qu'on ait trouvé cette source. C'est mieux que bien. C'est juste que…

27. Nom de nom !

c'est juste que je pense à la sculpture qu'on a trouvée hier. C'est dommage de la laisser au fond de l'eau. Et il y avait peut-être d'autres trucs à trouver. Si votre théorie est juste, en fait avec les poteries on a trouvé juste les remblais, ce qu'ils ont utilisé pour boucher la source. Et quand on vient de trouver cette femme-calcaire, *plouf!* l'eau nous la reprend. Avouez que c'est pas de chance tout de même », lui répondis-je.

« Ben oui… Mais c'est la vie, que voulez-vous qu'on y fasse. Bon, ça commence à cailler, on va pas rester à palabrer comme ça pendant des heures. Venez prendre un café à la maison », dit-il en m'invitant d'un geste de la tête.

On prit la direction de sa maison. Apparut entre deux cerisiers le Hussard, qui s'invita dans nos pas à coups de petites foulées. Monsieur Sécaillat lui fit la conversation, lui demandant où il avait passé la nuit et s'il avait bien chassé les souris. Le Hussard lui répondit en miaulant, à chaque interrogation, comme s'il comprenait.

Une fois dans la cuisine, monsieur Sécaillat prit une cafetière à piston, du type où il faut pousser le filtre tout au fond pour y piéger le marc du café. Il prit du café noir dans une boîte en fer, et commença à faire bouillir l'eau. Il chercha dans un placard un moment avant d'en sortir une boîte de sardines de Marseille. Il déplia une feuille de papier d'aluminium, et y démoula les sardines.

« Allez, pour toi, aujourd'hui, c'est jour de fête », dit-il en donnant les sardines au Hussard et en faisant filer sa main le long de son échine.

« Vous voulez un bol ou une tasse ? » me demanda-t-il.

« Une tasse, merci », lui répondis-je.

Il versa l'eau bouillante dans la cafetière et attendit un moment sans rien dire. On entendait le Hussard faire un boucan de tous les diables sur son papier d'aluminium.

Estimant qu'il avait suffisamment attendu, monsieur Sécaillat appuya sur le filtre avec la paume de sa main grande ouverte, le regard perdu dans le marc de café. Il devait l'interroger, voir ce que l'avenir réservait à la femme-calcaire, car il se mit à parler aussitôt après.

« Baste, y a pas trente-six solutions, on va pas laisser la source dans cet état de toute manière. Il faut trouver par où l'eau arrive, et la canaliser. Je vais la faire analyser pour voir si elle est potable, mais vu sa couleur, ça m'étonnerait », déclara monsieur Sécaillat.

« Et pour la femme-calcaire, qu'est-ce qu'on fait ? On la laisse sous l'eau ? » demandai-je.

« Je suis pas sûr que le niveau où affleure l'eau actuellement soit le niveau naturel. Hier, on a creusé, mais quand on est partis il restait encore de la terre, on avait toujours pas fait affleurer le roucas. J'ai une pompinette qui me sert une fois par an, pour curer notre petit bassin. Elle a pas une très grosse puissance. Faut voir, faut essayer, j'ai du mal à mesurer. On la descend, on pompe, et on racle jusqu'à ce qu'on tombe sur le rocher. On verra bien si on trouve d'autres trucs, mais ça va être coton de les sortir sans rien abîmer. Avec tout ce qu'on va sortir, ça devrait faire baisser le niveau de l'eau, enfin, espérons. »

« Et si c'est une poche d'eau ? »

« Primo, ça m'étonnerait que ça en soit une. Mais bon, secundo, si c'en est une, ben on va l'assécher, et ça sera perdu et tant pis. Mais je vous garantis que de toute manière c'est pas une poche d'eau. Faut se dépêcher, parce que l'hiver est bien là, et chaque pluie va nous donner davantage de boulot », dit-il en terminant d'un trait son café.

*

Le général avait annoncé la couleur et le plan de bataille ne demandait plus qu'à être exécuté. On sentait chez monsieur Sécaillat cette force paysanne que rien ne fait plier et qui encaisse tout, obstinément, sans broncher. Avec lui, il y avait certes un temps pour la réflexion ; mais, une fois que c'était pesé, décidé, il n'y avait rien d'autre à faire qu'avancer, en serrant les dents, les coudes et les fesses, peu importe si le chemin était dur à parcourir. On pouvait lui demander si c'était le bon moment pour labourer, si la pluie risquait d'arriver ou non, s'il ne valait pas mieux attendre un peu. On pouvait lui demander, mais une fois que c'était décidé, que le soc de la charrue rentrait dans la terre, rien ni personne ne pouvait l'en faire dévier. Tracer une ligne droite jusqu'au bout du champ, et une fois là-bas, revenir en parallèle. Qu'un mistral souffle à décorner les bœufs, qu'il se mette à grêler aussi gros que des prunes, ce qui était dit était dit.

Monsieur Sécaillat était comme il parlait : grand et sec comme un fil de fer, sans galimatias[28] ni chichi bellis[29]. On pouvait croire qu'il n'avait que la peau sur les os, qu'une pichenette suffirait pour le faire tomber. C'était à la fois faux et trompeur. Faux, car il suffisait de le regarder travailler pour le voir soulever des masses que ni vous ni moi n'aurions bougées d'un millimètre. Trompeur, car il en jouait : il se présentait maigrelet comme un atoumié[30] pour mieux tromper son monde et rafler la mise à la fin. Il n'y avait que ses yeux pour le trahir : des yeux fins comme des brins de lavande, bien cachés derrière tout un pataquès de paupières, qui scrutaient tout et ne laissaient rien passer.

---

28. Farfouillis.

29. Fioritures.

30. Squelette.

Il partit chercher sa pompinette dans le hangar, je retournai à la maison : j'avais une vieille combinaison de plongée, qui datait du temps de mes études à Marseille, pour la chasse sous-marine. Je n'avais jamais rien attrapé, c'était juste pour les coulées entre les rochers et les flirts avec les daurades. Cela me prit un bout de temps avant de remettre la main dessus. Elle était percée en de nombreux endroits. Mon vieux masque de plongée était complètement rongé par le sel marin et bon pour la poubelle. Je pris à la place mes lunettes suédoises, que je mettais pour nager tous les mardis soir à la piscine municipale. Il n'était pas sûr que nous en ayons l'utilité, mais à tout hasard je les enroulai autour de mon poignet.

Les lunettes me firent penser à Blanche : nous nous étions rencontrés à la piscine pendant nos études. Sans ses lentilles, elle était myope comme une taupe, et elle m'était rentrée dedans en nageant du mauvais côté de la ligne. Tout était parti de là, je n'aurais jamais eu le courage de l'aborder. Elle m'avait attendu à la sortie de la piscine pour s'excuser une fois encore. Sans bonnet ni lunettes, c'était un autre monde.

*

Lorsque j'arrivai sur le chantier, monsieur Sécaillat était déjà en train de bricoler sa pompe. C'était comme une borne à incendie, en plus petit. Elle était raccordée à un gros tuyau noir, d'une dizaine de mètres de long, pour évacuer l'eau. Il l'avait attachée à une corde, et s'apprêtait à la descendre dans la fosse. Il se mit à rire en me voyant enfiler ma combinaison. Je n'ai jamais été un pro en la matière : passer les jambes n'est pas trop difficile, mais tout se complique au niveau du torse, et, ultime étape, de la fermeture dans le dos qui n'a d'Éclair que le nom. J'avais perdu l'habitude depuis les Goudes et j'avais aussi quelques kilos en plus. Tout cela me prit une bonne dizaine de minutes, sous le regard amusé de monsieur Sécaillat, qui aurait pu proposer de m'aider, mais ne le fit pas.

« Allez, Cousteau, il est temps d'aller sauver *La Calypso* », sourit-il.

L'échelle était toujours dans la fosse, à moitié submergée. J'empoignai les barreaux, comme un scaphandrier partant à l'assaut d'une épave. L'eau était chaude. Je n'ai jamais été très bon pour mesurer les choses, que ce soit la température au doigt mouillé, les kilomètres à vol d'oiseau ou le nombre d'habitants *grosso modo*. Disons qu'elle était tiédasse. On avait envie de s'y réfugier rapidement, de s'y lover pour se protéger du froid de l'air. La combinaison de plongée était presque en trop, une mue de serpent dont on veut se débarrasser avec l'arrivée de l'été. L'eau m'arrivait en haut du torse. Elle était légèrement trouble, à cause de la chaleur ou alors des minéraux dont elle était chargée. On devinait mes pieds plus qu'on ne les voyait.

Monsieur Sécaillat me fit passer la pompinette, attachée à la corde qu'il tenait à bout de bras. Elle pesait son bougre de poids, et je n'aurais pas aimé me la prendre sur le coin de l'orteil. Je la posai sur le rebord calcaire qu'on avait dégagé hier. Comme sur les tronçonneuses, il y avait un mécanisme de mise en route. Je tirai sur la cordelette pour lancer le moteur plusieurs fois sans succès. À la quatrième tentative, un bruit sourd se fit entendre. Je passai la main à proximité et sentis un léger courant. Ça n'était pas très fort, mais c'était mieux que rien.

Je mis mes lunettes et essayai de voir par où arrivait la source. Peine perdue : on n'y voyait rien, tant par la couleur de l'eau que par les bulles qui l'agitaient. Le travail de la pompe n'arrangeait rien. Sans les plombs, la combinaison me faisait flotter, et me remontait obstinément à la surface.

À coups de grands mouvements de brasse, je réussis à m'approcher de la femme-calcaire. Je ne la vis qu'au tout dernier moment, mon visage à quelques centimètres du sien. C'était comme voir quelqu'un à travers une coupe de champagne : les bulles et la couleur lui donnaient un air différent de celui d'hier. Elle cherchait du regard, comme si elle essayait de trouver quelqu'un parmi les convives de la fête, perdue par les mouvements des uns et des autres, perdue par la musique et l'alcool qui lui montait à la tête. Avec sa bouche grande ouverte, c'était comme si elle appelait quelqu'un, mais que sa voix n'arrivait pas à passer au-dessus du brouhaha des invités. Elle essayait, encore et encore, mais sans succès : personne ne lui répondait. Monsieur Sécaillat sonna la fin de la soirée en jouant les couche-tôt :

« Allez, maintenant il n'y a plus qu'à laisser faire la pompe, on reviendra dans quelques heures. »

« Vous ne voulez pas commencer à creuser pour dégager le fond ? Avec une pelle et un seau, ça serait toujours ça de pris. »

« Non, avec cette hauteur d'eau, vous allez vous fatiguer pour rien et faire du travail de cochon. Qu au bastis sus la graveno, perdi soun tems emai sa peno[31]. Vaut mieux revenir dans quelques heures. »

Les poings agrippés aux barreaux de l'échelle, je sortis lourdement, comme un scaphandrier qui remonte sur le bateau après une longue plongée. Je ne sais pas ce qui s'est passé ensuite. Peut-être est-ce le fait de ne pas avoir déjeuné. À moins que ce ne soit la différence de température, entre l'eau chaude et l'air froid, comme lorsque l'on sort du bain. Ou alors l'alcool de la fête où on s'était aperçus avec la femme-calcaire, qui m'était monté à la tête.

---

31. Celui qui construit sur le gravier perd son temps et aussi sa peine.

Un bruit intense et strident retentit dans ma tête, mélange de tambourin bourdonnant et de fifre crève-tympan. De bleu le Luberon tourne à l'orange sanguine, puis rouge cramoisi. Les cerisiers se tiennent par les branches et se mettent à tourner autour de moi, ils dansent des farandoles de plus en plus rapides et de plus en plus serrées. Je ferme les yeux et essaie de prendre appui sur l'épaule de monsieur Sécaillat. La tête me tourne et me fait mal, la terre se rapproche. C'est le grand tremblement, et tout disparaît dans un voile noir.

*

J'ouvris les yeux. J'étais couché par terre. Je n'entendais rien, à part ce bruit strident qui résonne encore dans ma tête. Le visage de monsieur Sécaillat était au-dessus du mien, ses lèvres bougeaient, mais sans produire aucun son. Il faisait très chaud, des coups frappaient contre l'intérieur de mes tempes. Petit à petit, le bruit diminue, la chaleur aussi. Ma combinaison a été ouverte, j'entends à nouveau.

« Ça va ? Ça va ? Punaise, vous m'avez fait une de ces frousses. Vous vous êtes évanoui, vous allez bien ? Ah, vous êtes en train de reprendre des couleurs », me dit monsieur Sécaillat.

« Bon, asseyez-vous, restez assis, je vais aller vous chercher de l'eau fraîche et des sucres à la maison. Pas de bêtises, hein ? Je reviens tout de suite », continua-t-il.

Monsieur Sécaillat partit clopin-clopant vers sa maison. Je m'assis, le dos contre le muret. Le contact des pierres froides m'aida à reprendre mes esprits. L'oxygène envahit mes poumons, mettant en déroute le sourd écho des battements de mon cœur contre les parois de mon crâne. Voilà, c'était passé. J'avais dû trop forcer, là-dessous, et l'eau chaude m'était montée à la tête. Dans un effort qui me parut surhumain, je réussis à enlever le reste de ma combinaison. Cela faisait du bien de sentir l'air frais. Je commençai à avoir froid : je m'enroulai dans ma serviette, mais n'eus pas assez d'énergie pour enfiler mes vêtements. Je vis monsieur Sécaillat revenir, avec une gourde d'eau fraîche dans laquelle il avait fait fondre deux sucres, me dit-il. Je pris une grande gorgée.

« Ça va mieux ? Heureusement que vous ne vous êtes pas évanoui là-dedans, dit-il en désignant du menton la source. J'aurais été bien incapable d'aller vous récupérer dans cette soupe, je nage comme une pierre, et le temps d'appeler les pompiers, il aurait été trop tard. »

« Non, faut pas vous inquiéter. C'est juste lié à la différence de température. L'eau est quand même sacrément chaude. C'est bon, c'est déjà passé », lui répondis-je.

« Bon, en tout cas, c'est fini pour aujourd'hui. Cette après-midi je dois labourer les cerisiers. On va laisser la pompe tourner toute l'après-midi et toute la nuit, on verra où elle en sera demain matin. Comme ça, en plus, ça nous donnera une idée du débit de la source. Vous avez pu voir par où arrive l'eau ? » me demanda-t-il.

« Non, je n'ai senti aucun courant, à part celui créé par la pompe. C'est tout juste si j'ai pu voir la femme-calcaire. La combinaison me faisait trop flotter pour arriver à descendre. »

Monsieur Sécaillat me demanda encore une fois comment je me sentais, puis insista pour me raccompagner à la maison. Le bruit sourd de la pompe qui commençait son travail de bagnard s'évanouit au fur et à mesure que nous remontions le chemin.

13. LA BÉGUDE

POMPEIA ANTIOPA BORBANO V[otum] S[oluit]
(Pompeia Antiopa s'est acquittée
de son vœu envers Borbanus.)
Ex-voto, Aix-en-Provence

La pompe avait fait du bon travail pendant la nuit. Le niveau d'eau avait baissé d'un bon mètre, elle nous arrivait maintenant à mi-cuisse. J'étais seul en bas, monsieur Sécaillat était resté à la surface. Il m'avait fait passer une pelle à neige, et deux seaux à crochet. La pompe continuait à tourner. L'eau avait transformé la terre en une sorte de vase molle, plus facile à creuser, mais en revanche plus lourde à porter. Nos fouilles archéologiques étaient devenues plus un travail de forçat qu'autre chose. Je raclai le fond avec la pelle à neige, et remontai autant de terre que possible. C'était un vrai supplice de Tantale : si vous remontiez la vase trop lentement, vous en aviez pour des heures. Si vous la remontiez trop vite, elle partait avec le remous et vous remontiez une pelle aux trois quarts vide. Je dus m'y prendre à plusieurs reprises avant d'ajuster le tir et de remonter la pelle à la bonne vitesse. Je déversai deux à trois pelles dans le seau, et donnai un coup de pelle sur l'anneau, signal convenu avec monsieur Sécaillat pour la remontée. Le seau était lourd, il était chargé comme une abeille. Entre le remous créé par la pompe et mes allées et venues, ça bouléguait[32] pas mal : je barbotais dans une soupe chaude qui tranchait avec l'air glacé de décembre, chaque matin un peu plus frais. Monsieur Sécaillat continuait à passer doucettement la vase au tamis, mais c'était peine perdue, cela ne donnait plus rien. Sa théorie était la bonne : nous avions trouvé des thermes, qui avaient été utilisés dans l'Antiquité, puis qui avaient été comblés par toute une palanquée[33] de poteries.

Heure après heure, le niveau de l'eau baissait, et progressivement la femme-calcaire refaisait surface. Il y avait comme un sentiment de déjà-vu. Il y a quelques jours nous la sortions de terre, strate après strate, centimètre après centimètre. Aujourd'hui, c'était pareil, mais dans l'élément liquide : vague après vague, ondulation après ondulation, la femme-calcaire revenait dans notre monde. Ses yeux immaculés sortaient de l'eau, recommençant à nous dévisager tous les deux. On aurait dit un crocodile immobile, qui vous observait à fleur d'eau, prêt à passer à l'action. Vers midi, son visage tout entier était à l'air libre, tandis que je continuai à creuser le plancher océanique.

Un reflet attira mon attention : un mince filet d'eau ruisselait de sa bouche grande ouverte. Il me fallut m'approcher pour en avoir le cœur net. Non, ce n'était pas le contrecoup d'une vaguelette qui aurait embrassé les lèvres de la femme-calcaire. Je mis mes mains en entonnoir, et les collai contre le rocher, comme le font les pèlerins à Lourdes. L'eau se mit à perler et à s'accumuler entre mes deux paumes. C'était bien la source qui affleurait entre ses deux lèvres sculptées.

Mademoiselle la bégude était devant moi. Nous l'avions enfin trouvée. Personne n'avait dû recueillir ses eaux depuis

32. Remuait.

33. Fatras.

quelques siècles au moins. Je restai un petit moment ainsi, sans bouger, les mains collées contre la paroi. L'eau commença à déborder, faisant un petit bruit de flûte cristalline. J'appelai monsieur Sécaillat, qui pencha sa tête dans la fosse.

« Ça y est, on l'a trouvée ! On a trouvé la source ! » lui criai-je.

« Ça coule comment ? » demanda-t-il.

« Ça coule tout doucement, vraiment tout doucement. »

« Mais c'est du plic-ploc, ou ça coule en continu ? »

« Non, non, ça coule en continu. Faible débit, mais ça coule bien en continu. »

« Tenez, remplissez ça. Faites attention à ne prendre que de l'eau qui sort directement de terre, hein, on va la faire analyser. Faites gaffe à ne pas mélanger avec la soupe dans laquelle vous barbotez, parce que avec tout ce que vous avez remué, on aurait des résultats négatifs. »

Il me tendit un bocal en verre, avec un couvercle en fer. C'était un pot à confiture, avec un *Bonne Maman* en relief sur les parois. Je collai le bocal entre les lèvres de la femme-calcaire, comme lorsque l'on donne à boire un verre à un enfant. L'eau perlait de sa bouche. Le bocal se remplit doucement. L'envie me prit de le porter à mes lèvres, d'en goûter ne serait-ce qu'une gorgée, juste pour voir. La présence de monsieur Sécaillat m'en empêcha, comme un gosse qui allait faire quelque chose de mal, d'interdit, et que ce n'était même pas la peine de penser demander la permission. Une fois le bocal aux trois quarts plein, je remis le couvercle et le tendis à bout de bras à monsieur Sécaillat.

Le reste de l'après-midi passa rapidement. Je m'étais mis en pilote automatique, ne voyant plus les seaux se remplir les uns après les autres. Mes muscles obéissaient à une ritournelle réglée comme du papier à musique. La pelle, les seaux et la pompe étaient les refrains de la mélodie du niveau d'eau. Je n'étais pas là, j'étais ailleurs. Mes pensées vagabondaient au gré des pistes que débusquait mon imaginaire. Pourquoi les Anciens avaient-ils comblé la source, puisqu'elle semblait toujours couler ? Était-il possible qu'une source se tarisse pour revenir quelques siècles plus tard ? L'eau n'arrêtait pas de baisser et mon esprit de vagabonder. À un moment donné, la pompe s'arrêta : elle avait aspiré de l'air, et elle avait calé. Dans ces cas-là, il fallait relancer le mécanisme à la main, cela pouvait prendre du temps. Ce hoquet marqua la fin de l'après-midi.

« Allez, zou maï[34], c'est tout pour aujourd'hui. Demain je vais aller au service des eaux pour la faire analyser, et on saura si elle est potable », annonça monsieur Sécaillat.

« Ils vont vous demander d'où elle sort et feront le rapprochement le jour où on donnera les poteries. Vous allez nous faire choper. »

« Non, mais comment voulez-vous qu'ils fassent le rapprochement ? Vous avez pas un peu beaucoup la maladie de la persécution, non ? On n'a qu'à juste leur dire que c'est de l'eau d'une citerne qui retient les eaux de pluie, et puis baste, ils vont pas aller chercher plus loin. »

« Si vous y tenez, abdiquai-je. Té, c'est aussi bien que vous y alliez demain, parce que moi, demain matin, je dois aller chercher ma femme à l'aéroport, elle revient du Japon. »

« Aïe, y a la patronne qui revient, j'en connais un qui va se faire chanter Manon. Faut se tenir à carreau, maintenant, hein ? » dit-il avec un clin d'œil.

Il ne croyait pas si bien dire. Je n'avais pas touché mot de toute cette histoire à Blanche, pas même pour mon congé,

34. Ouste.

et avais évité le sujet à chacune de nos conversations. Je préférais éluder ses questions et bifurquer sur ce qu'elle avait fait pendant la journée, ou ce qui la surprenait au Japon. Après tout, aquéu que dis ren jamais mente[35]. Je cherchais toujours le meilleur moyen de l'annoncer. Ça allait criser demain.

*

De retour à la maison, j'eus besoin de décompresser dans le sas-douche pour digérer les nouvelles de la journée. Je n'avais pas quitté ma combinaison, j'étais rentré directement avec dans la salle de bains. J'ouvris à fond l'arrivée d'eau de la douche, passai une tête sous le jet, et enlevai la combinaison au fur et à mesure que l'eau chaude arrivait. Les yeux fermés, les gouttes venaient crépiter sur mes paupières et, avec elles, les scènes qui avaient pu se passer à la source, il y a plus de deux mille ans. Des prêtres, des druides devaient garder la source, n'autorisant son accès qu'aux pèlerins les plus émérites. Fallait-il faire une offrande au clergé pour pouvoir profiter de ses bienfaits ? Était-ce mixte, ou séparé ? Ce devait être comme à Lourdes : un druide vous demandait de vous déshabiller, et vous n'aviez que quelques secondes pour vous immerger complètement, en prenant appui sur le rebord. Peut-être certains embrassaient-ils aussi les lèvres de calcaire comme d'autres baisent le rocher à Lourdes. Le plus étonnant dans toute cette histoire était que la Provence avait une mémoire d'éléphant pour les sources et les légendes. Il fallait se lever tôt pour qu'un Provençal oublie l'endroit d'une source. Or, dans tous les contes et légendes du Luberon, je n'avais jamais entendu parler du début d'un embryon de rumeur au sujet d'une source dans les alentours. Sa trace avait bel et bien été effacée au cours des siècles.

---

35. Qui ne dit rien ne ment jamais.

Je sortis de la douche et m'assis devant l'ordinateur. À peine l'écran allumé, mon locataire à quatre pattes vint squatter sur mes genoux. Il avait compris qu'il était trop tôt pour la tambouille et que cela ne servait à rien de faire le pied de grue devant le placard à croquettes. Il fit dépasser le bout de son museau sur le bureau et attendit de voir ce que la Toile nous réservait. Je tapai DEESSE + GAULOISE.

Il y avait l'embarras du choix, il n'y avait qu'à se baisser pour en ramasser. Une page en dénombrait plus de trois cents. Chaque village, chaque tribu avait l'air d'avoir développé son propre panthéon pour la source ou la montagne du coin. Il fallait me lever tôt et me coucher tard si je voulais avoir une chance d'identifier la femme-calcaire. Je changeai mon fusil d'épaule et orientai mes recherches vers le Chastelard des Lardiers, cette Lourdes gauloise, et ses milliers de lampes votives qui m'étaient devenues si familières. Au nom de qui nos ancêtres avaient-ils mené toutes ces processions, à qui avaient-ils adressé toutes leurs prières ? Aussi surprenant que cela puisse paraître, les archéologues n'en avaient aucune idée. La vocation de ce sanctuaire restait un mystère : aucun nom n'avait filtré de toutes les fouilles des vestiges. Toutes les offrandes, toutes les pierres des murs étaient restées désespérément muettes. Mauvaise pioche.

Je repris ma première recherche et rajoutai un critère : DEESSE + GAULOISE + LUBERON. Ça devenait plus intéressant. Il fallait un peu farfouiller à droite à gauche, mais j'appris des trucs dont je n'avais pas la moindre idée. Sur les premiers contreforts après la Durance, on avait retrouvé vers Cadenet les vestiges d'un lieu de culte gaulois, le Castellar. J'y étais passé vingt fois en voiture sans jamais me douter que les archéologues avaient déterré dans le coin tout un tas de vestiges, de stèles et autres ex-voto. Ce vieux pan de mur, ce bout de colline prenaient un drôle d'air tout à coup. Certains ex-voto sortis de terre faisaient référence à une certaine Dexua. Le versant sud du Luberon semblait être son unique lieu de culte : on n'avait retrouvé de mention de cette déesse nulle part ailleurs en Gaule. Et, mis à part son nom sur les stèles, on ne savait à peu près rien sur elle, ni ses attributions, ni son champ de prédilection. Les archéologues avaient retrouvé quantité de monnaies au Castellar : une théorie parmi d'autres était que Dexua était la déesse de la bonne fortune, du coup du sort, de la chance. Se pouvait-il que la femme-calcaire soit sa représentation ? Va savoir. Nous n'avions trouvé aucune pièce en creusant, juste ces bouts de poterie sans aucun nom gravé dessus. Il n'y avait pas non plus de trace de source au Castellar. Je n'étais pas convaincu, je restai un peu sur ma faim.

Je décidai de partir dans une autre direction et tapai DEESSE + GAULOISE + SOURCE : le premier résultat qui s'afficha fut une certaine Bormona. Une page Wikipédia lui était consacrée ; son nom apparaissait aussi dans différents forums d'archéologie. Elle était la déesse des sources et des rivières. Elle était associée au dieu gaulois Borbanus, un dieu guérisseur par les eaux. Si on avait retrouvé une stèle mentionnant ce dernier à Aix-en-Provence, le culte de Bormona semblait en revanche plutôt centré sur la Bourgogne et la Charente. Des sources lui y étaient entièrement consacrées ; on avait retrouvé nombre d'ex-voto qui lui demandaient guérison et santé. Celui qui se baignait dans sa source faisait acte de dévotion, et pouvait ainsi espérer bénéficier de ses bienfaits. Elle pouvait aussi parler au pèlerin par le biais des rêves : celui qui dormait près de la source recevait les messages de la déesse.

Je lançai une autre recherche, sur les représentations de Bormona. Des statues avaient été retrouvées dans plusieurs villes thermales, dont une très bien conservée en Champagne-Ardenne. Malheureusement la statue s'arrêtait au buste. Je cherchai sur d'autres images, mosaïques ou poteries qui avaient pu être retrouvées, mais sans succès. Il n'y avait rien qui permette de faire la comparaison entre Bormona et la femme-calcaire, ne serait-ce que pour trouver une similitude, un air de ressemblance. Je laissai des messages sur différents forums, demandant où il était possible de trouver une représentation du visage de Bormona.

Le Hussard était toujours sur mes genoux. Il fixait les images qui passaient à l'écran, et surtout le curseur de la souris, qui se baladait à droite et à gauche. Il regardait tout cela sans mot dire, l'air absorbé par le rongeur électronique et les siècles qui défilaient devant lui.

14. D'AUTRES LAURE ET D'AUTRES PÉTRARQUE

J'ai honte devant tout le monde, même les arbres.
Marcel Pagnol

« Non, mais ma parole vous êtes complètement malades », me coupa Blanche. J'étais allé la chercher en voiture à Marignane et j'avais attendu de rentrer dans la combe de Lourmarin pour commencer à lui parler de toute cette histoire. Une frontière existe à cet endroit. Elle est invisible, mais à chaque fois qu'on y passe, j'ai le sentiment de franchir la douane. Lourmarin, c'est là où sont enterrés Camus et Bosco. Ça ne s'invente pas, c'est à croire qu'ils l'ont fait exprès, cracher sur le Panthéon pour mieux garder les portes du Luberon, cet Olympe provençal. Et puis, et surtout, à Lourmarin donc, il y a la combe.

La combe de Lourmarin, c'est le Styx, le rempart du Luberon. Elle le sépare du reste de la Provence, de la France et du monde moderne. Elle le sépare du monde extérieur, du monde réel, celui des aéroports et des autoroutes, des villes et des invasions barbares. C'est un tournicotis de virages en épingle à cheveux, de dégringolades de rochers et de falaises coupe-gorge. Bien avant que les cantonniers ne la domptent par une vulgaire départementale, elle est avant tout une belle chimère géologique.

Ma grand-mère me racontait qu'au temps d'avant, dans le village de Fontaine-de-Vaucluse, vivait une créature moitié salamandre, moitié dragon. C'est à Fontaine-de-Vaucluse que naît au fond d'un gouffre la Sorgue, et c'est dans les remous de la Sorgue que la bestiole avait fait son nid. Elle n'était pas bien méchante, et les habitants l'avaient surnommée la Coulobre, ce qui veut dire en provençal la couleuvre. Une couleuvre, c'est affectueux : elle mord, mais ne pique pas, si bien qu'à part une grosse frayeur, vous n'avez pas grand-chose à craindre. Ce n'est pas le cas de la vipère aspic, dont le venin vous flanque une sacrée fièvre et vous envoie à l'hôpital.

Bref, la Coulobre, qui n'était pas bien méchante mais un peu cagole[36], rencontra un beau jour un dragon qui lui fit un enfant, puis l'abandonna à son triste sort. La pauvre bête, esseulée et triste à mourir, essaya de se trouver tant bien que mal un nouvel époux avant la naissance. Elle essuya les refus les uns après les autres, si bien qu'à la naissance, les tréfonds de son âme étaient devenus aussi noirs que les remous de la Sorgue. La haine au cœur, elle noyait tous ceux qui osaient lui dire non, c'est-à-dire tous ceux qu'elle rencontrait sur les berges de la Sorgue.

Comme Fontaine-de-Vaucluse est précisément sur les berges de la rivière, ce chagrin d'amour devint un cas de force majeure pour les habitants du village, qui appelèrent à la rescousse un ermite du voisinage, Véran. Celui-ci se posta à l'entrée de la source, au pied d'un figuier qui ne boit l'eau qu'une fois par an, quand la Sorgue atteint son niveau maximal en hiver. Véran fit le guet plusieurs jours, et un matin, sitôt la Coulobre aperçue, lui brandit devant le museau un crucifix en bois d'olivier. Elle fit aussitôt demi-tour, cherchant à se réfugier au fond de la source. Mais Véran la retint par

36. Naïve.

le bout de la queue, et la pauvre bête se débattit, creusant le gouffre que l'on connaît aujourd'hui. Dans un ultime effort, il tira de toutes ses forces, la sortit de son trou complètement, et l'envoya bien haut dans les airs.

La Coulobre monta jusqu'au plafond du ciel puis retomba lourdement sur le Luberon, la tête à Lourmarin, le bout de la queue à Bonnieux. Elle cassa net le massif en deux, créant le petit Luberon sur sa gauche et le grand Luberon sur sa droite. Elle s'enfonça dans le calcaire et ses spasmes de douleur créèrent la combe de Lourmarin. La Coulobre n'en resta pas là : un ultime sursaut la fit rebondir sur les pentes des Alpes, près d'un village où elle mourut et qu'on nomma pour l'occasion Saint-Véran. En plus d'être canonisé, ce qui n'est quand même pas donné à tout le monde, Véran fut nommé évêque à Cavaillon. Il n'y a depuis ce temps plus de salamandre dans la Sorgue : vous pouvez toujours en chercher, vous serez Gros-Jean comme devant.

*

C'est donc entre deux spasmes de la Coulobre que je commençai à raconter à ma femme nos aventures avec monsieur Sécaillat. C'était difficile de trouver le bon ton. Ces derniers mois avaient été particulièrement excitants. Il aurait été plus facile de les raconter à ma nièce, Estelle, comme un film d'Indiana Jones dont on a manqué le début. Mais je ne parlais pas à un enfant, et enflammer l'imaginaire de Blanche n'était pas la meilleure des solutions. J'essayai plutôt le ton de la confession, comme un enfant qui a fait une grosse bourde et qui vient demander pardon à reculons. Faute avouée, faute à moitié pardonnée. Ce fut un échec : le temps tourna résolument à l'orage, et chaque virage agitait un peu plus l'atmosphère dans la voiture.

« Non, mais tu es devenu complètement fada ! Je suis sûre que c'était ton idée et que c'est toi qui l'as proposée à monsieur Sécaillat », accusa-t-elle.

« Alors là, pas du tout. C'est lui qui a tout manigancé, je n'ai fait que lui donner un coup de main de temps en temps. » Ça n'était pas exactement vrai, mais monsieur Sécaillat me couvrirait si la vérité devait éclater au grand jour.

« De temps en temps ? Tu viens de me dire que tu as quitté ton travail pour ne faire que ça ! »

« Je n'ai pas "quitté" mon travail, j'ai juste pris un congé sabbatique. J'en avais bien besoin, de toute manière : quinze ans que j'ai la tête dans le guidon, j'avais besoin de faire une pause. »

« Arrête de jouer sur les mots. C'est interdit, c'est illégal. »

« Mais tu te rends compte qu'il allait tout ensevelir ? Ça aussi c'est illégal. »

« Ben c'était son problème ! Té vé, c'était peut-être mieux. Tu te rends compte de ce que vous risquez si vous vous faites attraper ? »

À vrai dire, oui, je m'en rendais parfaitement compte. C'était une des premières choses que j'avais regardées sur Internet lorsque toute cette aventure avait commencé : un à deux ans d'emprisonnement, ainsi qu'une amende équivalente à deux fois le montant de la vente des objets. Cette dernière disposition visait les receleurs et ne m'avait pas particulièrement effrayé. En revanche, les deux ans de prison étaient plus inquiétants. Pour éviter de rajouter de l'huile sur le feu, je n'en parlai pas à Blanche et répondis à côté de la plaque.

« De toute manière, c'est bientôt fini. Nous avons trouvé tout ce qu'il y avait à trouver. On va tout déposer discrètement au musée, je vais retourner au travail et tout sera terminé. »

« Et comme par hasard c'est juste quand je reviens ? Je n'arrive pas à croire que tu ne m'aies rien dit pendant tout ce temps et que tu m'aies menti à chaque fois que l'on se parlait au téléphone. »

« Je ne t'ai pas menti : je ne t'ai pas tout dit pour ne pas t'inquiéter, c'est différent. »

« Arrête de jouer sur les mots, tu m'énerves à la fin ; tu ferais mieux de te taire, va », dit-elle pile-poil devant le panneau du col du Pointu. Il culmine à 499 mètres, ça ne s'invente pas.

Ce fut le mot de la fin, et l'on n'échangea plus une syllabe jusqu'à la maison. C'était aussi bien comme ça : elle avait le tron de l'air[37], autant lui laisser le temps de digérer la nouvelle. À notre arrivée, je pris ses bagages et lui ouvris la porte. Le Hussard lui fit la fête, ronronnant et demandant à être pris dans ses bras. Cela me surprit, car le Hussard était plutôt du type sauvage avec elle, à ne s'amadouer qu'au moment de demander des croquettes. Mais bon, l'absence fait apprécier la présence. Être de retour à la maison avait au moins le mérite de détendre l'atmosphère.

« Allez, il est temps d'aller voir la scène du crime. L'assassin revient toujours sur le lieu du crime, n'est-ce pas ? » dit-elle sans me regarder.

*

On passa la tête au-dessus de la fosse. Monsieur Sécaillat avait abattu un travail incroyable, à croire qu'il travaillait mieux quand je n'étais pas là. La source était entièrement dégagée, et le visage propre comme un sou neuf. Le calcaire était blanc et immobile comme du marbre, l'eau parsemée de

37. Elle était énervée.

bulles et légèrement ocre. Nos deux ombres se reflétèrent sur l'eau, et monsieur Sécaillat leva la tête.

« Té, vé, voilà l'inspecteur des travaux finis. Pauvre de moi, il va falloir mettre les bouchées doubles », dit-il en riant.

Je lui fis les gros yeux, comme pour lui dire de ne pas en rajouter. Blanche descendit le long de l'échelle. Une fois qu'elle fut arrivée en bas, je descendis à mon tour. C'était étrange de la voir ici, comme une pièce rapportée. Jusqu'à présent, il n'y avait eu au fond de ce trou que monsieur Sécaillat et moi. La femme-calcaire s'était récemment ajoutée, et c'était suffisamment difficile de devoir travailler sous son regard inquisiteur. Maintenant il fallait élargir notre club, comme un secret que l'on a juré de garder et qui malgré les précautions s'ébruite à travers la nature. Blanche dévisagea la femme-calcaire, et comme un aveugle qui voit avec ses doigts, passa les mains sur le visage taillé dans la paroi. Ses mains suivirent le cercle des yeux, puis parcoururent la ligne droite jusqu'à l'angle de son nez. Le bout de ses doigts effleura ensuite ses lèvres. Au contact de l'eau qui en sortait, elle essaya d'en saisir la substance, en frottant son index et son majeur contre son pouce. Elle joignit ensuite ses mains comme on le fait à la messe, pour la communion, et les plaqua sous les lèvres de la déesse. Lentement, un mince filet d'eau remplit le creux de ses mains.

« Elle est potable, interrompit monsieur Sécaillat. En fait, je connaissais la fille à l'accueil du service des eaux, c'est la petite Soubeyran. Son père ne m'avait pas dit qu'elle travaillait là-bas. Ça ne leur a pas pris beaucoup de temps pour les analyses. Ils m'ont rappelé à peine de retour à la maison. Elle est potable, mais elle a beaucoup de fer, donc faut pas en abuser, parce qu'au bout de dix ans, tous les jours, ça vous rendrait fada et vous ferait voir des éléphants au pied du mont Ventoux. Ils m'ont dit que de toute manière le fer devait lui donner un goût bien dégueulasse. »

« Vous l'avez goûtée ? » lui demanda ma femme.

« Ah ben non, il faut attendre les invités avant de sabrer le champagne. Les dames d'abord », sourit-il.

Il avait apporté des verres d'écoliers, des Duralex, de ceux que l'on utilise dans les cantines. Ils ont tous un numéro de série gravé au fond : lorsque nous étions petits, la légende dans les cours d'école disait que c'était le nombre d'années qu'il nous restait à vivre. Chaque midi, nous fermions un œil et regardions à l'intérieur, pour voir celui qui serait le premier à mourir. Aujourd'hui, un coup d'œil à l'intérieur m'apprit qu'il me restait moins d'un an. Pour éviter de plomber l'ambiance, je gardais l'information pour moi. Ma femme avait rempli en premier son verre et nous attendait. Le verre de monsieur Sécaillat fut bientôt plein. C'était un sentiment étrange de le voir, accroupi, porter ce verre aux lèvres de la femme-calcaire, comme si le calcaire la faisait mourir de soif et qu'on lui sauvait la vie en lui donnant à boire. Cela me fit penser au passage de *Terre des hommes* où Saint-Exupéry, après trois jours dans le désert sans une goutte d'eau, est sauvé par un Bédouin qui lui donne à boire : « Eau, tu es la plus grande richesse qui soit au monde. Tu es une ombrageuse divinité… »

Monsieur Sécaillat céda sa place, et à mon tour je portai mon Duralex aux lèvres de la femme-calcaire. Un mince filet d'eau ricocha sur les parois de verre. J'avais les yeux fixés sur le niveau d'eau, mais je sentais son lourd regard sur mes épaules. Elle jaugeait son futur disciple, son futur apôtre, et distillait dans le précieux liquide les pouvoirs qu'elle allait lui octroyer. Monsieur Sécaillat et ma femme m'attendaient, leur verre à la main.

« À quoi devons-nous trinquer ? » demanda ma femme. Son visage était apaisé, comme le ciel après l'orage. Elle était prête à faire la paix.

« C'est au propriétaire de la source de décider », répondis-je en me tournant vers monsieur Sécaillat.

Il ne répondit rien, et réfléchit pendant un moment. Il regarda l'eau un tantinet rougeâtre, comme s'il regardait la robe d'un vin. Il leva son verre, et dit en souriant avec les yeux :

« Eici l'aigo es d'or[38]. »

---

38. Ici, l'eau est d'or.

15. LES CADEAUX DU SIROCCO

Lo scirocco oggi nasce, domani cresce, dopodomani pasce.
(Le sirocco naît aujourd'hui, grandit demain
et repose après-demain.)

Le moins que l'on puisse dire, c'est que lorsque Blanche a une idée dans la tête, c'est difficile de la lui enlever. Avec ma femme, quand c'est décidé, ça ne traîne pas. Elle m'avait mis en demeure de mettre fin aux fouilles avant la Noël. Monsieur Sécaillat et moi effacions une à une nos traces, comme un assassin qui nettoie la scène du crime. Il était impossible de savoir l'ampleur que prendrait l'affaire, ce que la police ferait ou ne ferait pas, et si toutes nos précautions relevaient de la maladie de la persécution ou du simple bon sens. J'étais allé à Avignon acheter en liquide de grandes caisses en plastique blanc, pour y entreposer les trompes, ainsi que du papier à bulles. J'avais mis une casquette, au cas où la police arriverait à remonter la piste jusqu'au magasin et visionnerait les caméras de surveillance. On avait aussi acheté des gants en caoutchouc, du style dont on se sert pour nettoyer la salle de bains. Nous prenions les trompes que nous avions reconstituées, et à l'aide d'un chiffon, effacions nos empreintes. Une fois nettoyée et enveloppée dans du papier à bulles, la trompe rejoignait ses consœurs dans les grands bacs blancs. Nous en mettions une quinzaine par caisse. Il y avait aussi tous les tessons de poterie que nous n'avions pas réussi à assembler : chacun avait rendez-vous avec un sac transparent, comme ceux qu'on utilise pour le congélateur. Nous avions rempli ainsi une dizaine de bacs au total. J'étais aussi allé dans un café internet à Avignon, et y avais imprimé sur un A4 en lettres majuscules : NE CHERCHEZ PAS.

Nous nous étions attaqués en premier aux poteries. C'étaient les preuves les plus faciles à nettoyer et à rendre muettes pour les enquêteurs, mais ce n'était pas tout. J'avais effacé de mon téléphone toutes les photos de ces derniers mois : les pièces du musée, le visage de la femme-calcaire, et bien évidemment les trompes. Il y en avait tout un paquet, allant des débris à peine sortis des éboulis aux reconstitutions complètes, qui trônaient dans le hangar de monsieur Sécaillat. En remontant le temps, en les effaçant une à une, j'eus un pincement au cœur : c'étaient les traces d'une belle aventure qui partaient à la corbeille.

J'avais fait de même pour nos historiques internet. Monsieur Sécaillat avait haussé les épaules, me disant que c'était complètement inutile : les gendarmes trouveraient bien un moyen de faire parler nos ordinateurs s'ils remontaient jusqu'à nous. Il avait sans doute raison, mais mieux vaut trop de précautions que pas assez. J'avais supprimé mes favoris sur les collections des musées, toutes mes recherches sur les amphores, les déesses gauloises et j'en passe.

Restait le visage, gravé dans la paroi. Nous n'avions pas réussi à nous décider. Monsieur Sécaillat avait fini par hausser les épaules :

« De toute façon, il ne vient jamais personne ici, ce serait bien le diable si quelqu'un venait foutre son nez au fond de mon bassin. Et puis il y a tout plein de ce genre d'ornements chez les antiquaires, à l'Isle-sur-la-Sorgue ou dans les magasins de bricolage. Si on me pose la question, ça ne sera pas la première fois que je passerai pour un original. »

J'étais certain que ce genre d'explication ne tiendrait pas longtemps face aux gendarmes, mais je n'allais pas me faire l'avocat du burin ou de la disqueuse. Il n'y avait pas d'autre solution. Je n'avais pas beaucoup insisté. J'étais celui qui risquait le moins dans l'histoire, le bassin n'était pas chez moi et monsieur Sécaillat était bien du genre à tomber tout seul en cas de pépin.

Ma voiture n'était pas assez grande pour tout transporter. Nous avions décidé de prendre la petite 4L de monsieur Sécaillat, qui avait plus de place à l'arrière, et il m'avait aidé à tout charger. C'était une vieille patache, sortie de l'usine au temps de Mathusalem et pourtant increvable, toujours bon pied bon œil et repoussant chaque année l'horizon de la casse. Monsieur Sécaillat ne pipait mot. Il avait gagné une source dans l'histoire ; mais nous étions tous les deux tristes que l'aventure s'arrête. Nous allions devoir reprendre notre vieux train-train, qui semblait bien fade. Il m'avait proposé de venir avec moi les déposer tôt le matin, mais j'avais refusé en lui disant que cela ne servait à rien. Cela nous aurait fait une belle jambe si nous nous étions fait coincer tous les deux en cas de pépin. Quand l'on es ei dins l'aigo, fau nada[39].

*

Je me levai un peu avant cinq heures. Le soleil n'était pas encore debout. Je serais bien venu déposer les bacs la veille sur le coup de minuit, quand tout est désert, mais j'avais peur que quelqu'un ne les pique avant l'ouverture. Il y avait une fine couche de sable sur la 4L, ce qui ajoutait au côté lunaire de l'expédition. Le sirocco avait soufflé cette nuit. C'est une

39. Quand on est dans l'eau, il faut nager.

idée plaisante de se dire que le sable que l'on touche du doigt était hier encore celui des dunes du Sahara, et qu'il avait traversé la Méditerranée pendant que tout le monde dormait.

Je fis plusieurs fois le tour de la place Carnot, pour m'assurer qu'il n'y avait personne. Je me garai devant le musée en laissant le moteur tourner, et ouvris le coffre. Toujours personne aux alentours. Un premier bac déposé avec précaution sur les grandes marches du musée. Deux, quatre, et enfin dix. Je fermai le coffre sans bruit, repris le volant et repartis vite fait, bien fait. Je me garai à l'opposé, tout au bout de la place, d'où on pouvait voir les bacs sur les marches. Cela ne servait rien : si quelqu'un était venu farfouiller dans les bacs, il aurait été difficile d'intervenir sans ruiner toute la mise en scène. Mais bon, la curiosité était la plus forte, et je ne pouvais me résigner à tout abandonner, sans autre forme de procès. Je m'assis à l'arrière de la 4L, complètement invisible. Je me roulais en boule dans le duvet que j'avais apporté pour l'occasion. Le musée ouvrait à neuf heures : il n'y avait plus qu'à attendre. J'avais pris aussi un thermos de café. Je le fis passer à l'intérieur du duvet, et m'en servis comme bouillotte. Il faisait très froid, il était impossible de brancher le chauffage de la voiture sans trahir ma présence. Il n'y avait pas âme qui vive. Le bruit de la fontaine faisait un vacarme assourdissant dans le silence de la place.

Le goût du café et le froid de l'aube me firent penser à ma première matinée de chasse avec mon grand-père, où j'avais juste eu le droit de porter le fusil. Il y avait de nombreuses sentes au-dessus de chez lui, et il m'avait amené regarder tôt un matin le passage des sangliers et des biches. C'était lui le premier qui m'avait fait goûter du café. À la maison, je n'avais toujours pas le droit, j'étais trop jeune, ma mère n'était pas d'accord. C'était chaud et fort, j'avais adoré dès la première gorgée. Cette matinée m'avait donné le goût du café et le dégoût de la chasse : voir un animal mourir n'était pas fait pour moi. Une interminable scène avait suivi avec mon grand-père : il avait compris qu'il avait fait une belle boulette et que désormais, il lui serait impossible d'avoir la paix.

Quelqu'un sortit d'une maison, se dirigea vers une voiture garée sur la place, et démarra. Il n'avait pas remarqué les bacs blancs sur les marches du musée. Petit à petit la ville s'éveillait, et la place commençait à voir des allées et venues. Une deuxième tasse de café vint accueillir le lever du jour. Un passant remonta la place jusqu'à la ruelle du musée, et passa à quelques mètres des marches, sans leur jeter un regard. Mes craintes étaient exagérées : tout le monde s'en foutait comme de l'an quarante. Je commençai à trouver le temps long. Une troisième tasse de café fit écho aux huit coups qui sonnèrent à la cathédrale. Pourquoi l'employée d'accueil ne venait-elle pas ouvrir les portes ? Peut-être aujourd'hui était-il le jour de fermeture du musée ? On avait pourtant vérifié sur Internet.

Au beau milieu de toutes ces questions passa une silhouette rondouillarde que je reconnus aussitôt. C'était monsieur Gardiol, le conservateur du musée. Il n'avait guère changé depuis le stage de quatrième. C'était un homme de petite taille, assez court sur pattes, trapu, désormais la cinquantaine bien tassée, une grosse moustache blanche qui aurait fait envie à Jean Ferrat, et les sourcils qui allaient avec.

Il marcha tranquillement, jusqu'à venir buter contre les marches de l'escalier. Sans rien dire et sans bouger, il fixa les bacs blancs. Sans doute se demandait-il s'ils étaient destinés au musée, ou bien s'il s'agissait d'encombrants qu'un malotru avait déposés là. Il dut choisir la seconde option, puisqu'il contourna les bacs, monta une à une les marches, et s'affaira devant la porte du musée. Il chercha la clef dans sa poche, puis ouvrit et disparut à l'intérieur. Ça n'allait pas du tout, ça ne rentrait pas dans nos plans. Nous n'avions pas imaginé un seul instant que les bacs resteraient orphelins et seraient laissés poste restante pour le camion des poubelles.

Un moment qui me parut une éternité s'écoula. Déposait-il ses affaires sur son bureau ? Appelait-il la police ? Va savoir. Soudain sa tête réapparut. Il ouvrit le premier bac, et regarda avec suspicion à l'intérieur. Il commença à dépiauter le papier à bulles et sortit une première trompe. Il était comme un enfant qui ouvre son cadeau à Noël, enlevant avec délicatesse le papier cadeau pour ne pas prendre le risque de casser ce qu'il y a à l'intérieur. Au fond de mon duvet, avec du café chaud entre les mains, je me sentais comme un père regardant son fils ouvrir son cadeau, espérant qu'il lui plairait et qu'il l'apprécierait à sa juste valeur. Il sortit la trompe et la leva à bout de bras, la plaçant à la lumière du soleil pour la voir de plus près. Après quelques secondes stoïques d'un examen immobile, monsieur Gardiol eut comme un geste de recul. Ses neurones venaient de faire le lien de parenté entre ce qu'il tenait entre les mains, et les lointaines cousines qui dormaient dans les vitrines du second étage.

Il posa délicatement la trompe sur le trottoir, se releva et regarda tout autour de lui. Il devait se sentir observé. Peut-être sentait-il que le père Noël de cette nuit de décembre ne pouvait être bien loin, et n'était pas déjà reparti sur son traîneau. Il scruta la place dans un mouvement circulaire très lent, cherchant du regard l'indice que l'assassin laisse toujours sur la scène du crime. D'abord les murs de la cathédrale. Puis les vitrines de la bibliothèque municipale. Enfin, la fontaine, et les voitures garées tout autour. Je sentis son regard glisser sur les carrosseries, et tenter de percer la noirceur des habitacles. Le froid envahit mon duvet et me coupa la respiration. La fontaine ne faisait plus aucun bruit. Chaque seconde était interminable : on aurait eu le temps de tuer un âne à coups de figues. Les battements de mon cœur résonnaient contre les parois de ma tasse de café. Monsieur Gardiol balaya la place du regard, des maisons jusqu'aux hauteurs de la colline Saint-Michel. C'était fini, l'oxygène revint dans mes poumons, comblant le grand vide qu'il y avait laissé. Le conservateur déballait maintenant les trompes les unes après les autres, les alignant sur le trottoir, entre excitation et suspicion. Des Aptésiens commençaient à présent à vivre leur vie de tous les jours, passant à droite et à gauche. Ils passaient à côté de lui, sans se douter de l'histoire qui était en train de se dérouler. Monsieur Gardiol ne leur prêtait guère attention. Il arriva à notre enveloppe, qu'il ouvrit comme une lettre reçue par la poste, et resta un petit moment songeur devant notre message.

Une passante arriva et se mit à lui parler. Je reconnus la fille de l'accueil du musée, qui m'avait donné mon billet lors de ma visite en septembre. Monsieur Gardiol lui répondait, faisant de vastes moulinets avec les bras et lui montrant du doigt les trompes, les bacs, les trompes à nouveau. Elle l'écoutait. Les deux parlèrent encore une minute, puis se mirent à tout rentrer dans le musée. Lorsque monsieur Gardiol prit le dernier bac, il jeta un ultime coup d'œil sur la place, monta les marches puis referma la lourde porte derrière lui. Je restai encore un moment à l'arrière de la 4L. Monsieur Gardiol épiait peut-être derrière une des fenêtres du musée, cherchant encore à voir celui qui se jouait de lui.

16. DESÈMBRE, EN ATTENDANT LA SUITE

Un pin fai un pin, un aglan fai un roure.
(Un pin fait un pin, un gland fait un chêne.)

Je garai la 4L des Sécaillat sous le peuplier, à côté de leur mas. Il n'était pas là, il m'avait dit qu'il devait se rendre à la coopérative. En passant à côté de la source, on entendait la femme-calcaire glouglouter au fond de son trou. Je ne pus résister à l'envie de descendre la contempler une fois encore. Je m'agenouillai au bord du parapet et glissai la main dans l'eau chaude. Après le froid du matin, cette chaleur était bienvenue.

Dans le froid de décembre, la maison semblait bien vide. Le Hussard était introuvable et Blanche était partie travailler. Elle m'avait laissé un petit mot me demandant d'aller cueillir de la mousse pour la crèche. C'était la Sainte-Barbe aujourd'hui : Noël était dans moins de trois semaines et, si nous voulions avoir le temps de la laisser sécher, c'était maintenant ou jamais.

Le jour de la Sainte-Barbe, mes parents ne faisaient pas que chercher la mousse qui servirait à faire la crèche, ils plantaient aussi le blé. Tous les 4 décembre, ils mettaient dans trois coupelles du blé ou des lentilles sur du coton et un peu d'eau. Ces germes païens accompagnaient toutes nos fêtes de fin d'année : on les met sur la table du réveillon le 24 décembre, pour ajouter une touche de verdure entre les verres en cristal et les assiettes en faïence. Dans la crèche, ce sont les roseaux sur les berges, à côté du ruisseau fait en aluminium. Ils y restent le temps que les Rois mages arrivent pour l'Épiphanie, le 6 janvier. Lorsqu'il était temps de démonter la crèche, en février, notre père embarquait les germes dans la serre au fond du jardin, où ils patientaient jusqu'au printemps, le temps que passent le gel et les giboulées. Il les plantait alors dans un coin de notre champ près de Céreste, pour inciter les cultures à redémarrer. Mon père était le premier à rigoler de tous ces remèdes de bonne femme, et pourtant je le vois encore les poser, en grommelant dans une barbe qu'il n'avait pas « Quan lou blad vèn bèn, tout vèn bèn[40] ».

*

Après toutes les émotions du matin, j'avais une énorme flemme et le petit mot de Blanche pesait une tonne dans ma main. Je me promis de monter à Banon dans l'après-midi pour aller chercher de la mousse. Je m'avachis sur le canapé et mis sur mes jambes une couverture que nous avions rapportée d'Islande. Se rendormir le matin est très différent de faire la sieste. La sieste de l'après-midi est comme un gîte d'étape dans une randonnée sur deux jours : on a fait un bon bout de chemin et on fait une pause réparatrice pour reprendre ses forces. Faire un somme le matin, c'est différent. C'est comme avoir pris un faux départ, comme si on s'était levé du mauvais pied, et que, pour conjurer le sort, il n'y avait rien d'autre à faire que de recommencer le rituel depuis le début. À peine avais-je fermé un œil puis deux qu'un poids chaud voulut jouer à la bouillotte sur mes chevilles. Le Hussard était sorti de Dieu sait où, et pensait lui aussi à se blottir de nouveau dans les bras de Morphée.

---

40. Quand le blé pousse bien, tout va bien.

17. PREMIERS NUAGES À L'HORIZON

La bello plumo fa lou bel auceù.
(La belle plume fait le bel oiseau.)

« *Surprise de fin d'année au musée municipal.* » Le gros titre de *La Provence* du 21 décembre s'étalait sur la table de la cuisine. On voyait juste en dessous une large photographie de nos trompes, parfaitement alignées, avec en arrière-plan monsieur Gardiol et un officier de gendarmerie. L'article faisait toute la double-page.

Monsieur Sécaillat était venu m'apporter le journal ce matin. Ses visites s'étaient faites plus rares depuis que Blanche était revenue du Japon. Je l'avais aidé, à droite et à gauche, mais ma femme avait tordu le nez à chaque fois que j'y retournais et il ne restait de toute manière plus grand-chose à faire. Le loup avait dû flairer que la bergère était partie au village aujourd'hui, et il avait décidé de pointer le bout de son museau.

« Il y a du neuf », avait-il claironné en me tendant le journal sur le pas de la porte. Derrière lui, de gros nuages s'amoncelaient au-dessus du Mourre Nègre, le sommet du Luberon. C'était mauvais signe : ça voulait dire qu'il allait pleuvoir dans la journée. Étant donné la température, ça voulait même peut-être dire de la neige, qui sait. Décembre était plus froid que comparé aux années précédentes. Il avait déjà neigé il y a deux jours, et, même si la neige n'avait pas tenu plus d'une journée, c'était déjà exceptionnel. Étant gosses, nos vacances de Noël étaient ponctuées de longues séances d'observation météorologique à travers les vitres : nous demandions toutes les trente secondes à notre père s'il allait neiger le lendemain. Il regardait d'un air mystérieux les nuages au-dessus du Mourre Nègre et nous répondait que c'était bien possible. Nous regardions à notre tour, sans trop savoir quoi regarder dans cette boule de cristal ni comment la remuer. N'est pas météorologue qui veut. Nous n'avions quasiment jamais eu de neige pendant nos vacances de Noël. Si nous avions eu plus de jugeote, nous n'aurions pas demandé à notre père de regarder dans sa boule de cristal, mais de nous amener à Lure. La montagne de Lure est à une heure d'ici, avec une petite station à son sommet, parfaite pour faire de la luge et des boules de neige.

Avant-hier, aux premiers flocons, je m'étais précipité comme un enfant pour voir la source. Monsieur Sécaillat avait fait un travail impeccable, comme à son habitude. Les alentours étaient maintenant propres comme un sou neuf. Il n'y avait plus aucune trace des fouilles, des remblais ou de quoi que ce soit d'autre. On accédait au bassin par un petit escalier en pierre. Cela ne ressemblait plus du tout à un chantier clandestin, mais à un lavoir, comme à l'entrée des villages. Le bassin et le visage de la femme-calcaire se fondaient dans le paysage, comme s'ils avaient toujours été là.

Un beau rectangle blanc l'entourait, et au centre de la vapeur d'eau s'en dégageait. Blanche m'avait accompagné. Cela me faisait sourire : si elle avait une sainte horreur pour tout ce qui touchait au chantier, elle ne pouvait réfréner son intérêt pour les sources, les spas, le bien-être corporel et tout ce genre de fariboles. Elle avait fait jusqu'à présent sa mijaurée, comme le renard de Saint-Exupéry qui veut qu'on l'apprivoise. Au début, il vous ignore superbement, dérobant la nourriture pendant la nuit, une fois que vous l'avez déposée et que vous êtes parti, fatigué d'attendre qu'il se décide. Quelques semaines plus tard, vous arrivez à l'observer, posté à une dizaine de mètres quand il vient chiper sa nourriture. À force de persévérance, mètre après mètre, jour après jour, vous vous rapprochez. Il accepte de manger en votre présence. Le plus chouette dans toute l'histoire est de voir les simagrées auxquelles se livre le renard. Il s'aplatit sur le sol, gémit, couine, se soumet à la torture, comme pour se faire pardonner d'abandonner son instinct animal.

C'était exactement pareil avec Blanche. Elle jouait les vierges effarouchées, ne levait jamais un sourcil à propos du chantier, lui battait froid chaque jour, mais avait pris la neige comme prétexte pour aller voir la source.

*

« Bigre, l'affaire monte en grade », avais-je répondu à monsieur Sécaillat en le faisant entrer. Je lui avais offert un café et avais ouvert un paquet de galettes au beurre St Michel, histoire de mettre les formes.

Je ne m'attendais pas à ce que la presse se fasse l'écho de notre histoire. On espérait tous les deux, un peu naïvement sans doute, que l'affaire serait classée sans suite : on avait tort. Ils étaient tous remontés comme des coucous. Le journaliste indiquait dans un entrefilet que des poteries gauloises avaient été déposées de manière anonyme sur le parvis du musée, et qu'elles provenaient de fouilles illégales. Monsieur Gardiol avait daté les trompes du IIIe siècle avant Jésus-Christ, de la période des Albiques, soit bien avant la conquête des Gaules par Jules César. Celle-ci n'avait eu lieu que deux siècles après. Il considérait nos trouvailles comme remarquables, les témoignages du passé de la région avant l'invasion romaine étant rares.

« *C'est tout bonnement exceptionnel*, s'enflammait monsieur Gardiol. *Nous savons que la région était le pays des Albiques, une fédération de trois tribus : les Albienses sur le plateau d'Albion, les Vulgenties vers Apt et enfin les Vordenses sur les contreforts des monts de Vaucluse. Nous n'avons que très peu d'éléments les concernant, sur toute cette période d'avant la colonisation romaine. Apt fut détruite par les Romains un siècle avant J.-C. La majeure partie de nos connaissances vient de la période gallo-romaine, lorsque Jules César, en route pour la conquête de la Gaule cent ans plus tard, remodela la ville telle qu'on la connaît aujourd'hui. Le fonds de poteries qui a été déposé devant nos portes est d'une richesse exceptionnelle, du fait de sa datation, mais aussi du nombre. C'est une chance unique d'en connaître un peu plus sur les Albiques, comment et où ils vivaient plus exactement.* »

Rien n'était dit sur notre brillant travail de restauration. Ils voulaient sans doute garder certains éléments secrets pour les besoins de l'enquête, ou alors monsieur Gardiol préférait ne pas s'exprimer sur notre travail de gougnafier[41].

« *Le plus triste est que, pour nous, tous ces objets sont muets*, continuait le conservateur. *Nous ne savons pas d'où ils viennent, si même ils ont été trouvés dans les environs. Il manque tout ce que peut nous apprendre le site de fouilles : le pourquoi du comment ces poteries se sont trouvées là, comment vivaient ces Albiques à l'époque.* »

Le gendarme exposait ensuite les raisons pour lesquelles ces poteries avaient pu être déposées sur le parvis du musée : « *Le plus vraisemblable est qu'une entreprise de maçonnerie est tombée sur des vestiges au cours de travaux de construction et qu'elle ne l'a pas déclaré. Nous allons éplucher les permis*

41. Malotru.

de construire délivrés dans la région et nous finirons bien par trouver. Il n'est peut-être pas trop tard : des vestiges sont peut-être encore accessibles, et j'invite nos archéologues amateurs à se manifester le plus rapidement possible. »

Le journaliste rappelait les peines encourues et invitait les gens susceptibles d'avoir des informations à appeler la gendarmerie. Ça n'était pas très fin, mais ça pouvait marcher, qui sait. Monsieur Sécaillat me regardait avec des yeux quémandeurs. Ses cernes étaient des sous-titres sur lesquels on pouvait lire :

« Alors qu'en pensez-vous ? »

« Ma foi, c'est plutôt bon signe. S'ils passent par la presse, ça veut dire qu'ils n'ont aucune piste. Et s'ils se tournent en plus vers les permis de construire, de ce côté-là, on n'a rien à craindre non plus. Donc, pas bougé, pas chopé. »

Je me levai pour faire un deuxième service de café. Blanche avait mis sur la rambarde de la terrasse de la margarine, des graines de tournesol et des miettes de pain pour aider les oiseaux à passer l'hiver. Défilait devant nos fenêtres tout ce que le Luberon comptait de plumes et de pique-assiettes. Entre les agasses[42] et les geais, notre balcon prenait des airs de soupe populaire et de foire d'empoigne. Nous arrivions parfois à jouer à guichets fermés, et avions le plaisir d'observer des mésanges charbonnières, des tarins des aulnes, ou encore des alouettes lulus.

Un couple de mésanges avait décidé cette fois-ci de passer à table : l'une se mettait une sacrée ventrée pendant que l'autre faisait le guet sur les branches, zyeutant à gauche, à droite. C'est à se demander comment elles se répartissent les rôles : celle qui a le plus faim doit y aller en premier, et charge à la seconde de faire le guet si elle veut avoir son mot à dire

---

42. Pies.

pour la prochaine fournée. La mésange charbonnière habite toute l'année dans le Luberon, mais par une bizarrerie que je ne me suis jamais expliquée, on n'en voit qu'en hiver depuis notre fenêtre. J'imaginai, aux matins d'hiver, ces arlésiennes se maquiller devant un miroir ovale dans leur nid, avant de défiler devant chez nous. Un peu de fond de teint albâtre sur le visage, pour faire ressortir le noir mascara de leurs yeux charbonneux. Dans les longs cheveux dressés en chignon, un petit fichu bleu, monté en épingle, est assorti à leur bec. Un cache-cœur blanc de dentelle de Montmirail couvre délicatement le haut de leurs ailes, au-dessus d'un long châle bleu outremer, qui leur moule le buste. Ne reste plus qu'à enfiler une belle robe de satin ocre jaune, pincée à la taille, pour aller se faire admirer par les bruants zizis et les chardonnerets élégants.

Au rang des amoureux transis, le Hussard ignorait de toute sa superbe *La Provence* sur la table et n'avait de regard que pour ces arlésiennes. Les yeux écarquillés, il était hypnotisé par leur défilé. Il ne soupirait pas, mais de temps à autre, faisait un petit bruit du bout des lèvres, qui n'allait pas plus loin que le bout de ses moustaches. Ça n'était pas un miaulement classique, mais presque un couinement de souris, venant du fond des âges et de sa gorge.

On entendit soudain le bruit de la porte d'entrée, des pas, et Blanche apparut dans la cuisine. Elle avait *La Provence* sous le bras et l'air furax.

« Tiens, voilà les aventuriers de la fontaine perdue », lança-t-elle à la volée. Elle aurait bien voulu nous lancer à la tête son journal. Elle se retint. Tout criminel qu'il était, monsieur Sécaillat n'en restait pas moins un invité, et jouissait à ce titre de l'immunité diplomatique. Sentant l'orage venir, les mésanges avaient disparu. Ni vu ni connu, le Hussard avait lui aussi pris la poudre d'escampette.

À ma grande surprise, monsieur Sécaillat reformula avec brio ce que nous venions de dire : cet article de presse était plutôt bon signe, les enquêteurs n'avaient pas beaucoup de grain à moudre, et il n'y avait pas lieu de s'inquiéter outre mesure. Lorsqu'il eut fini, personne ne dit plus rien pendant un moment. Ma femme ne voulait pas s'avouer trop vite vaincue. Ce fut monsieur Sécaillat qui perdit au roi du silence et changea de sujet.

« J'étais passé vous inviter à passer le réveillon de Noël avec nous. Je ne sais pas ce que vous avez prévu, mais Mireille et moi, nous serons seuls, alors nous vous invitons avec plaisir », dit-il avec un grand sourire.

« C'est très gentil de votre part. Malheureusement nous avons déjà prévu de le passer en famille. La sœur de Blanche vient un Noël sur deux passer les fêtes avec nous », répondis-je.

J'étais très surpris par cette invitation, qui tombait comme un cheveu sur la soupe. Mais je n'avais pas inventé de fausse excuse : c'était tout à fait vrai.

« Et pourquoi ne viendriez-vous pas réveillonner avec nous ? Vous n'allez pas rester tous les deux seuls le soir de Noël », objecta ma femme.

Cette proposition sortait de nulle part, mais avait le mérite de retourner la situation. Nous ne nous étions jamais souciés de comment nos voisins passaient leur Noël. On leur avait imaginé de la famille, de potentiels amis, mais nous n'avions jamais vraiment cherché à savoir. Je ressentis de la culpabilité mêlée à de la honte. Depuis la mort de leur fils, monsieur Sécaillat avait dû passer des Noëls bien esseulé avec sa femme qui tutoyait les fées. La vérité était que nous vivions à deux cents mètres de chez eux, que nous aurions pu les inviter plus tôt, mais que jamais, au grand jamais, nous n'y avions pensé.

Pris par la culpabilité et sans chercher à sauver les apparences, j'abondai dans le sens de Blanche et apportai de l'eau à son moulin. Oui, oui, c'était une excellente idée et non, non, cela ne nous gênait pas du tout, bien au contraire, pensez donc. Cette histoire me fit penser à ma mère, qui laissait toujours une assiette supplémentaire sur la table du repas de Noël : c'était l'assiette du mendiant, au cas où quelqu'un aurait frappé à la porte ce soir-là. Personne n'était jamais venu, l'assiette n'avait jamais servi. Peut-être allait-elle enfin servir avec les Sécaillat. Il nous remercia pour l'invitation et accepta avec plaisir.

Il partit poliment, sa *Provence* sous le bras. Dehors, le défilé des mésanges avait repris, avec le Hussard aux premières loges.

18. LOU GROS SOUPA

Cacho-fiò / Bouto-fiò / Se noun sian pas mai, /
que noun fuguen pas mens.
(Bûche de Noël / Donne le feu / Si nous ne se sommes
pas plus /que nous ne soyons pas moins.)

Noël en Provence est un de ces rituels que rien au monde ne peut changer. Que ce soit hier avec mes frères ou aujourd'hui avec Blanche, c'est comme si le temps s'était figé ce jour-là, immuable. Tout commence l'après-midi du 24 : c'est le calme avant la tempête, un savant mélange d'action et d'inaction. Action, car les invités du soir vont arriver, qu'il faut que tout soit prêt, et que justement rien n'est prêt. Inaction, car c'est l'hiver et qu'il fait froid, que vous êtes un tantinet malade, et qu'il y a des dessins animés à la télé.

Après le repas de midi, mon père faisait la sieste, histoire de prendre des forces avant de livrer bataille dans la cuisine, où maman l'attendait de pied ferme. Mon frère aîné Andréas avait choisi son camp et aidait à préparer les oreillettes, sans oublier d'en goûter une ou deux au passage. Moi, je restais avec Franck dans la salle à manger, essayant de piquer la télécommande à notre père endormi, déployant des trésors d'ingéniosité pour ne pas le réveiller et zapper sur *Les Cités d'or.*

Une fois, une seule, nous avions dérogé à ce rituel. Notre père, mû par un soudain besoin d'exercice, nous avait emmenés tous les trois faire l'ascension du Mourre Nègre. Fatigué de nous entendre quémander de la neige à longueur de journée, il entendait détourner la météo à son avantage, profiter du ciel bleu et nous amener là-haut voir jusqu'à la mer. Nous avions bien vu la mer, mais étions revenus tous les trois avec une fièvre carabinée : mon père s'était fait appeler Jules, et la randonnée de Noël resta une aventure qui ne devint jamais une tradition.

La sieste de mon père me faisait bien rire quand j'étais gosse, mais j'ai depuis suivi son exemple avec brio. J'avais mis une belle bûche dans la cheminée, la souche d'un cerisier que le mistral avait déraciné au printemps dernier et que l'on avait gardée toute l'année pour le cacho-fiò. J'avais ajouté trois grosses poignées de sarments, pour que le feu prenne. Cinq années chez les scouts m'ont donné le goût des Knacki brûlées et une technique imparable pour allumer un feu. Tout d'abord, rouler en boule trois ou quatre feuilles de papier journal, puis en faire une petite pyramide. Tout autour je construis un tipi d'une quinzaine de centimètres de haut, avec des sarments de vigne, parfaits pour cette occasion : ils prennent vite et durent longtemps. Il faut ensuite adosser mon tipi sur deux bûches : la première repose par terre, la seconde est verticale. La première fait rempart, la seconde donne un horizon aux flammes. Elle leur demande de s'étirer de toute leur longueur pour avoir quelque chose à manger.

Au fond de l'âtre, ma bûche de cerisier attendait que les flammes soient à sa hauteur et viennent la grignoter. Je ne suis pas superstitieux, mais c'est toujours bon signe lorsque le cacho-fiò prend bien à Noël, sans avoir à s'y reprendre trente-six fois. Il n'y a pas de cause à effet, mais qu'e se noun sian pas mai, que noun fuguen pas mens[43]. Des crépitements

43. Si nous ne sommes pas plus, que nous ne soyons pas moins.

secs commençaient à résonner dans l'âtre : surprenants au début, ils devenaient familiers, comme les tic-tac d'un vieux réveil sans lesquels on ne peut s'endormir. (La première nuit où l'on vous offre un réveil, c'est l'enfer, et il finit dans le salon. Dix ans plus tard, vous êtes prêt à payer une fortune pour le réparer, parce que vous ne pouvez pas vous endormir sans.) Les flammes bleu et rouge qui naissent puis grandissent en léchant le bois sont un spectacle dont je ne me suis jamais lassé. C'est toujours le même film, que je pourrais voir et revoir des centaines de fois. Au début ce ne sont que des flammichettes, qui cherchent timidement à grignoter le papier journal. Il suffirait d'un coup de vent pour que vos efforts soient réduits à néant, pour que tout s'éteigne, et que vous soyez en train de regarder un astre mort. Mais si vous savez vous y prendre, si vous savez plisser les lèvres, et y faire passer un semblant de souffle de vie, vous aurez peut-être une chance. Il faut souffler sur les braises pour les faire prendre. Le tipi devient bûcher, et entame une carrière dans l'inquisition : les flammichettes se transforment en de vraies petites flammes. C'est encore la puberté, et elles font les difficiles : elles cherchent à mordre le bois à pleines dents, et à la première déconvenue, elles rentrent sous le tipi, à l'abri du foyer familial. Elles s'y reconstruisent, et repartent, quelque temps après, à l'assaut du cerisier. Il craque et siffle devant le Hussard, qui s'abandonne, garigou[44] à l'air devant les flammes et heureux comme un bohémien.

Je m'étirai sur le canapé, et dis au Hussard qu'il était temps de se secouer les puces. Blanche avait fini les oreillettes et était en train de trier les cardes. Elle en fait à chaque Noël, sans doute parce que c'est typiquement provençal. Les cardes,

---

44. Ventre.

c'est peut-être provençal, mais c'est surtout dégueulasse. Ça n'a pas de goût, ça a une couleur fadasse, et c'est plein de fils, impossible à mâchouiller et dur à avaler. Ma femme a toutes les peines du monde à en trouver chaque année, mais ça ne la décourage pas. Les grandes surfaces n'en ont pas, mais il y a une vieille sur le Cours qui en vend le samedi matin au marché. Bref, on y a droit tous les Noëls, et c'est supposé faire plaisir aux invités, moi y compris.

« Tiens, je suis en train de finir les cardes. Si tu peux commencer à préparer le sanglier… » me dit-elle pour me souhaiter la bienvenue dans la cuisine.

Pour le sanglier, nous avions appelé Sylvère, un ancien ami du collège doublé d'une fine gâchette à qui l'on faisait confiance depuis des années. Sylvère ne vous donnait jamais un oui catégorique : vous lui demandiez tel animal, pour tel nombre de personnes, et il vous répondait qu'il essaierait, mais que ça dépendait de ce qui passerait devant le bout de son fusil. Il s'engageait pour une pièce de viande qui soit suffisante pour votre nombre de personnes.

Le bout de son fusil avait fait d'heureuses rencontres entre Gordes et Murs, pas loin du Mourre Blanc. Sylvère avait croisé une petite famille de sangliers : quatre marcassins, leurs deux parents, et un troisième larron, peut-être le beau-frère. Bref, il m'avait livré deux jours plus tôt un beau cuissot de quatre kilos.

Pour l'entrée, nous avions bataillé un moment avant de nous décider pour un triptyque, une assiette garnie de trois amuse-bouche : des beignets de fleurs de courgette, du caviar d'aubergine, et des artichauts farcis à la rabasse[45]. Si ce n'était pas suffisant, les invités se vengeraient sur le

45. Truffe.

sanglier. Ces trois entrées venaient de ma grand-mère, qui nous les faisait souvent. Elles étaient réputées faciles, mais je ne les avais jamais préparées. C'est une erreur en soi : la première fois que vous faites une recette, il vaut mieux être en petit comité, pour ne pas boire le calice en public si le vin tourne au vinaigre. Mais, dans le livre de cuisine de ma grand-mère, cela n'avait pas l'air si compliqué. C'était émouvant de voir son écriture : des annotations glissées entre une recette de gratin dauphinois et une autre de clafoutis, des proportions qu'elle avait corrigées, des temps de cuisson qu'elle avait rallongés. J'aurais d'ailleurs dû lire le détail des recettes plus tôt. Pour les beignets, la pâte devait reposer au moins deux heures. Il fallait s'y mettre dare-dare si je voulais avoir une chance de pouvoir les servir. Pour le caviar d'aubergine, ma grand-mère ne me fit pas de coup bas : tout sur le papier était comme je l'avais imaginé. C'était simple et ce serait bon.

« J'ai enfin fini les cardes. J'avais prévu d'en faire plus, mais je suis épuisée alors ça ira comme ça. Il faudra compléter avec de l'épeautre, ça se marie bien avec le sanglier », me dit Blanche.

« Oui, tu as raison, c'est toujours mieux d'avoir deux accompagnements plutôt qu'un seul », lui répondis-je, réjoui par la tournure des choses.

« Si tu n'as pas besoin d'aide pour les entrées, je vais aller préparer la table », ajouta Blanche en partant pour la salle à manger.

Il me restait à faire les artichauts farcis. Ma grand-mère ne les faisait pas en entrée, mais en accompagnement. Cela irait tout aussi bien. Je ne fais pas souvent des artichauts, je n'ai pas trop le coup de main avec eux. On avait décidé de donner du luxe à la recette et d'y ajouter de la rabasse mélangée avec des banons. J'avais peur que la farce détonne avec le goût de l'artichaut, mais bon, qui ne tente rien n'a rien.

J'étais allé au marché samedi dernier, pour en acheter sur la place de la Bouquerie. Acheter des rabasses à Apt, c'est comme acheter de l'herbe à Marseille. C'est sous le manteau, tout le monde est au courant, et il y a des gars avec du liquide plein les poches. À côté de la fontaine de la place, il y a des vendeurs, le coffre de leur fourgonnette ouvert, et une banane autour des reins. Vous allez les voir, et vous dites combien d'invités vous aurez, ou, si vous êtes spécialiste, vous annoncez direct les grammes que vous voulez. À plus de mille euros le kilo, mieux vaut ne pas se tromper. Le gars se creuse un peu le ciboulot, mais c'est juste histoire de faire semblant : il sait exactement toutes les truffes qu'il a, et comme il ne veut pas les couper, il a déjà en tête celle qui vous conviendra le mieux, et son prix. Il se retourne, et vous entrevoyez la caverne d'Ali Baba : dans son coffre, il y a des caisses, dans chacune des caisses, il y a du papier journal roulé en boule, et, dans chaque papier journal, il y a une truffe. Il trouve la vôtre, vous la montre, et vous lui donnez le montant en liquide. Il met l'argent dans sa banane, et à ce moment précis, vous pouvez y entrevoir un sacré paquet de billets, preuve que le commerce se porte bien.

Je coupai en fines lamelles mon diamant noir. Cela faisait un certain frisson, de savoir que l'on avait au bout des doigts autant d'argent, et qu'il valait mieux ne pas se louper. Je remplis chaque cœur d'artichaut à ras bord, et y déposai ensuite deux lamelles de truffe. On avait compté un cœur d'artichaut par personne.

C'était tout, mais j'étais sur les rotules. Le plus épuisant dans l'histoire est la peur de tout faire foirer, quelques heures avant que les invités n'arrivent. Je rejoignis Blanche dans la salle à manger : elle finissait de dresser la table. Elle avait superposé trois nappes, deux jaune soleil séparées par une bleu lavande. La diagonale bleu lavande faisait un beau clin d'œil à notre vaisselle, qui lui était assortie. Blanche mit la touche finale au centre de la table, avec les trois coupelles du blé de la Sainte-Barbe. Il avait bien poussé, à hauteur de paume de la main, c'était bon signe pour les temps futurs. Les invités pouvaient arriver.

19. LA QUATRIÈME MESSE BASSE

Drelindin din ! Drelindin din !
Dépêchons-nous, dépêchons-nous…
Plus tôt nous aurons fini, plus tôt nous serons à table.
Alphonse Daudet

« Tu veux aller à la messe de minuit ou on essaie d'aller à celle de dix-huit heures ? » me demanda Blanche.

« Je ne sais pas si les Sécaillat vont à la messe de minuit. Et puis ta nièce va avoir froid », lui répondis-je.

Chaque année, c'était l'éternel débat. Il y avait la messe de minuit, à la cathédrale d'Apt. C'est beau la tradition, mais ça se heurte à des réalités non négociables. Tout d'abord, cela suppose d'avoir suffisamment de force de caractère pour quitter la table du réveillon, avant la bûche, avant les cadeaux. Ça n'est pas rien. À l'époque où le gros soupa était maigre et où on avait comme cadeau une unique orange, comme nous l'avait maintes fois répété grand-mère, c'était tout de même plus facile. Aujourd'hui, ce n'est plus la même histoire. Il y a la température. On se caille à l'intérieur de cette cathédrale. Il faut arriver à l'avance, dans l'espoir de pouvoir s'asseoir près d'un radiateur, aussi rare qu'inefficace.

A contrario, Saignon est une petite paroisse au pied des Claparèdes, qui présente, elle, le double avantage d'avoir une minuscule église, facile à chauffer, et sa messe de Noël à dix-huit heures. Rajoutez une crèche vivante, et vous obtenez une parole du Seigneur beaucoup plus attrayante. Il y avait foule, un troupeau de brebis égarées qui avait fait le même calcul que nous. Il y avait quelques visages connus : ici, l'ancien professeur d'histoire-géographie du collège, là-bas, la fille du postier qui avait bien grandi et qui travaillait maintenant à la coopérative.

Les enfants de chœur entrèrent, suivis par des bergers, des Marie et Joseph hauts comme trois pommes. Pour Jésus, l'âne et le bœuf, un poupon et deux grosses peluches avaient été recrutés. Le curé commença la lecture des Évangiles : il était vieux et plus si fringant, on ne l'entendait guère : les gens se regardaient en silence, dans le plus pur style *as-tu-compris-ce-qu'il-vient-de-dire*. Cela me fit penser aux messes basses, et à mon sanglier. Je l'avais laissé mijoter sur le feu, ce qui m'inquiétait, tant pour la maison que pour le risque qu'il attache au fond de la cocotte.

Je m'aperçus au moment de la quête que je n'avais pas prévenu Blanche que madame Sécaillat souffrait d'Alzheimer. Il faudrait lui en toucher un mot avant que les invités n'arrivent. Je me mis à appréhender ce dîner, où allaient se rencontrer des gens si différents.

Outre les Sécaillat, il y aurait Albane, ma belle-sœur, mère célibataire et citadine convaincue d'Aix-en-Provence, qui voyait le Luberon comme on le voyait depuis Paris. Beaucoup de Pagnol, un peu de Giono, des villas et des piscines. Estelle, sa fille unique, serait aussi de la partie : elle venait de rentrer au lycée. Nous avions été très proches lorsqu'elle était gamine, je l'avais amenée construire des cabanes dans la forêt des cèdres, mais l'adolescente s'était éloignée. J'avais plus la cote lorsqu'il s'agissait de couper de la ficelle au couteau pour nouer des branches que lorsqu'il s'agissait de parler du dernier maquillage à la mode.

Blanche me regarda, tout sourire : ce devait être le moment de la paix du Christ. La paix du Christ, c'est un peu comme un réveillon de la Saint-Sylvestre où vous vous tapez l'incruste : à minuit une, vous vous retrouvez en train de faire la bise à des gens que vous ne connaissez ni d'Ève ni d'Adam. Le jour de l'An, le degré d'alcool dans le sang peut aider, mais à la messe, c'est plus difficile : on se serre la main, mais il y en a toujours un qui est là pour vous faire la bise. Ma femme m'offrit la paix du Christ, que j'acceptai avec plaisir en espérant que cela incluait monsieur Sécaillat et la femme-calcaire. Le curé termina sa messe basse en rappelant les horaires des messes de janvier, les enterrements et les baptêmes qui étaient prévus pour la semaine suivante.

Au retour, le Hussard nous attendait sur le paillasson, droit dans ses bottes comme un général qui inspecte ses troupes avant de lancer ses forces dans la bataille. Nous étions juste dans les temps, les invités allaient arriver.

20. LE RÊVE DU RAVI

Ce qui plaît au monde
n'est qu'un songe rapide.
Pétrarque

Les Sécaillat arrivèrent en premier. On avait toqué à la porte et ce fut ma femme qui alla ouvrir. J'étais occupé à la cheminée, en train de piquer la bûche de cerisier pour en faire tomber les braises et revigorer les flammes. Blanche n'avait jamais rencontré notre voisine et j'entendis monsieur Sécaillat faire les présentations dans l'entrée. En l'écoutant, je réalisai que je n'avais toujours pas parlé à ma femme de l'état de santé de madame Sécaillat, et qu'elle me prenait tout le temps pour Gens, leur fils disparu. Quelqu'un allait encore se faire appeler Jules après le repas.

Tous les trois arrivèrent dans la salle à manger, où je les invitai à s'asseoir. Ils avaient apporté une bonne bouteille de châteauneuf-du-pape, qui serait parfaite avec le sanglier. Madame Sécaillat remarqua notre crèche et se baissa pour mieux la voir. Je n'avais pas vu la leur, mais je veux bien croire que la nôtre sortait du lot. Ma mère avait collectionné toute sa vie les santons habillés. À chaque Noël elle en recevait un, judicieusement choisi en fonction de la ressemblance du costume ou de l'expression du visage. Madame Sécaillat s'attarda sur l'apiculteur et sur le fromager, en s'exclamant que ce dernier ressemblait à son mari. Nous n'avions jamais fait le rapprochement, mais c'était vrai : c'était le portrait craché de monsieur Sécaillat. C'était à se demander s'il avait servi de modèle.

C'était l'heure de l'apéritif. Il y avait en réserve de la liqueur d'hysope que Blanche achetait à Sault, du whisky japonais et ce vin de noix que les Sécaillat m'avaient offert. En échange de bons procédés, mon voisin goûta le whisky et je partis avec sa femme sur le vin de noix. Il n'y avait pas à lui faire de compliments : la bouteille à moitié vide après seulement trois mois parlait d'elle-même. Blanche s'excusa et partit vérifier quelque chose en cuisine. Madame Sécaillat me regarda en souriant :

« Tu t'es trouvé une fille sacrément mignonnette, hein », dit-elle en me faisant un clin d'œil.

Je demeurai interdit, ne sachant trop quoi répondre. Elle se remettait à parler à son fils. Je ne savais pas si elle avait décidé de jouer la comédie devant ma femme, et si elle laissait sa folie apparaître en privé. Cela n'avait pas de sens. Je jetai des regards interrogateurs vers monsieur Sécaillat, mais il fut sauvé par le gong : on frappait de nouveau à la porte. C'étaient ma belle-sœur et sa fille. Elles étaient frigorifiées, on les fit rentrer rapidement, elles et leurs sacs. Ma belle-sœur, Albane, avait une peur bleue de conduire de nuit dans la combe de Lourmarin pour rentrer à Aix, et préférait passer la nuit ici. Elles avaient apporté la bûche, avec ce sempiternel commentaire qui revenait chaque année : la laisser dehors sur la terrasse suffisait, pas besoin de la mettre au frigidaire. Ma nièce, Estelle, avait bien grandi depuis les pyjamas, pige-moi ça. Elle devenait le portrait craché de sa mère. Son père avait foutu le camp à sa naissance, je ne le connaissais pas. Je ne sais même pas si elle lui avait jamais parlé. Elle allait sur ses quinze ans.

Ma femme revint de la cuisine pour les accueillir et fit les présentations, qui furent rapides. Sitôt présentées, la mère et la fille allèrent se blottir contre la cheminée, où mon cacho-fiò s'en donnait à cœur joie.

*

Blanche invita tout le monde à passer à table. Monsieur Sécaillat était en pleine discussion avec Albane, lui expliquant l'influence de la lune sur les cultures et sur la nature humaine. Il racontait que se faire couper les cheveux en fonction de la lune lui économisait au bas mot une visite par an chez le coiffeur. Il commençait à lui démontrer pourquoi à la lune rousse, rien ne pousse, quand Blanche fit à sa sœur un petit signe pour continuer la conversation à table.

Une fois n'est pas coutume, nous n'avions pas réfléchi à un plan de table : les gens s'assirent là où ils avaient envie d'être, et ce fut tout aussi bien. Ma place était toute désignée, en bout de table et à côté de la porte de la cuisine. Ce serait plus facile pour aller chercher les plats, sans avoir à déranger tout le monde. Blanche s'assit à ma droite, pour les mêmes raisons. Venait ensuite sa sœur Albane. Ma nièce était assise de l'autre côté, en face de moi, et avait la place du président. Venaient ensuite monsieur Sécaillat puis sa femme. Comme un jeu des chaises musicales à l'envers, entre madame Sécaillat et moi, il y avait une dernière assiette, celle du *mendiant*. Si quelqu'un venait à frapper à la porte ce soir, nous étions prêts pour l'accueillir.

Le hasard avait bien fait les choses, puisque cela semblait être le grand amour entre monsieur Sécaillat et ma belle-sœur, qui étaient assis l'un en face de l'autre et qui continuaient leur conversation lunaire.

« Et alors ma sœur m'a dit que vous avez trouvé une source sur votre terrain ? » lança Albane à monsieur Sécaillat, comme un pavé dans la mare.

C'était comme si une cuillère en plomb m'était tombée sur le gros orteil. Monsieur Sécaillat me regarda avec une moue d'escartefigue[46] ; je dévisageai ma femme, qui se mit à fixer le fond de son cœur d'artichaut. Ça n'était pas croyable. Je ne pouvais pas en croire mes oreilles. J'étais convaincu que nous étions liés par le secret des coupables, celui qui les unit une fois leurs forfaits commis, les alibis inventés et les versions scellées une bonne fois pour toutes. Il n'en était rien : Blanche était une vraie balance, elle avait cafté. Bien sûr sa sœur n'était pas de la police, elle faisait partie du premier cercle même si elle habitait de l'autre côté du Luberon, à la ville ceci dit. Mais un secret ébruité n'en est plus un, c'est un pull qui commence à s'effilocher, et en moins de temps qu'il ne faut pour le dire, vous vous retrouvez torse nu.

Monsieur Sécaillat me regarda, ne sachant pas trop quoi penser, se demandant si je savais qu'elle savait, ou pas du tout. Albane avait mentionné une source, mais rien sur la femme-calcaire. Jusqu'où le secret avait-il été trahi ? Qu'avait dit exactement Blanche ? Monsieur Sécaillat prit un toast de caviar d'aubergine, y mordit à pleines dents et le mâcha assidûment, le temps de fourbir sa réponse. Tout autour de son assiette s'élançaient des constellations de mie de pain à l'assaut de la nappe. Il les balaya d'un revers de main, regroupant ces poussières d'étoiles en une voie lactée bien droite.

« Oh, une source, c'est beaucoup dire. C'est juste une résurgence, un petit filet d'eau qui coule, maigre comme le plat de la main », répondit monsieur Sécaillat, jouant les faux modestes et les vrais paysans, disant le faux pour cacher le vrai. Albane ne réagit pas : soit elle attendait que le loup sorte

46. Une moue décomposée.

du bois, soit elle ne savait rien de la femme-calcaire. Je promis dans ma tête de mettre un cierge à l'église pour que ce soit la seconde option. Même si je ne laissais rien paraître devant Blanche, le fait que la police ait mis son nez dans cette affaire me tarabustait depuis ces dernières semaines. Le fait d'avoir à gérer un quarteron de pipelettes en rajoutait une couche.

« Je voulais m'en servir pour irriguer mes cerisiers, mais ce sera ric-rac, question volume. Je voulais mettre cet été un goutte-à-goutte qui marche la nuit, pour les aider à passer la sécheresse », continua-t-il.

« Mais elle est potable, on peut la boire ? » demanda Albane.

« Techniquement, oui. Mais elle a beaucoup de fer, elle est ferrugineuse, comme dirait Bourvil. Elle n'a pas un très bon goût. Vous auriez l'impression de boire dans une flaque de rouille. »

« Vous l'avez trouvée comment ? Vous avez fait venir un sourcier ? » interrogea Estelle.

« Elle est sortie toute seule. Y a eu un orage, un pan de mur s'est effondré, et elle s'est mise à couler. Le plus drôle, c'est que j'avais fait venir un sourcier y a bien quarante ans au moins, et qu'il n'avait rien trouvé. Il était passé à côté au moins vingt fois, et sa baguette n'avait pas bougé d'un pouce. Soit c'était un mauvais sourcier, soit les trucs de sourcier ne sont que des conneries », conclut mon cher voisin en se resservant du vin.

J'étais un peu rassuré. Les questions qu'avaient posées Albane et Estelle montraient qu'elles n'étaient pas au courant de toute l'histoire, et que la femme-calcaire leur était inconnue. Comme tout le monde avait fini, je débarrassai les assiettes et retournai en cuisine pour servir le sanglier.

« Laisse-moi t'aider », dit Blanche se levant et en prenant quelques assiettes.

« Non, non, reste assise, ce n'est pas la peine », lui répondis-je, bien conscient de sa petite manœuvre. Elle fit la sourde oreille, récupéra les couverts et me suivit dans les coulisses, loin des regards des spectateurs.

Le sanglier embaumait toute la cuisine. L'épeautre avait bien gonflé, il ne restait plus qu'à l'égoutter. Les cardes étaient prêtes elles aussi. Légèrement gratinées, il n'y avait plus qu'à les sortir du four et les servir dans les assiettes.

« C'est incroyable que tu aies raconté tout ça à ta sœur ! Tu es devenue complètement folle, tu te rends compte de ce que ça veut dire si elle en parle ou si elle fait le rapprochement en lisant le journal ? Tu es inconsciente, tu aurais dû me dire que tu lui en avais parlé ! » lançai-je à ma femme, déclenchant le début des hostilités.

« Oui, bon ben, ça va, désolée, ça a été plus fort que moi. Je ne sais pas comment, mais c'est sorti tout seul au téléphone. J'avais besoin de me confier, je ne suis pas tranquille avec tout ce que vous avez traficoté. »

La porte qui nous séparait de la salle à manger s'ouvrit, mettant fin à nos messes basses. Je sentis une présence le long de mes mollets : c'était le Hussard qui venait voir ce qui se tramait en coulisse, et pourquoi ce sanglier mettait si longtemps à entrer en scène. Le chef d'orchestre avait raison, les spectateurs devaient commencer à s'impatienter, à supposer qu'ils ne nous aient pas entendus. On mit la daube de sanglier dans une belle soupière jaune en faïence d'Apt, que ma grand-mère avait eue comme cadeau pour son mariage et que nous avions récupérée à sa mort. On servit l'épeautre dans trois grands bols bleus, que les invités se feraient passer. Ma femme prit une pile d'assiettes propres, les cardes, et son masque d'hôtesse parfaite, puis retourna dans la salle à manger. Je la suivis une première fois avec le sanglier, puis revins chercher les bols d'épeautre.

L'effet ne fut pas loupé : motus et bouche cousue, plus personne ne disait rien. J'avais pris dans mon assiette des cardes par respect pour la tradition, et ma foi elles étaient moins mauvaises que d'habitude.

*

Nous parlions de tout et de rien, de la pluie et du beau temps, de ce qu'Estelle faisait au lycée et de ce qu'elle voulait faire plus tard. Madame Sécaillat prenait part à la conversation, posant des questions de grand-mère attentionnée, à quoi servait tel ou tel cursus, quand étaient les examens, etc. C'était incroyable : elle avait l'air tout à fait bien dans sa tête. Jamais, au grand jamais, vous n'auriez pensé qu'il y a seulement un mois à peine elle avait une araignée qui courait au plafond lorsque vous lui parliez. Elle avait au fond des yeux une petite flamme qui brillait et qui vous disait que, oui, il y avait bien quelqu'un qui était revenu habiter à l'intérieur de la caboche.

« Vous resplendissez, madame Sécaillat », lui dis-je en lui resservant un peu de sanglier, car son assiette vide criait famine.

« Mais tout à fait, tout à fait. Tout ça, c'est grâce à votre fontaine de jouvence, à tous les deux », répondit-elle avec un sourire malicieux.

Je la regardai d'un air interdit, ne comprenant pas ce qu'elle voulait dire. Un fumet de silence tournoyait autour de la soupière. Blanche donna de la corne de brume pour le dissiper.

« Qu'est-ce que vous voulez dire par là ? »

« Chaque jour Paul m'apporte une petite bouteille qu'il a remplie à la source. J'en bois un verre complet, au repas de midi », nous raconta madame Sécaillat.

« Mais elle est pas traitée ! Et elle a un goût dégueulasse ! »

« Oui, eh bien c'est comme l'huile de foie de morue : dans la bouche c'est pas très bon, mais dans le corps c'est excellent. Au début je me suis forcée, mais à vrai dire maintenant je m'y suis faite, et ça passe tout seul. Elle me donne du fer, du tonus, dont j'ai bien besoin. Un petit peu chaque jour, ça n'a jamais fait de mal à personne », dit madame Sécaillat en finissant son verre de vin.

« Macanille[47], mais c'est mieux que l'élixir du révérend père Gaucher que vous nous avez trouvé là ! » dit Albane. « Nous aussi, on veut du fer ! On pourra aller remplir une bouteille avant de partir ? »

« Oh oui ! Moi aussi, je veux goûter l'eau de la source. On peut aller en remplir une bouteille, tonton, s'il te plaît ? » se mit à quémander Estelle.

Décidément, je ne sais pas ce que j'avais fait au bon Dieu, mais c'était ma journée. On se regardait, monsieur Sécaillat et moi, l'air bien ennuyé et ne sachant trop quoi répondre. Il y avait fort à parier que si ma belle-sœur voyait la femme-calcaire, cela ne s'arrêterait pas là et cela apporterait son flot de questions. Voilà tout le bien qu'il y avait à gagner, à parler à tire-larigot comme des sonnailles. Ce fut monsieur Sécaillat qui trouva la parade et évita l'escarmouche :

« La bégude, elle est en plein milieu des cerisiers. Avec vos talons hauts et vos habits du dimanche, vous allez vous mettre minables. J'irai après la bûche vous en remplir deux petites bouteilles, comme ça vous pourrez repartir avec. »

« Oh, on ne veut pas abuser non plus, on va pas vous demander d'aller dans les champs le soir de Noël », sourit Albane, jouant les fausses innocentes.

---

47. Fichtre.

« Non, non, ça ne me dérange pas du tout. J'espère juste que la source n'est pas gelée, avec le froid qu'y fait ce soir. À la température où elle sort, ça m'étonnerait, mais quand même, sait-on jamais. »

« Parce qu'en plus c'est une source d'eau chaude ? » revint à la charge Albane.

Je levai les yeux au ciel : décidément, la soirée allait être compliquée.

« Oh, elle n'est pas chaude chaude, mais tiédasse », lui répondit madame Sécaillat. « Pour l'instant, il fait trop froid, mais j'ai bien envie d'y aller faire trempette, au retour des beaux jours. Paul m'a dit qu'il avait fait un petit bassin pour y recueillir l'eau. Cela me fera du bien, au moins pour mes articulations. »

Elle but un peu de vin puis continua.

« Vous devriez y aller aussi au printemps, il faut profiter de ce que la nature vous offre », fit-elle en invitant d'un sourire les deux frangines.

« Oui, votre mari m'a déjà invitée, c'est très gentil de votre part. J'ai hâte qu'il fasse moins froid pour pouvoir y aller », répondit Blanche.

« On pourrait y aller toutes ensemble une après-midi », s'incrusta Albane au passage, histoire de ne pas être en reste.

Le secret de la femme-calcaire n'en avait plus pour longtemps. J'entendais déjà les sirènes dans le jardin et la police sonner à la porte, avec un monsieur Gardiol médusé sur mon paillasson en train de me dire : « Si quelqu'un m'avait dit que c'était toi, je ne l'aurais pas cru. »

*

Ma femme se mit à débarrasser les assiettes, pour que l'on puisse passer au fromage. D'habitude, je me serais levé pour l'aider, mais je lui en voulais tellement que je fis semblant d'être absorbé par le bout de mes chaussures. Elle rapporta un plateau avec de beaux fromages qu'on avait achetés le samedi précédent sur la place Saint-Pierre.

Plus j'essayais de chasser de mon esprit les trois naïades en train de communier avec la femme-calcaire, plus j'étais convaincu que tout cela allait arriver et finir en catastrophe. Tant que la femme-calcaire n'était qu'un chantier vaseux partagé entre monsieur Sécaillat et moi, tant qu'il suffisait de creuser et de pomper, les limites de cet univers étaient connues et la Terre restait ronde. Mais pour un peu que des lèvres remuent, que les mots fuitent par-dessus les montagnes, les sols se mettaient à trembler, et les horizons devenaient incertains.

Je sortis dehors, moins pour aller chercher la bûche que pour m'aérer l'esprit. Le froid m'accueillit à travers le petit pull de coton que Blanche m'avait offert pour mon anniversaire. D'habitude, je l'aurais joué à la va-vite, en me précipitant dehors, sans prendre le temps de refermer la porte-fenêtre et en revenant vite au chaud. Il faut croire qu'être préoccupé donne des calories à brûler, puisque je ne souffrais pas du froid et pris tout mon temps pour chercher le dessert. Albane nous avait gâtés : elle avait passé commande à la pâtisserie japonaise du cours Mirabeau, à Aix, une institution. Elle avait choisi une bûche Sakura, composée d'une mousse infusée au thé aux fleurs de cerisiers et d'un biscuit fourré aux griottes. Je lui aurais presque pardonné d'être au courant pour la source. En rentrant, ma femme avait déjà mis sur la table les oreillettes, des mignardises et bien sûr les treize desserts. Elle avait servi des tilleuls à la fleur d'oranger. Ça embaumait dans toute la salle à manger. Il ne manquait plus que la bûche au centre. Ces treize desserts sont toujours un calvaire : on n'arrive jamais à s'en souvenir, on doit toujours vérifier sur Internet, et pour finir il en manque toujours un que l'on doit aller chercher en catastrophe au centre-ville. Cette année, ça n'avait pas loupé : on croyait avoir encore des fruits confits, eh bien non, nous n'en avions plus. Blanche était allée en acheter ce matin à la boutique sur le quai.

Nous avions un invité supplémentaire : le Hussard avait profité de mon absence pour faire un coup d'État et s'installer sur la chaise du mendiant. Comme un inspecteur des travaux finis, il regardait les desserts et peut-être en vérifiait-il le nombre. Il nous dévisageait tous de travers comme s'il allait rouspéter dans sa moustache : « Et vous n'alliez même pas m'attendre pour la bûche, bande de malappris ! » Cela me fit sourire et me fit penser à cette vieille histoire que me racontait ma mère quand nous étions pitchounes : la nuit de Noël, à minuit sonnant et pour seulement une minute, les animaux se mettent à parler en provençal. Des années durant, nous avions lutté, les paupières lourdes, passant des aiguilles de l'horloge à notre chien Tarzan, espérant glaner quelques mots aboyés de-ci de-là. Je n'en avais jamais eu le cœur net : je m'étais toujours endormi avant.

Pour des raisons que seuls les chats peuvent comprendre, le Hussard décida de changer de crémaillère. Il sauta par terre, fit quelques pas et monta sur les genoux d'Estelle. Cela me surprit : d'habitude, il était le premier à disparaître lorsqu'il y avait des invités. Il se cachait Dieu sait où et réapparaissait quand tout le monde était parti.

Blanche regarda sa montre et vit que nous avions passé minuit sans nous en apercevoir. Il était plus que temps de mettre le petit Jésus dans la crèche : ma femme alla chercher le santon minuscule dans le buffet où il attendait sa venue au monde depuis début décembre. À la majorité, il fut décidé que ce serait à Estelle de jouer les sages-femmes. Elle tenait le Hussard comme un bébé sur un bras, et avec sa main libre mit le petit Jésus entre l'âne et le bœuf. Tout le monde lui dit que c'était le meilleur moyen de tout foutre en l'air, qu'il fallait poser ce chat, mais elle n'écouta pas. Le Hussard se mit à fixer les santons avec de grands yeux de chasseur : ici, le berger avec sa trompe en bandoulière, là-bas, la gitane au panier de mandarines. Il cligna des yeux puis demanda au Ravi, perché sur sa colline de papier rocher : « Ravi, de que vas pantaia aquesto niue[48] ? »

48. Ravi, de quoi vas-tu rêver cette nuit ?

21. CASTRE Y SANGLIES[49]

Enfin on chantera tes bêtes :
Renards, martres, fouines, blaireaux, nocturnes
Et le sanglier qui est peut-être ton dernier dieu.
Henri Bosco

À ce stade de l'histoire, le lecteur peut décider de s'arrêter : il aura alors lu un joli conte de Noël provençal, ce qui n'est déjà pas donné à tout le monde.

Mais s'il choisit de continuer sa lecture, il faut le mettre en garde. Il doit se rappeler que les légendes, si elles sont racontées pour faire rêver, introduire une part de mystère dans un monde terne, sont aussi racontées pour expliquer l'incompréhensible, démêler l'indémêlable. Il devra garder à l'esprit que toutes les légendes, sans exception, ont un fond de vérité. On ne sait jamais de quoi il retourne exactement. La part du vrai, la part du faux, bien malin celui qui arrive à les démêler.

*

Ce matin-là, le bon Dieu était fort satisfait de comment allait le monde. Tout n'était pas rose : il avait dû rappeler son Fils auprès de lui, mais depuis, la mayonnaise avait pris sur la terre. Rome, la Gaule, tout cela avait demandé du temps, mais maintenant la christianisation allait bon train : on construisait des cathédrales à tour de bras et tous les dimanches, les

49. Castor et sangliers.

messes étaient dites et bien dites. Le bon Dieu se pencha du haut de son nuage et parcourut des yeux la surface du globe : il était content, il y avait des églises dans tous les villages et des croix en haut de toutes les montagnes. Il regarda de plus près le Luberon, coincé entre la Sainte-Victoire et le Ventoux, et fronça les sourcils. Il voyait bien quelques croix par-ci par-là, mais aussi beaucoup de superstitions à la vie dure, des légendes qui s'agrippaient comme des arapèdes[50] dans les esprits du coin. Ça n'était pas bien méchant, mais à l'endroit précis qu'il avait choisi pour être le paradis sur terre, ça la foutait plutôt mal.

Il interpella l'évêque de Marseille, et lui demanda si on ne pouvait pas envoyer quelqu'un là-bas reprendre le Luberon avec un peu plus de poigne. L'évêque regarda dans ses tiroirs, à Aix, à Avignon, et ne trouva personne qui ait l'envie d'aller s'enterrer dans ce trou perdu, là où les druides et les sorcières dansaient encore la farandole les nuits de pleine lune, disait-on. Il chercha encore, et dut aller jusqu'à Nîmes pour trouver un candidat. Ce candidat, c'était Castor.

Castor avait jusqu'à présent bien consommé sa jeunesse. Il était défroqué, marié et sa femme venait justement du Luberon : sa famille avait de la terre dans le coin. L'évêque lui proposa le poste : finies les bêtises à Nîmes, on tolère tes affaires de famille, mais il est temps d'aller bosser et de remettre les petits copains de ta femme dans le droit chemin.

L'histoire ne dit pas si Castor accepta avec joie ou la mort dans l'âme : toujours est-il qu'il fit son baluchon avec sa femme et se retrouva en route pour le Luberon.

*

---

50. Mollusques.

La cathédrale n'en était pas encore une. Saint Auspice avait construit quatre siècles plus tôt une petite église, qui, pour le premier office de Castor, était déjà bien trop grande : seul le premier rang était occupé, parsemé de vieilles grenouilles de bénitier. Faire salle comble semblait un vœu pieux, et le dimanche midi, Castor se sentit bien seul et désemparé. « Mon Dieu, mon Dieu, pourquoi m'as-tu abandonné », se lamenta-t-il pendant que sa bonne sortait le poulet du four. « Mon Dieu, mon Dieu, mais où vont mes paroissiens quand je fais sonner les cloches ? » continuait-il en séparant le blanc de la cuisse.

« Là où ils vont, là où ils vont, il n'y a pas besoin d'être le Malin pour savoir là où ils vont », maugréa la bonne, le nez plongé dans le tian de légumes qu'elle ramenait à la cuisine. C'était une vieille Aptésienne du quartier Saint-Pierre, la vieille Finaude, qui venait lui faire la cuisine et le ménage trois fois par semaine.

« Et ça veut dire quoi, ça ? On a le droit de savoir ? » demanda Castor, un brin remonté contre ces messes basses et ces vérités toutes faites.

« Plutôt que d'aller à la messe, vos paroissiens, ils vont voir les druides, et vos paroissiennes, elles vont chez les mascas, les sorcières », lui répondit sans se démonter la vieille Finaude.

« Des druides et des sorcières, mais voyez-vous ça, qu'est-ce qu'il ne faut pas entendre, vous en inventez de belles, va. Ça fait belle lurette qu'il n'y en a plus. »

« Il faut pas dire ce qui est pas, père Castor. Des druides, il y en a au rocher des Druides, et des mascas, il y en a au prat dei Mascas[51], c'est aussi simple que bonjour », ronchonna la Finaude du fin fond de sa cuisine.

51. Le pré des Sorcières.

La bonne ne mentait pas, elle faisait référence à deux endroits que le Luberon cache entre deux plis de sa couette. Le rocher des Druides se situe au-dessus du hameau de Rocsalière, lorsqu'on monte vers le plateau des Claparèdes, direction le fort de Buoux et la combe de Lourmarin. C'est un accroc dans la couette, un éperon de calcaire pur, un récif séparé du plateau des Claparèdes par quelques mètres, du mistral et des chênes centenaires. Ce rocher était truffé d'habitations troglodytes, qu'on disait habitées par des femmes de mauvaise vie. Castor fronça les sourcils, soucieux que l'on préfère les pics de calcaire aux voûtes de son église. Quant au prat dei Mascas, il n'en avait jamais entendu parler, mais il imaginait bien ce qui pouvait s'y passer à la nuit tombée. Plongé dans ses pensées, il s'amusait machinalement avec ses couverts sur la table. La Finaude le vit faire et l'arrêta d'autorité : « On fait pas tourner les couteaux à table, ça porte malheur. » Castor leva les yeux au ciel et se dit que décidément, le Luberon, ça allait être compliqué.

La semaine qui suivit, Castor ne put fermer l'œil, et regardait d'un drôle d'air ses paroissiens qu'il croisait dans la Grand-Rue. « Et celui-là, va-t-il au rocher des Druides ? Et celle-là, va-t-elle au prat dei Mascas ? » se demandait-il à longueur de journée. Le mercredi soir, il n'y tint plus. Il prit son bâton de pèlerin, son capéou[52], une grande cape noire, et franchit la porte de Saignon en direction de Rocsalière. Ce n'était pas la porte à côté, il y avait un peu de marche, rien de bien méchant, mais il fallait quand même se la coltiner. Il y arriva à la nuit tombée, et ne fut pas déçu du spectacle. Une habitation de pierre faisait corps avec le rocher, et au travers de la porte en bois, on entendait de la musique, des gloussements

52. Chapeau.

et des rires. Castor enfonça son capéou jusqu'aux sourcils pour rester incognito et poussa la porte. Il y avait des chaises et des tables, des hommes sur les chaises et des femmes sur les tables, en train de faire des choses pas très catholiques. Il reconnut deux ou trois de ses paroissiens, des marchands de sel de la place de la Bouquerie. Au fond de la salle, douze marches d'escalier montaient Dieu sait où. Histoire de ne pas rester planté là, Castor prit l'air de savoir où il allait, traversa la salle rapidement et se mit à gravir les marches. Elles grimpaient à flanc de rocher, pour déboucher sur une petite esplanade toute plate. On surplombait de là-haut toute la vallée du Calavon on tutoyait la cime des chênes, qu'un croissant de lune parsemait ici et là de lumière blanche.

Au bout du rocher, un vieillard à la longue barbe regardait d'un air savant les étoiles ; il semblait flotter entre les frondaisons des chênes, amarré aux bouquets de gui par la seule mécanique céleste. Il avait dans ses mains une longue et fine trompe de terre cuite, qu'il porta lentement à ses lèvres. Un son grave envahit le silence de la nuit, et les frondaisons des chênes se mirent à fredonner, sous l'action du vent. Castor allait lui parler, mais se retint : il y a des questions qu'il vaut mieux ne pas poser, de peur des réponses que l'on risque d'obtenir. Non, il en avait assez vu pour ce soir et préféra rentrer au diocèse, la mort dans l'âme.

Le vendredi soir qui vint, belote et rebelote : il reprit son bâton de pèlerin, son capéou, et sa grande cape noire, franchit la porte de Saignon et repartit en direction du plateau des Claparèdes. Il dépassa le hameau de Rocsalière, le village de Saignon, et arriva enfin là où la Finaude lui avait dit qu'il trouverait lou prat dei Mascas. C'était un grand pré, à la lisière de la forêt qui couvrait les Claparèdes. La lune avait changé de quartier, et était désormais pleine : on y voyait comme en plein jour. D'un côté, le Luberon montait jusqu'au Mourre Nègre. Les crêtes dessinaient une ligne noire, qui tranchait sur le gris du ciel, le même gris que prend la lavande à la sortie de l'alambic, une fois distillée. De l'autre, on discernait les monts de Vaucluse, qui roupillaient au pied du Ventoux. Un voile noir recouvrait pour la nuit sa couronne blanche, mais on le reconnaissait bien à sa pente douce qui montait lentement mais sûrement.

Castor poussa un soupir de soulagement : il avait fait la grimpette jusqu'ici la peur au ventre, la peur de revoir le vieillard au cor de chasse qu'il avait vu deux jours auparavant au sommet des chênes. Une boule froide l'avait tenaillé tout le long du sentier, mais, une fois enfin arrivé au prat dei Mascas, elle se dégonflait au fur et à mesure qu'il reprenait son souffle. Le pré était vide, de long en large et en travers, des pierres calcaires du sentier jusqu'aux frondaisons du maquis. Il n'y avait pas plus de sorcières que sur le plat de sa main, pas plus de sabbat que de balai qui danse la farandole, pas plus de sacrifice que de chat noir qui parle. Il n'y avait qu'une faible brise de mistral, qui faisait murmurer les feuilles des chênes, et au loin une douzaine de sangliers, le groin dans la terre. Castor respira mieux, et se dit que, décidément, la Finaude avait réussi à bien l'impressionner, et qu'il s'était fait avoir comme un bleu. Il se promit de faire tourner les couteaux sur la table le dimanche suivant pour la faire enrager.

Au moment où le mistral reprenait du poil de la bête, que Castor remettait en place sa cape et s'apprêtait à faire demi-tour, un sanglier se dressa sur ses pattes, et se mit tout droit. Il mit ses pattes avant sur ses hanches et fit quelques assouplissements, comme si cela faisait du bien de se mettre debout après tant d'heures passées le groin dans la terre. Castor n'en croyait pas ses yeux et se demanda par quel miracle ce sanglier arrivait à se dresser ainsi. Un rayon de lune répondit à sa question : ce n'était pas un troupeau de sangliers, mais de Provençales. Courbées comme des cochons, elles grattaient la terre à la recherche de rabasses, ces délicieuses pommes dont le diable avait caché les graines, disait-on. Une légende disait qu'elles se mettaient à sentir plus fort les nuits de pleine lune, et qu'il suffisait de renifler attentivement pour les trouver.

Castor n'en croyait pas ses yeux et jura : non, la Finaude n'avait pas menti, c'était bel et bien un pays de mécréants. C'étaient bien ses ouailles, celles-là mêmes qui auraient dû connaître sur le bout des doigts le *Je vous salue Marie*, et qui auraient dû se bousculer le dimanche matin à la communion. Elles lui faisaient des infidélités, préférant tourner le dos aux saintes Écritures et prêter l'oreille aux sirènes du Luberon. Castor s'étrangla dans sa rage, maudissant ce troupeau de brebis galeuses qui le narguait au clair de lune et qui ruinait tous ses efforts. Il leva le bras au ciel, et se mit à courir entre les clapas[53], traversant tout en fureur le prat dei Mascas et se mettant à pourchasser l'une après l'autre les infâmes mécréantes.

« Maudites ! Maudites ! Soyez toutes maudites, vous qui préférez aux lumières du Seigneur les obscurs versants de votre Luberon, vos légendes et vos croyances païennes ! Soyez maudites, vous qui préférez courber l'échine devant le poids de vos légendes plutôt que de vous relever grâce à l'Éternel ! Soyez maudites, vous qui préférez les branches et les racines des chênes plutôt que la sainte Croix de l'Église ! Soyez maudites, vous qui préférez la rabasse à l'hostie ! »

Castor, tout à sa fureur, se prit les pieds dans les caillasses, tomba et se retrouva le visage contre terre. Il leva juste

53. Tas de pierres.

à temps ses yeux pleins de larmes pour voir ses ouailles se disperser et aller se cacher dans l'ombre des chênes. Avec le goût de la terre et du sang sur les lèvres, il continua :

« Oh, vous pouvez vous cacher, mais cela ne change rien, je n'ai pas besoin de vous voir pour vous maudire. Je maudis tous ceux qui n'ont pas tourné le dos à leurs vieilles croyances, je maudis tous ceux qui croient encore en leurs légendes. Soyez maudits à vous transformer en sangliers lorsque la nuit vient et que le soleil se couche, soyez maudits à errer la nuit à quatre pattes, et à chercher des glands le groin dans la terre ! Soyez maudits à chercher autant de glands qu'il y a de légendes sur cette damnée montagne ! Soyez maudits à en manger tant qu'une seule personne croira encore à ces légendes sur votre Luberon ! »

Castor entendit des rires lui répondre au travers de la pénombre des frondaisons. Mais bientôt ce ne furent plus des rires, mais des hoquets ; et ce ne furent plus des hoquets, mais des grognements, des bruits de groin venant de derrière les chênes. Castor ne pensait pas être en si bons termes avec le bon Dieu que ses paroles soient aussitôt suivies d'une action divine ; il en fut le premier surpris, mais il n'allait pas se plaindre d'avoir été entendu pour une fois.

*

Les années passèrent, et si, sous l'action de Castor, les bancs de l'église se remplirent de fidèles, il en fut de même pour les sangliers sur les versants du Luberon. Ils n'avaient jamais été aussi nombreux, et retournaient tout, la nuit, les vignes comme les lavandes. Castor s'était fait une raison, et se disait que décidément ces diables de légendes provençales avaient la vie dure. Certains soirs le jardin de l'évêché était retourné par les sangliers, et il se disait alors que le

Luberon ne manquait pas d'humour. Oui, ses fidèles venaient écouter ses sermons ; mais, ils croyaient toujours dur comme fer au gui et au thym serpolet, à la rabasse qui sent plus fort au clair de lune, aux couteaux qui ne doivent pas tourner, et fatche[54], à tout un tas d'autres fariboles. Il récriminait encore un peu pour l'honneur, histoire de sauver la face, lorsqu'il entendait parler du mistouflon[55] aux veillées, ou des chants pour calmer le mistral, mais il ne leur en voulait plus : c'était leur manière de croire au bon Dieu.

Un dimanche matin, alors qu'il montait à Bonnieux pour y dire la messe de bonne heure, sa route croisa celle d'un marcassin. La bête, traquée par des chasseurs, sortit de la garrigue avec fracas, et au lieu de s'enfoncer à nouveau dans les taillis, vint se réfugier aux pieds de Castor. Castor était vieux maintenant, cela faisait bien longtemps qu'il ne s'énervait plus à l'emporte-pièce. Il passa sa main calleuse sur les soies du marcassin, qui se laissa faire en grognant.

Les chasseurs déboulèrent hors des fourrés, et voyant sur la route le saint homme avec la bête, demandèrent à Castor de leur remettre leur proie. Castor tapota les flancs du marcassin, et se dit que décidément, le Luberon était joueur. Il avait à ses pieds l'enfant des druides et des sorcières, des droudes et des mascas, nourri chaque nuit aux glands des chênes et aux légendes des Provençaux. Il sentit le mistral passer dans ses cheveux, et se demanda qui, du Luberon ou du bon Dieu, le mettait à l'épreuve. Il chercha des yeux un buisson ardent qui lui dise quoi faire, mais ne vit autour de lui que des lavandes sauvages, parsemées ici et là de thym et de romarin. Et, se souvenant qu'au sommet du Sinaï, Dieu avait été

54. Ma foi.

55. Animal mythique, dahu du Luberon.

miséricordieux, Castor se dit qu'il n'y avait pas de raison pour que ce soit différent sur les versants du Luberon. Il passa sa bure sur les soies du sanglier, et répondit aux chasseurs de passer leur chemin. Ils furent surpris car d'ordinaire, Castor n'aimait guère les sangliers : il ne se passait pas un sermon sans qu'il les égratigne.

À la mort de sa femme, Castor n'avait plus rien qui le retenait dans le Luberon. Sa mission envers l'Église était accomplie, et il était libre de retourner dans le Gard, sur les terres de sa folle jeunesse. Il n'en fit rien : il partit vivre en ermite dans une grotte au-dessus de Ménerbes. Le jour de sa mort, une source ferrugineuse se mit à couler à l'entrée de la grotte. C'est la source de San Castré. On dit que la nuit du 21 septembre, pour la Saint-Castor, elle devient limpide et que sangliers et bêtes sauvages viennent s'y désaltérer. Aujourd'hui on ne sait plus exactement où est la source de San Castré, ou bien si elle s'est tarie au cours des siècles. En revanche, les sangliers n'ont jamais été aussi nombreux, et il ne faut toujours pas faire tourner les couteaux à table.

22. LES CHEVALIERS DE BONELLI

Les sentiers battus n'offrent guère de richesses ;
les autres en sont pleins.
Jean Giono

J'avais repris le travail la première semaine de janvier. Adjoint au lycée René-Char à l'Isle-sur-la-Sorgue, c'est un comble lorsqu'on sait à quel point j'ai détesté l'école, les profs, et les autres élèves, qui me le rendaient bien. Je n'étais pas à proprement parler un cancre. C'est juste que chaque minute sur les bancs de l'école me semblait une minute de perdue, trop près des autres et trop loin des chemins. Au moment de trouver du travail, après la fac, il n'y avait pas des masses d'opportunité, et je n'étais pas trop bête pour le concours de l'Éducation nationale. J'avais obtenu un bon classement, et pouvais même prétendre à un beau poste dans un rectorat à Paris. Mais, n'ayant guère envie de quitter la région, j'avais décliné la capitale. On m'avait proposé comme première affectation le collège de Coustellet ou le lycée René-Char à l'Isle-sur-la-Sorgue, en me précisant qu'il y aurait plus de possibilités d'évolution si je commençais directement par un lycée plutôt qu'un collège. Ce fut donc René-Char, et ils m'avaient bien attrapé : quinze ans après, j'étais toujours dans le bureau où ils m'avaient flanqué le premier jour. Aubre souven transplanta, douna pas fruit en quantita[56].

56. L'arbre transplanté ne donne pas beaucoup de fruits.

Au fond du calcaire avec monsieur Sécaillat, j'étais passé à autre chose, une parenthèse de vie qu'il était difficile de refermer. La reprise était dure. Six mois que je n'avais pas remis les pieds dans un bureau. Le portemanteau sur lequel était accroché mon blouson depuis quinze ans me regardait fixement. Il me narguait comme une potence que le condamné à mort voit chaque matin à travers les barreaux de sa cellule. Mes collègues évitaient soigneusement d'aborder la raison de mon absence, tout comme j'évitais soigneusement d'en parler. L'administration murmurait pudiquement « dépression » au détour des couloirs.

Le plus dur n'est pas tout ce qui s'est passé en votre absence, qui tombe d'un seul coup de massue et vous étourdit. Le plus dur n'est pas non plus cette brave Ghislaine, qui, dès votre retour, s'accroche à vous, posant des questions sur des dossiers que vous avez passés à la trappe depuis belle lurette. Vous lui expliquez calmement que vous venez de rentrer, que là comme ça vous n'en savez rien et que vous allez regarder son sujet en priorité, mais elle ne va pas vous lâcher, pas tant que vous ne l'aurez pas envoyée bouler.

Non, le plus dur, c'est de revoir toutes les contraintes et toutes les absurdités avec lesquelles vous avez appris à composer pendant toutes ces années. Le plus dur est de voir à quel point c'est stupide, mal branlé, et surtout que vous avez accepté tout cela sans broncher pendant tout ce temps. Vous sentez dans la nuque un petit picotis : c'est votre ego de personne douée de raison qui s'offusque. Picotis que vous aviez appris à ne plus sentir, à tuer dans l'œuf, mais que votre retour revigore, comme une vieille plaie qui vient de se rouvrir avec l'effort. Oui, c'était étrange de se retrouver au bureau : je me sentais comme une pièce de puzzle qui a gonflé avec l'eau et qui ne rentre plus là où elle rentrait auparavant.

Mon costume, qui était comme une seconde peau, me semblait désormais étriqué, froid et mal foutu. Mes mains étaient devenues calleuses, avec de la grosse corne sur les paumes et sur le bout des doigts : je tapai à l'ordinateur à la vitesse d'un fonctionnaire de police qui débute, je ne me rappelai aucun de mes mots de passe ni l'emplacement des touches sur le clavier.

*

Cette première semaine n'avait été qu'une suite de jours comateux après un lundi de crise cardiaque, et je vis arriver le week-end avec plaisir. C'était le dimanche de l'Épiphanie. Avec Blanche, nous n'avions rien prévu de spécial, juste de tirer les rois au déjeuner puis d'aller faire une randonnée l'après-midi s'il faisait beau. Le blé dans la crèche avait bien tenu, mais cela faisait belle lurette que la bûche de cerisier était partie en fumée. Le cacho-fiò n'avait pas duré jusqu'aux Rois mages, ça ne présageait pas une bonne année en termes d'incendie. Nous n'avions pas de caganis à faire passer sous la table et ma femme avait eu la fève en tirant les parts au sort. On pouvait voir la fève, un petit santon en porcelaine, à travers le fruit confit, mais nous avions fait l'air de rien. Ce fut à elle de placer les Rois mages dans la crèche : après un si long périple, ils étaient enfin arrivés devant la mangeoire, les trois bien alignés devant le petit Jésus, Balthazar en premier. Ce n'était qu'un juste retour des choses : on disait qu'après Bethléem, Balthazar avait poussé jusqu'en Provence, et y avait fondé la dynastie des Baux-de-Provence, donnant aux armoiries familiales son étoile d'argent à seize branches et sa devise, « *Au hasard Balthazar !* ».

Il faisait beau et nous étions partis en randonnée. J'avais proposé les gorges d'Oppedette, mais Blanche n'était pas convaincue. Elle avait raison : janvier était très froid et faire une randonnée dans l'ombre des gorges n'était pas la meilleure des idées. Nous avions opté pour le rocher des Abeilles, un sentier que j'avais beaucoup arpenté durant mon adolescence, mais qui était passé à la trappe depuis.

Refaire une randonnée que vous n'avez pas faite depuis longtemps est toujours étrange. Vous n'avez pas besoin d'avoir les yeux rivés sur la carte, mais le sentier est difficile à suivre : ça vous dit quelque chose, ces cailloux et ces virages vous semblent familiers, mais pas complètement non plus. C'est comme un rêve qui revient, une situation que vous avez déjà vécue, une conversation que vous avez déjà eue, mais il vous est impossible de remettre le doigt dessus. Vous ne savez plus si c'est vraiment arrivé, si vous l'avez rêvé il y a un bail, ou bien si ce n'est que le fruit de votre imagination du moment.

Pendant mon adolescence, une famille d'aigles avait niché dans les falaises autour du rocher des Abeilles. On allait à vélo avec mes frangins les observer à la jumelle après le collège. On les avait pris en photo et le prof de biologie d'Andréas lui avait dit que c'étaient des aigles de Bonelli. Du coup, on avait décidé de s'appeler les Chevaliers de Bonelli. Son prof lui avait aussi expliqué que c'était une espèce relique, c'est-à-dire une espèce qui vivait là depuis très longtemps, qu'il n'y en avait plus beaucoup et qu'il ne fallait pas les déranger. Bien entendu, on s'était empressés de faire le contraire : on avait essayé d'apprivoiser les aiglons au printemps, quand ils faisaient leurs premiers vols. Au début on avait essayé de les appeler avec nos tarraietos. Les tarraietos, ce sont des appeaux en terre cuite. On les remplit avec un filet d'eau, on souffle à l'intérieur et ça fait le chant du rossignol. Notre grand-père s'en servait pour la chasse aux appelants. Il nous avait offert une tarraieto à chacun. On en cassait une tous les quatre matins, et notre grand-père en rachetait toujours pour que ce ne soit pas le dit. Un jour, Franck avait remarqué qu'en collant un malabar à l'intérieur, cela rendait le son beaucoup plus aigu, plus strident, comme le cri d'un aigle. Évidemment, ça n'était pas tombé dans l'oreille d'un sourd. On avait passé un premier mercredi après-midi au rocher des Abeilles à siffler dans nos tarraietos, sans succès : aucun aigle n'avait pointé le bout de son bec. Du coup, on avait changé de méthode. On avait acheté des steaks hachés au supermarché, on les avait déposés en haut du rocher, et on avait attendu la suite en nous asseyant à une vingtaine de mètres plus loin. Nous avions essayé, en vain, quelques mercredis après-midi, puis Andréas avait eu sa première petite copine et nous avait lâchés. Sans lui, les Chevaliers de Bonelli ne firent pas long feu : on déserta le rocher des Abeilles et on passa à autre chose.

*

Cette après-midi, il y avait toujours des aigles. Je ne sais pas si les aiglons d'hier étaient devenus les aigles d'aujourd'hui, ou même si c'étaient toujours des aigles de Bonelli, mais un couple volait au-dessus de nous. Par chance, Blanche avait des jumelles dans son sac à dos. Les yeux des rapaces étaient cerclés de petites lunettes d'or, très discrètes et qui n'enlevaient rien à la profondeur de leur regard. Leurs ailes étaient couvertes d'une belle veste de tweed brun qui scintillait au soleil. Ils étaient cintrés d'un élégant gilet de flanelle blanche, dont quelques plumes brunes faisaient ressortir l'éclat.

Peut-être l'un des deux me reconnaîtrait-il et exaucerait-il enfin un des vœux des Chevaliers de Bonelli. Je dis à Blanche de rester en retrait, et grimpai en haut du pic. Elle me regarda, médusée, et se demanda ce qui se passait. Cela faisait bien longtemps que je n'avais plus de tarraieto. Je plissai les lèvres et émis un sifflement strident, à plusieurs reprises. Ce n'était pas à proprement parler le cri de l'aigle, mais c'était la plus proche imitation dont j'étais capable. Cela ne devait pas être bien convaincant, car la seule réponse qui arriva fut celle de l'écho, teintée de sarcasme. J'attendais sans bouger, regardant le Calavon couler en contrebas. Des fourmis commençaient à se trémousser dans mes jambes. Rien ne venait, et je fis demi-tour.

Blanche proposa de faire une pause pour le quatre-heures. Elle est plutôt sucré ; moi, c'est plutôt salé. Elle avait des parts de la galette à finir, et me laissa le saucisson. Ma femme avait rempli une gourde en fer-blanc à la source de monsieur Sécaillat. C'était sa nouvelle lubie depuis Noël. Suite aux conseils avisés de madame Sécaillat, nous en buvions un litre par jour : le fer, c'est bon pour le tonus, vous comprenez. Tous les matins, Blanche allait en remplir deux pleines bouteilles avant de partir travailler. Elle en prenait une avec elle au travail, et nous avions droit à l'autre pour le dîner. Au début l'eau avait un goût âcre et pour être honnête, je dois avouer que je m'étais forcé. Après quelques jours on s'y était habitués, et maintenant elle se laissait boire. En levant le coude et en portant la gourde à mes lèvres, je vis un aigle haut dans le ciel. Il tournait en rond juste au-dessus de nous, mais ne semblait toujours pas décidé à descendre.

23. PAROLE DE CALCAIRE

Lou ben quauqueis fes ven en dourmen.
(Le bien quelquefois vient en dormant.)

« Et si on allait se baigner dans la source cette après-midi ? » me demanda Blanche en finissant son café. Ça la démangeait depuis un moment. Maintenant, c'était officiel : elle n'allait pas réussir à tenir plus longtemps.

Février et mars étaient passés en coup de vent, comme deux amis d'enfance qui se retrouvent et se racontent leurs vingt dernières années en accéléré. Tantôt il avait fait mauvais, tantôt nous étions trop fatigués pour faire quoi que ce soit d'intéressant. Cela restait difficile de reprendre le boulot. Le travail n'était pas tant épuisant en soi : c'est plutôt que vous rentriez dans un calendrier où cinq jours par semaine, votre vie, la vraie, est mise entre parenthèses. Ce n'est pas comme si le temps s'arrêtait : il file, bien au contraire, mais sans contrôle de votre part. Cinq jours sur sept, vous êtes sous anesthésie, les docteurs s'affairent autour de vous. Et à votre réveil, vous êtes content d'être toujours en vie, mais vous vous rendez compte que vos muscles se sont atrophiés, et que c'est dur de reprendre la course là où vous vous étiez arrêté cinq jours plus tôt. Et pourtant, il faut y aller, la vie suit son cours. En fin de compte, les week-ends étaient passés comme des feuilles mortes emportées par le courant.

Ce samedi, il faisait grand beau, on se serait cru en plein mois de juin. Nous avions fait la grasse matinée puis un gros brunch à onze heures. Le Hussard paressait sur le sol du salon, buvant le soleil qui passait à travers la vitre. Il commençait à perdre son manteau d'hiver, et je ne pouvais le prendre dans mes bras sans que mon pull se recouvre de poils. Il fallait le caresser à distance, du bout des doigts, dans le plus pur style *tu-es-bien-gentil-mais-reste-là-où-tu-es*. Il s'offusquait de cette mise en quarantaine, et essayait de monter sur mes genoux. Blanche me regardait finir mon café et s'était lancée à l'eau : elle voulait aller faire trempette dans la source aujourd'hui et n'osait pas y aller toute seule.

À chaque fois que monsieur Sécaillat en avait parlé, elle avait pris un air de ne pas y toucher, sans tromper personne. Ce qui me faisait le plus hésiter était monsieur Sécaillat : il avait dit ça pour être poli, mais bien malin celui qui pouvait deviner s'il le pensait vraiment. Ma femme insista et n'hésita pas à réécrire l'histoire au passage :

« S'il peut irriguer ses cerisiers, c'est quand même bien grâce à toi. Avec tout ce que tu as travaillé, ce serait bien normal qu'il te remercie quand même un peu. On n'a qu'à l'appeler, je suis sûre qu'il sera d'accord. »

Je n'avais même pas eu le temps de répondre que le téléphone était tombé entre mes mains par l'opération du Saint-Esprit. Cela faisait bizarre d'entendre sa voix : entre le boulot et tutti quanti, nous ne nous étions pas parlé depuis Noël. Ça faisait une sacrée différence avec l'année dernière, où pendant les quatre derniers mois nous avions passé chaque journée que le bon Dieu faisait ensemble.

« Comment allez-vous depuis la Noël ? »

« Très bien, ma foi. Eh oui, ça fait un sacré bail, depuis tout ce temps. Vous avez repris le boulot ? Ça va, c'est pas trop dur ? »

« Ça va, on fait aller. Je vous cache pas que les rudes et sains travaux de la campagne me manquent, mais bon y a pas de sot métier. »

« Bien, bien. Qu'est-ce qui vous amène ? »

« Ma femme. Elle est en train de se cacher derrière le combiné pendant que je vous parle. Vu qu'il fait beau aujourd'hui, elle voudrait aller se baigner dans la source cette après-midi. On appelle pour être sûrs que cela ne vous gêne pas et savoir si c'est toujours O.K. d'y aller. »

« Mais bien sûr, ça fait mille fois que je vous le dis, vous pouvez y aller quand vous voulez. Y a pas besoin de me demander la permission. »

« Bon ben du coup, on va y aller sur le coup de quinze heures alors, merci à vous, c'est vraiment gentil. »

« Pourquoi ne viendriez-vous pas tous les deux prendre l'apéritif après avoir fait trempette ? Il faut bien qu'on vous rende la politesse pour le réveillon, c'était très gentil de votre part. »

J'interrogeai Blanche du regard. Elle n'avait pas l'air particulièrement emballée, moi non plus d'ailleurs. Mais trouver une excuse, comme ça au pied levé, n'a jamais été mon fort, et cela aurait été franchement impoli de refuser juste après lui avoir demandé l'autorisation de se baigner. Il fut donc décidé que nous irions prendre l'apéritif en fin d'après-midi chez les Sécaillat et on raccrocha.

*

On prit les maillots, deux serviettes, et descendit à pied jusqu'à la source. Monsieur Sécaillat avait encore fignolé tous les alentours, c'était maintenant parfait. On aurait dit un ancien lavoir, comme à l'entrée des villages. La femme-calcaire surplombait le niveau de l'eau, tel le soleil juste avant de se coucher dans la mer.

L'air était frisquet : à peine changés, on ne s'éternisa pas dehors et on se glissa dans l'eau. Je n'y étais pas retourné depuis la fois où je m'étais évanoui et que monsieur Sécaillat m'avait sorti de ma combinaison. À présent, c'était beaucoup plus agréable : vous sentiez l'air frais sur votre visage, mais l'eau chaude réchauffait tout le reste de votre corps. Vous pouviez composer en moyennant les deux, en sortant plus ou moins hors de l'eau et en vous appuyant contre le rebord. Cela me faisait penser aux Scandinaves, quand on les voit sortir du sauna et se rouler dans la neige. Blanche ne disait rien, elle avait posé sa tête contre le rebord et fermait les yeux, savourant tout le bien que lui apportait l'eau. La chaleur comme la couleur de l'eau rendaient nos corps troubles, les faisant onduler au gré des ondes.

Je regardai le visage de la femme-calcaire. Deux mille ans plus tôt, des pèlerins, des druides, devaient se tenir exactement là où nous nous tenions, appréciant les mêmes bienfaits. À l'époque la mixité était-elle autorisée ? Les hommes avaient-ils seulement le droit de venir dans ce sanctuaire, ou bien seules les femmes pouvaient-elles communier avec la femme-calcaire ? Ses grands yeux blancs me fixaient, calmes et imperturbables, laissant mes questions sans réponse. Nous n'avions trouvé dans les fouilles aucune pièce de monnaie, aucun bijou, ce qui était surprenant. À Fontaine-de-Vaucluse, les plongeurs avaient trouvé au fond du gouffre nombre de pièces, autant d'offrandes que des générations de croyants avaient lancées pour accompagner leurs vœux. Peut-être le clergé de l'époque considérait-il l'argent comme une offense, et avait-il interdit de souiller la source.

La femme-calcaire me regardait fixement. Sans le mince filet d'eau qui coulait de ses lèvres, elle se serait mise à sourire, seule à connaître la clef de ces mystères et heureuse de la garder pour elle. Le clapotis de l'eau faisait penser à un murmure, à un chuchotis. Même en tendant l'oreille, on avait du mal à l'entendre. Elle aurait pu avoir plus de gratitude pour celui qui l'avait sortie de tout ce fatras de poteries cassées et lui avait permis de voir le ciel de Provence à nouveau. Je continuai à me demander pourquoi la source avait été comblée. J'y avais pensé souvent à mes heures perdues et n'avais jamais trouvé de réponse satisfaisante. L'hypothèse la plus probable était que la source s'était tarie, et que du coup on avait préféré construire un mur dessus. Puis la source était revenue, quelques siècles plus tard, sans rien dire à personne. C'était une explication plausible. Mais au milieu des vapeurs de l'eau rousse, mon imagination était titillée et allait vers d'autres horizons. Peut-être, à la christianisation de la Provence, l'Église avait-elle pris ombrage de l'aura de cette nymphe au regard calcaire. Ne souffrant aucune concurrence, le clergé avait ordonné les travaux de remblai de la source, préférant emmurer la nymphe à vie, la condamner à l'oubli et faire fi de son eau si précieuse.

Ce scénario était autrement plus excitant qu'un banal glissement de terrain. Entre deux vapeurs d'eau, je vis dans ses yeux calcaires comme un reflet, comme un clin d'œil, comme pour me dire que tout cela n'était pas loin du vrai.

Je fermai les yeux et penchai la tête dans la source. L'eau se glissa jusqu'à mes tympans et commença à susurrer : « Il t'en a fallu du temps, avant de revenir me voir… Est-ce Vintur qui t'envoie ? »

24. GRAVÉ DANS LE CALCAIRE

VENTVRI/VSLM/M.VIBIVUS
Inscription découverte par Joseph-François de Réméréville, à Apt (Vaucluse), 1700

VENTVRI/CADIENSES/VSLM
Inscription découverte par Esprit Calvet, à Notre-Dame de Beaulieu (Drôme), XVIIIe siècle

VINTVRI
Inscription découverte à la chapelle Saint-Véran, près de Goult (Vaucluse), 1993

Trois inscriptions, en tout et pour tout.

25. LE CIEL SE COUVRE

Le vrai nom du mont Ventoux, sur les cartes du XVIIIe siècle, est non pas Ventoux, mais Ventour. Ce nom dérive indubitablement du nom d'une divinité, Venturius, à laquelle sont dédiées deux inscriptions romaines tracées, l'une à Mirabel, près de Vaison, l'autre à Buoux, au nord du Luberon. Il n'est pas impossible que cette divinité ait été non seulement celle du Ventoux, mais la divinité générale des montagnes de toute la région provençale.

C. M. Clerc, Annales de la société d'Études provençales, 1904

« Eh oh, mon amour, tu es où là ? Tu es avec moi ? » Blanche me regardait, tout sourire. La vapeur d'eau décollait mes lentilles : il fallait plisser des yeux pour être sûr qu'elles ne prennent pas la tangente. Je passai des yeux de la femme-calcaire à ceux de ma femme, confus, ne sachant trop quoi répondre à qui. Je regardai Blanche et l'interrogeai en silence, avec une sourde appréhension, la crainte de passer pour un fou. N'avait-elle pas entendu cette voix cristalline qui sortait de nulle part ? Ou bien était-ce justement ma femme qui venait de parler de ce Vintur ?

Elle me regardait, l'air interrogateur, se demandant ce qui se passait. Voyant que je ne disais rien, elle vint se blottir dans mes bras, se faisant une place sous mon épaule, et ajouta :

« Ça fait un bien fou, tu ne trouves pas ? Ça délasse de toute la fatigue de la semaine, je pourrais y rester toute l'après-midi. »

Cela me prit un certain temps avant de pouvoir articuler un embryon de réponse.

« Oui, je crois bien que je me suis endormi et que j'ai rêvé. Tu as l'heure ? Tu sais quelle heure il est ? »

« Ma montre est dans mon peignoir, là, sur le rebord. »

Je tendis le bras, faisant mon possible pour ne pas la déranger : il était dix-sept heures, nous avions déjà passé deux heures à trempouiller comme des œufs au bain-marie.

« Oh punaise, il faut mettre les bouts si on ne veut pas faire attendre les Sécaillat. »

Nous n'avions pas le temps de repasser à la maison. On se mit tout nus, à l'abri des serviettes, comme pour ne pas choquer la femme-calcaire. Enlever les maillots, se sécher, se rhabiller en coup de vent. Il ne faisait pas chaud. Le bout de nos doigts était gonflé, comme du papier buvard qui a trop bu l'encre du stylo-plume et qui est tout gondolé. Ma peau était douce, lustrée comme du bois qui a reçu la patine du temps. C'était étrange de remettre ses habits : mon épiderme se sentait très bien sans eux, la fleur de la peau refusait cette épaisseur inutile. C'était comme lorsque l'on a passé la journée à la plage, que l'on a la peau bien iodée et parsemée de coups de soleil, et qu'il faut mettre sa chemisette.

*

Ce fut madame Sécaillat qui ouvrit la porte, avec un grand sourire. Elle était méconnaissable : j'avais l'impression de remonter le temps, de la voir quand j'étais ado et qu'elle avait vingt ans de moins. Blanche lui fit un compliment en ce sens. Madame Sécaillat se mit à rire, disant qu'il n'y avait pas de secret : un verre d'eau de la source chaque jour la maintenait à flot. Elle rajeunissait et semblait de fait avoir toute sa tête. Elle avait reconnu d'emblée ma femme et ne me prenait pas pour leur fils, mais bien pour le voisin qui venait prendre l'apéritif. Monsieur Sécaillat replia son journal et nous accueillit en montrant un fauteuil du doigt :

« Nous avons un invité-surprise, il a passé toute l'après-midi-là, à croire qu'il est venu ici vous attendre. »

Le Hussard s'étalait sur le fauteuil comme une merlusse[57]. En nous entendant, il bougea une oreille, ouvrit un œil, bâilla, et se rendormit. Il avait dû chasser les mulots toute la nuit. Madame Sécaillat avait mis sur la table du salon trois belles fougasses. Elle partit en cuisine et revint avec un aïoli dans un beau mortier en pierre, tout blanc cassé. Il devait peser son poids. Pour taper dedans, elle avait placé à côté une assiette pleine de croustedaillés : des quignons de pain dur, frottés à l'ail et au gros sel. Quand j'étais gosse, ma mère m'en préparait de temps en temps pour mon quatre-heures. Il valait mieux n'avoir personne à embrasser pour le reste de la soirée. Un deuxième voyage suivit, et le reste du potager arriva au grand complet sur un plateau en bois : des filets de lieu, des haricots, des carottes, des pommes de terre et des œufs durs.

« Allez, servez-vous, tout est là. À part ça, il n'y a que des regardelles[58] », dit-elle en faisant une croix sur le pain avec un couteau et en nous demandant ce qu'on voulait boire.

« Oh, ne vous inquiétez pas, avec tout ça, on ne va pas mourir de faim », lui dit Blanche. C'était bien plus qu'un simple apéritif.

« Pour les buveurs invétérés, il y a du guignolet qu'on a fait avec les griottes qui avaient gelé l'année dernière. Pour les autres, j'ai du jus de raisin ou alors du Gambetta. »

---

57. Morue.

58. Pas grand-chose d'autre.

Monsieur Sécaillat et ma femme partirent sur du guignolet. Pour ma part, le bain de trois heures m'avait tellement relaxé que j'avais peur de l'effet de l'alcool. Comme lorsque vous avez eu un coup de bourre au boulot, travaillé non-stop toute la semaine en sautant les repas, et que le vendredi soir vous avez une soirée. Au bout d'un verre, vous êtes à quatre pattes. Je pris du Gambetta : madame Sécaillat n'avait pas de limonade, mais le servait à l'eau fraîche, avec des glaçons. Cela faisait des années que je n'en avais pas bu. La première fois que j'en avais goûté, c'était en colonie, en plein mois d'août, avec une casquette américaine et des bermudas Waikiki. On en prenait en diabolo, mélangé avec de la limonade. Ça picotait les papilles et susurrait des mots doux aux amygdales. C'était encore meilleur que dans mon souvenir.

« Alors la source vous a fait du bien ? Ça y est, vous êtes régénérés ? »

« Ah, oui, c'est incroyable. On n'a pas vu passer l'après-midi, dites donc. Il s'est même endormi dans la source pendant un moment, je crois. Il faut le faire quand même, je ne pensai pas que c'était possible de s'endormir dans l'eau. Ça nous a fait à tous les deux un bien fou », répondit Blanche.

« Je sais pas ce qu'il y a dans l'eau de cette source, mais c'est de la magie. C'est une fontaine de jouvence, je vous le dis. Je suis impatiente de voir ce que vont donner les cerisiers maintenant que Paul les irrigue avec son eau, je suis sûre que cela va avoir son petit effet. »

« On verra ce que ça fait, mais si mes bigarreaux sont plus gros, eh bien ça sera toujours ça de pris. »

« En tout cas, pas besoin d'attendre la récolte, moi je commence déjà à m'en servir plein pot. Vous voyez le frichti pour l'aïoli ? Eh bien il sort de la source. Je l'y ai fait cuire hier. J'ai enveloppé dans du papier d'aluminium mon poisson, mes légumes, et mes œufs, dans trois paquets différents. J'y suis allée au pifomètre : j'ai laissé les œufs toute la matinée, les légumes trois heures, et le poisson juste une heure. Bon, dans les légumes, y avait aussi des brocolis : vous pouvez les oublier, c'était de la purée. Mais pour le reste, je ne me suis pas trop loupée : on a caillé un œuf hier soir pour vérifier, nickel chrome. Ta source, c'est la meilleure des cocottes », dit madame Sécaillat à son mari.

*

« Au bout du couloir, la deuxième sur la gauche. »

J'avais prétexté un besoin de me laver les mains. Aussitôt la porte fermée, je m'étais rué sur mon téléphone pour voir enfin qui était ce Vintur qui avait été murmuré à mes oreilles une heure plus tôt dans la source. Pour l'instant, il valait mieux ne pas se demander à qui appartenait cette voix. Je me dis qu'Internet serait le juge de paix, il n'y avait pas d'autre moyen d'en avoir le cœur net.

Je tapai Vintur avec mes doigts encore gonflés par l'eau de la source. La connexion était horriblement lente, monsieur Sécaillat et le wifi ça devait faire deux. Mon impatience me faisait compter les secondes en minutes. Les premiers résultats s'affichèrent enfin, comme le soir d'une grande veillée électorale. Ils tombèrent au compte-gouttes, pixel après pixel, bureau de vote après bureau de vote.

C'était plutôt maigre, il n'y avait pas grand-chose à se mettre sous la dent. Ce Vintur existait bel et bien : c'était le dieu gaulois du mont Ventoux, qui avait d'ailleurs dû lui donner son nom. À part deux trois pages qui disaient ça en un mot comme en cent, c'était à peu près tout. On avait retrouvé quelques inscriptions, quelques ex-voto ici et là, mais à part ça, les historiens n'avaient pas l'air d'en savoir plus.

Et moi, surtout, je n'en avais jamais entendu parler. Ou alors je ne l'avais pas retenu. Était-il possible qu'on l'ait mentionné devant moi pendant mon enfance, et que mon inconscient me le ressorte aujourd'hui, aidé par une propriété hallucinogène de la source ? C'était l'explication la plus vraisemblable. Pour tout dire, c'était même la seule.

*

« Tout va bien là-dedans ? Vous êtes pas malade, au moins ? »

J'ouvris la porte de la salle de bains et tombai sur monsieur Sécaillat, qui faisait le pied de grue dans le couloir. Il me tira par le coude et me fit signe de le suivre dans la pièce d'à côté. Il me regarda l'air ennuyé, puis commença à chuchoter en faisant attention à ce que personne ne nous entende.

« Je me suis fait choper par les impôts pour le bassin de la source. Je ne sais pas comment ils m'ont trouvé, certainement par photo aérienne. Avant-hier, il y avait un gus qui se baladait le nez au vent dans mes cerisiers. Je lui ai couru après pour lui demander ce qu'il voulait. Je l'ai rattrapé quand il remontait dans sa voiture. Il m'a répondu qu'il était du service des impôts, et qu'il vérifiait les piscines que les gens n'avaient pas déclarées. »

« Et alors, qu'est-ce qu'il a conclu de sa visite ? »

« Je lui ai dit que ce n'était pas une piscine, qu'il voyait bien que c'était un bassin d'eau de pluie et que je m'en servais pour irriguer mes cerisiers. Il m'a répondu qu'il aurait fallu quand même le déclarer et que j'aurais dû demander un permis. La mairie va m'envoyer un courrier, pour régulariser ma situation. »

Un silence à couper au couteau s'installa. On allait se faire mettre la main dessus comme Al Capone, rattrapé par le service des impôts. Blanche et Mireille discutaient dans la salle à manger. C'était stupide, on s'était fait avoir comme des bleus.

« C'est complètement idiot, cette histoire. On va se faire choper pour une banale histoire d'impôts. Il a tilté sur la femme-calcaire ? Il a dit quelque chose à ce sujet ? »

« Non, pas un mot là-dessus. Je pense pas qu'il ait vu la statue. Je crois qu'il est même pas descendu dans la fosse. »

« Faudrait vraiment qu'il soit empégué[59], parce que si c'est son boulot, ça se voit comme le nez au milieu de la figure. Ça serait dommage de se faire choper pour cette connerie. On aurait dû recouvrir le bassin, on a été bêtes de le laisser comme ça, à la vue de tous. »

« Hmm. Si la mar bouilhissie très ouro, les ouvri prounn de peissoun cuech[60]. Ça n'aurait pas changé grand-chose : ils auraient vu le toit et seraient venus ici de toute façon pour construction sans permis. Vous avez une idée de ce qu'on va faire ? » me demanda-t-il.

« Non, pas la moindre. On est coincés : toute cette histoire de permis risque de nous mettre sur le radar de la police. »

« Bon, c'est pas non plus des Nestor Burma à la gendarmerie. Entre un bassin d'eau de pluie non déclaré et des fouilles clandestines, y a quand même un monde. »

« Le mieux serait qu'ils vous envoient une amende et que ça finisse comme ça, en eau de boudin. Mais s'il leur prend l'idée de venir faire une inspection et qu'ils voient la femme-calcaire, ça me surprendrait beaucoup que ça s'arrête là. »

« Au pire, on dégage votre femme-calcaire. Je comprends que ça ne vous fasse guère plaisir, mais ça vaut toujours

59. Pas très malin.

60. Si la mer bouillait trois heures, on y trouverait des poissons cuits.

mieux que de se retrouver en taule pour recel d'antiquités. On découpe tout autour de la sculpture à la disqueuse, puis on dégage le bloc à la barre à mine. Comme ça vous pouvez la garder et on risque plus rien. On coule du béton à la place et hop, ni vu ni connu. »

Je mis un moment avant de répondre.

« Et vous pensez que votre source, elle va résister à tout ça ? Une fois que Zizi Béton aura terminé, c'est sûr que la source, elle sera allée voir ailleurs. »

Un silence se fit. Ni lui ni moi ne savions quoi ajouter ni même s'il y avait quelque chose à ajouter. Je n'avais aucune envie de découper la femme-calcaire à la disqueuse, comme un cadavre dont on cherche à se débarrasser et qu'on découpe en petits morceaux. La sortir de son écrin calcaire, c'était la couper du Luberon. Je l'imaginais trôner dans mon salon, comme une Sainte-Victoire de Cézanne déportée sur un mur à Paris et bien loin de la tectonique qui l'avait fait naître. À travers les pierres du mur de la cuisine, on entendit les voix cristallines de Blanche et de madame Sécaillat :

« Vous n'avez pas bientôt fini vos messes basses là derrière, vous deux ? Qu'est-ce que vous êtes encore en train de comploter ? »

Je n'en avais strictement aucune idée.

26. TU T'EN VAS A IÈU DÈMORE[61]

Le sommet du mont Ventoux, enneigé tout au long de l'hiver, et recouvert de pierres blanches le reste de l'année, a été consacré à Vintur, le dieu solaire, le « blanc », le « brillant », le « lumineux », en raison de sa blancheur persistante. Quant à la célèbre source du Groseau au pied du Ventoux, elle a été considérée comme salutaire car protégée par le dieu guérisseur Vintur.
Jean-François Delfini, Grande Provence, hiver 2010, n° 2

Un chouette truc quand vous travaillez à l'Éducation nationale, c'est que vous avez tous vos mercredis après-midi. Ça vous fait une petite coupure en milieu de semaine, vous permet de tenir jusqu'au week-end. C'est chouette parce que c'est du temps libre hors du temps, pas comme un samedi ou un dimanche. Le mercredi après-midi, tout le monde est au travail, vous pouvez faire ce que vous voulez et avoir le sentiment d'être seul au monde. Si vous voulez aller vous balader sans rencontrer personne, vous pouvez et personne n'en saura jamais rien. La forêt des cèdres peut devenir le mont Liban, les gorges d'Oppedette le Grand Canyon.

Ce mercredi après-midi, je voulais en profiter pour aller me baigner dans le bassin, sans risque de rencontrer qui que ce soit. Depuis notre baignade avec Blanche il y a quinze jours, la voix n'était pas revenue dans ma tête. J'avais

61. Tu t'en vas et je demeure.

dû rêver, un point c'est tout. Par mesure de précaution, j'avais arrêté de boire l'eau de la source. Autant éviter une nouvelle hallucination. Je gardais mon verre plein pendant le repas, et jetais l'eau dans l'évier au moment de débarrasser. Je n'avais rien dit à Blanche : cela ne servait à rien de l'inquiéter. J'envisageais cette baignade du mercredi comme une ultime vérification, une visite chez le médecin pour s'assurer que tout va bien, et qu'il n'y a vraiment pas lieu de s'inquiéter.

Mais, même si c'était mercredi, ce n'était pas mon meilleur jour : hier, on avait fêté Mardi gras et j'étais sur les rotules. Un jour par an, et ce jour-là précisément, les gamins réussissent par je ne sais quel miracle à décupler leurs trop-pleins d'énergie, déjà élevés le reste de l'année. Des Indiennes en jupes à franges et aux plumes d'agasse courent après des cosmonautes en combinaison de ski et casque de moto. Des chevaliers aux boucliers de contreplaqué s'affrontent en joutes de bombes à fils et prêtent allégeance à leurs rêves en haut des toboggans, le poing levé vers le ciel.

Si tous ces boufetaires[62] s'amusaient entre eux sans rien demander à personne, ce serait une chose, mais vous pouvez compter sur ces charmants gosiers pour vous mettre la tête comme un compteur et rabâcher à tue-tête entre deux crêpes au Nutella :

Tu t'en vas a ièu dèmore	*Tu t'en vas et je demeure*
Adiéu paure, adiéu paure,	*Adieu pauvre, adieu pauvre,*
Adiéu paure Carmentran	*Adieu pauvre Carmentran*
Se revèiren l'an que vèn	*On se reverra l'an prochain*

62. Fêtards.

Ah, ce Carmentran. Les instituteurs l'ont préparé pendant toute la semaine, des kilogrammes de journaux, de colle et de fil de fer passant dans l'opération. Au moment où la cloche sonne, le recteur expédie son procès. Il lui met sur le dos tout ce qui s'est passé durant les derniers trimestres et le verdict ne change pas d'une année sur l'autre : ça ne loupe pas, on le fait cramer. C'est là ma petite spécialité, voilà pourquoi ils m'appellent chaque année pour le carnaval.

Deux ou trois allumettes plus tard, les bouts de cagette commencent à flamber et à faire du pied à Carmentran, le touchant comme par hasard. Les flammes s'engaillardissent ensuite, et remontent le long de ses jambes langoureusement, à chaque fois plus haut de quelques centimètres. La vue de ce condamné à mort et l'envie de jouir de ses derniers instants leur donnent de l'appétit, les aidant à dévorer chacune des pages de *La Provence* délicatement collées pendant la semaine.

Carmentran fait au début celui qui ne remarque rien, indifférent à ces belles flammes qui lui tournent autour. Il feint de regarder ailleurs, insensible à ces langues rouges et jaunes. Et quand la douleur est à son comble, le papier siffle, aussi strident et aigu que le fifre. Les articles de ces dernières semaines, ces pages de vie et ces portraits du quotidien, s'auréolent, se noircissent et puis s'envolent. Au comble de l'extase, le buste droit, Carmentran a les yeux levés au ciel, et à travers les cancans des hameaux et des villages, dit adieu à son hiver de papier. Comme l'an dernier et comme l'an prochain, Carmentran vient de caner sur le goudron des cours d'école, avec pour seule épitaphe des gribouillis de cendre entre les marelles et les un, deux, trois, soleil.

*

Les amandiers étaient en pleine floraison. Des fleurs constellaient leurs branches et leurs troncs. Elles scintillaient au soleil, de vraies étoiles végétales qui balisaient le sentier de la source. C'est par ici, c'est par là, tu y es presque, ne lâche pas la route, plus que quelques mètres. J'avais l'impression d'être Ulysse, incapable de résister au chant des sirènes. Un coucou aux plumes neuves se fit entendre, saluant son invisible interlocuteur à trois reprises. Il n'y avait pas un sou dans mon maillot : l'année serait maigre.

La femme-calcaire était seule, distillant son liquide amniotique à travers la paroi. Elle ne disait rien, se contentant de regarder fixement droit devant elle. Un papillon dans le ventre, je plongeai dans l'eau jusqu'au menton, mes lobes d'oreille fricotant avec le niveau d'eau. Les plaidoiries contre Carmentran, les rengaines des cosmonautes et des princesses s'en allaient, vague après vague, souffle après souffle. Je fermai les yeux, redoutant d'entendre cette voix cristalline résonner à nouveau dans ma tête, et plongeai la tête sous l'eau.

Rien de rien, le silence. Ça faisait du bien, je n'étais pas fou. Ne plus penser, ne plus rien entendre. Je refis surface à contrecœur, regrettant que l'oxygène mette fin à mon voyage immobile. La femme-calcaire me regardait et je pouvais à nouveau soutenir son regard sans douter de ma santé mentale.

Je fis la planche, flottant à fleur d'eau. La caresse froide de l'air sur mon torse se conjuguait à merveille avec les draps chauds qui emmaillotaient le reste de mon corps. J'aurais pu rester comme ça une éternité. Les yeux fermés, entre deux eaux, un rêve vint toquer aux volets de mes paupières.

*

Je suis en face des monts de Vaucluse : leur velours bleu descend en pente douce jusqu'à mes pieds. Je suis en haut d'une falaise : elle est à pic, droite dans le ciel et immaculée dans sa toge de calcaire. À son pied, un village minuscule roupille, comme un chat devant la cheminée. Ce village, c'est Lioux. Cet à-pic, c'est la falaise de la Madeleine. Le soleil se réfléchit sur ses parois, il fait blanchir le calcaire comme du marbre. Le mistral souffle fort : à chaque rafale, on l'entend rire, enfant espiègle qui se moque de la peur provoquée par ses pétards Mammouth. Il me déstabilise dans un sens ou dans un autre, et je fais mon possible pour ne pas tomber dans le ravin. Je suis venu observer à la jumelle un couple de circaètes Jean-le-Blanc, qui niche sur la paroi. On entend les oisillons s'égosiller à tue-tête, la falaise fait caisse de résonance. Le père revient de la chasse, un orvet se débattant dans son bec.

Je me penche pour les voir de plus près, et prends appui sur le rebord de la falaise pour ne pas tomber. Est-ce un coup du malin mistral, ou du calcaire jaloux, je ne sais : toujours est-il que ma gourmette glisse de mon poignet, ricoche sur le calcaire et s'évanouit dans le vide. Je suis catastrophé : c'était la gourmette de mon grand-père, qui m'était revenue à sa mort. Le blason de Lioux y est serti : une barre d'or et un éléphant azur, vestige d'un Hannibal cherchant son passage à travers les Alpes. Je regarde dans le vide, mais ne vois rien. Je me pince les lèvres, maudissant ma maladresse et pensant à mon grand-père, qui doit se retourner dans sa tombe.

Il y a dans mon dos un frou-frou d'air agité, puis un battement d'ailes : c'est le circaète-télescope qui vient de se poser à côté. Ses yeux hypnotiques scrutent chaque centimètre carré de la falaise. Imperturbable, le rapace cherche où ma gourmette a pu tomber : les pics, les creux, les aspérités du calcaire. Je l'entends dans ma boîte crânienne égrener ses recherches de l'éléphant azur.

« Tapis de mousse au pied de la falaise — Stop — Rien à signaler — Stop »

« Piton rocheux — Stop — Face sud — Stop — Rien à signaler — Stop — Face nord — Stop — Rien à signaler — Stop »

Ça y est, il a localisé la gourmette : elle est tombée sur un rebord de rocher, tutoyant le vide dans un périlleux équilibre. Je la vois, aussi nette que si elle était au bout de mon doigt : elle est pourtant à cinquante mètres en contrebas. Le blason scintille au soleil. Chacune des rafales du mistral qui vient s'écraser contre la falaise fait tressaillir la chaîne et menace de la faire tomber dans le vide. J'essaie sans succès de tendre le bras et de reprendre ma gourmette, mais elle demeure hors de portée. À chacune de mes tentatives, une rafale encore plus forte s'écrase sur le rocher. À chaque fois, le rire du mistral résonne sur les parois.

La seule option pour la récupérer est de descendre jusqu'à Lioux par la route, puis de longer la falaise et de commencer l'escalade. Je commence à courir comme un dératé, espérant arriver avant la rafale fatidique.

Le circaète-télescope n'a pas bougé, il reste comme une vigie sur son poste d'observation. Je sens son regard dans mon dos, ses yeux dans ma tête qui couvent chacun de mes pas. Je prends des risques que je ne devrais pas prendre, sautant au-dessus de crevasses qu'il vaudrait mieux contourner. J'arrive rapidement au bout de la falaise, le sentier commence à descendre. Abrupt, c'est un vrai sentier de chèvre, avec des caillasses qui roulent et qui dégringolent quand on met le pied dessus. Je manque de me casser la margoulette plusieurs fois, me rattrapant aux branches pour garder l'équilibre.

Arrivé en bas, je m'arrête un moment pour reprendre mon souffle. Mes poumons brûlent, mes chevilles me lancent, mes genoux et mes mains sont tout râpés. Pas bien loin, on entend un coup de fusil, puis deux, qui font écho le long de la paroi. Le silence se fait, le mistral se calme comme par enchantement, les oisillons circaètes ne font plus de bruit. Trempé de sueur, je commence à marcher au pied de la falaise. Il y fait bon : un tapis de mousse pousse dans l'ombre, l'air y est frais sans être froid. Je regarde l'aplomb de la paroi, essayant de prendre mes repères, trouver où j'étais il y a quelques minutes et où le circaète-télescope a localisé ma gourmette. Ça n'est pas facile : la paroi vue d'en dessus ne ressemble pas à la paroi vue d'en dessous. J'essaie de reprendre contact avec le circaète, mais mes appels restent sans réponse. Je regarde la falaise. Sans l'aide de ses yeux-télescopes, autant chercher une aiguille dans une botte de foin.

Des bruits de pas se font entendre : c'est un chasseur qui arrive en sens inverse. Le fusil en bandoulière, il marche d'un bon pas. Lorsque l'on se croise, il me regarde fixement dans le blanc des yeux.

Je continue à marcher. Je ne suis plus essoufflé, et avec mes habits trempés, je commence à avoir froid. Avec le déclin du jour, l'ombre de la Madeleine n'est plus aussi accueillante : il y fait frisquet. Derrière un buisson, il y a du bruit, un froufrou d'ailes et un raclement d'os. Il y a tout un fatras rouge de feuilles et de plumes : c'est le circaète-télescope, ensanglanté et agonisant. Il est constellé de plombs, sur les ailes, sur le torse, partout. D'un coup d'œil, je vois qu'il est trop tard, et que cela ne sert à rien de l'emmener chez le vétérinaire. Il s'est caché là pour mourir. Il me regarde, et dans ses yeux-télescopes, je comprends qu'il a compris aussi. Je m'agenouille et le prends dans mes mains, il est aussi léger qu'un poids plume.

« Geronimo à Bonelli — Stop — Geronimo à Bonelli — Stop

— Ces plombs, je ne les avais pas vus arriver — Stop — C'est trop con — Stop — L'éléphant d'azur a… »

Il s'arrête pour reprendre son souffle. Le mistral a recommencé à souffler : il s'est tu un moment par respect pour le blessé qui agonise, mais on sent qu'il se retient, qu'il est prêt à en découdre, plein de colère contre la bêtise humaine. Il laisse filer une petite brise, comme pour accompagner dans son dernier vol Saint-Esprit le circaète-télescope. On entend les oisillons qui piaillent, appellent leur père : le vent porte leurs voix tout le long de la paroi calcaire.

« Geronimo à Bonelli — Stop — Geronimo à Bonelli — Stop — Vous les entendez, Bonelli ? — Stop — Ce sont mes téléscopitchounes — Stop — Mes téléscopitchounes qui vont bientôt prendre leur premier envol — Stop »

Et puis plus rien, le silence. Le mistral se met à rugir : ses rafales à chaque fois plus fortes se heurtent contre la falaise de la Madeleine comme des vagues sur les brise-lames. Il hurle de toutes ses forces, frappant des poings contre le calcaire, qui peine à encaisser sans reculer. Les pins craquent, ils s'accrochent à toutes leurs racines comme des arapèdes pour rester debout et ne pas tomber. Le mistral hurle sa colère, le son de l'écho racle tout sur les parois comme un fifre sur les tympans. Même les fourmis se bouchent les oreilles, et entre les parois de mon crâne, la voix cristalline de la femme-calcaire se met à crier à tue-tête.

27. À LA UNE DE *LA PROVENCE*

La vie parfois se présente vulgaire ; mais le sage, pour en relever l'originelle bassesse, a cette ressource de rêver.
Paul Arène

« *Encore un rapace braconné à Lioux* » : le gros titre m'accrocha l'œil tout de suite et fit prendre un faux départ au reste de la semaine. D'ordinaire, il me faut toujours un petit moment le matin au travail avant de démarrer. Avant d'ouvrir mes mails, j'aime bien aller boire un café dans la salle des professeurs, y lire la presse. Le lycée est abonné à deux journaux : *Le Monde* et *La Provence*. Dans *Le Monde*, je lis les pages « International », histoire de voir ce qui se passe ailleurs. Dans *La Provence*, je vais directement dans les pages des villages, pour voir ce qui se passe ici.

Un circaète Jean-le-Blanc avait été retrouvé mort par un habitant du village de Lioux, la semaine dernière, au pied de la falaise de la Madeleine. Exactement comme dans mon rêve. Je me mis à lire sans comprendre, à avaler les mots sans prendre le temps de les mâcher. Le corps du circaète était truffé de plombs. La gendarmerie avait ouvert une enquête pour braconnage : un grand-duc avait déjà été braconné au même endroit, il y a un an jour pour jour. Deux ans plus tôt, cela avait été le cas d'un milan noir. Le journaliste donnait la parole à la responsable de la LPO, qui était postée pas loin de là, à Buoux : « *Ce n'est pas un accident de chasse, c'est un acte complètement gratuit. Le fait que ce soit chaque année le même jour montre que quelqu'un a visiblement une dent contre les rapaces et cherche à le leur faire payer. Les rapaces sont les prédateurs naturels des lapins, des faisans et des perdrix, et ne sont pas toujours les meilleurs amis des chasseurs. Mais ils s'attaquent aussi aux mulots et aux musaraignes, et dans le cas du circaète Jean-le-Blanc, aux serpents et aux orvets, ils ont complètement leur place dans l'écosystème. Les pesticides comme les lignes à haute tension ont mis à mal leurs populations ces dernières années, raison pour laquelle ils sont protégés et il ne faut pas leur tirer dessus.* »

Le président de la société de chasse de Lioux avait aussi voix au chapitre. Il dénonçait vigoureusement ces actes de malveillance et appelait à ne pas faire l'amalgame entre chasseurs et braconniers : « *Ce n'est pas à cause d'une brebis galeuse qu'il faut emmener tout le troupeau à l'abattoir. Nous espérons que l'enquête aboutira, que la gendarmerie trouvera ce braconnier et que cela ne se reproduira plus d'une année sur l'autre.* » La gendarmerie disait avoir des pistes et rappelait que les auteurs encouraient une peine maximale de deux ans de prison ferme et de 150 000 euros d'amende, en plus de la confiscation des armes et du retrait du permis de chasse.

C'était tout. C'était à peine croyable. Ligne après ligne mon café prenait un goût plus amer, comme si on enlevait du sucre à chaque gorgée. Il n'y avait plus un bruit, juste le silence et une voix qui égrenait mot à mot l'article dans ma tête. L'arôme du café avait complètement disparu, remplacé par le goût âcre de la source.

Je retournai à mon bureau, le journal sous le bras, ce qui est formellement défendu par le règlement : les journaux doivent rester dans la salle des professeurs. Je me baladai sur Internet, sans rien trouver de plus. L'article de *La Provence* était en ligne, mais ne donnait pas plus d'informations.

Le site de la LPO comme celui de la société de chasse de Lioux étaient muets. J'allai sur les sites des sociétés de chasse du coin, dans l'espoir d' y trouver le visage du chasseur de mon rêve. Je n'appris rien de plus. Ça aurait été trop beau pour être vrai : page après page, le visage restait anonyme, le chasseur restait sans nom. Une fois de plus, je fis des recherches plus approfondies sur ce diable de Vintur, et ne trouvai rien que je ne sache déjà. Je commençai à travailler à reculons, avançant d'un mot sur un dossier et retournant aussitôt à la falaise de la Madeleine.

La sonnerie de dix-sept heures marqua le glas d'une journée improductive au possible, et mit fin à mon supplice. Je laissai filer la cohue des lycéens, le tohu-bohu de leurs scooters, avant d'aller chercher ma voiture. Je pouvais rentrer directement par la départementale : c'est mon trajet quotidien, que je connais par cœur, que je fais et refais chaque jour en pilote automatique. Pourtant, d'un geste, ma main mit le clignotant et la voiture prit les petites routes. Une ritournelle tenaillait mon estomac, triturait mes méninges et poussait mes roues vers le flanc des monts de Vaucluse. Une envie irrésistible me démangeait, celle d'arpenter le bas de la falaise de la Madeleine, moins pour voir la scène du crime que pour avoir les idées claires sur mon rêve.

*

J'y arrivai pile avant la tombée de la nuit. Il me restait une petite dizaine de minutes de soleil, si ce n'est moins. Je marchai à l'ombre de la falaise, il y faisait glacial, comme dans la crypte d'une église. Je faisais glisser la paume de ma main le long du calcaire, cherchant l'aspérité de la pierre et la morsure du froid pour me prouver que tout était réel. J'en avais bien besoin : la falaise était comme une rampe à laquelle on s'accroche dans un escalier plongé dans le noir, elle vous indique la direction à suivre autant qu'elle vous soutient, marche après marche. Cela faisait bien cinq ans que je n'avais pas mis les pieds à Lioux, et pourtant tout semblait familier : les buis qui jouaient avec le vent, l'odeur de l'ombre qui se cache toujours du soleil, la mousse qui amortissait chacun de mes pas. Je n'avais pas emprunté ce sentier depuis un bail, mais je reconnaissais les cailloux, comme si je les avais vus la semaine d'avant.

J'arrivai à l'endroit où j'avais trouvé dans mon rêve le circaète-télescope. S'il n'y avait plus la carcasse, on voyait néanmoins que le drame s'était bien passé ici : les buis étaient froissés, la mousse écrasée et des taches noires de sang séché constellaient le calcaire. Du duvet et des plumes voletaient encore ici et là, au gré du vent.

J'entendis piaffer au-dessus : en levant les yeux au ciel, je vis que les téléscopitchounes avaient pris leur premier envol. Ils volaient d'un bord à l'autre de la falaise, s'essayant à des vols planés, piqués, et autres arcs de cercle. Leurs cris ponctuaient leurs succès, ils s'encourageaient les uns les autres. Les entendre au-dessus de la tombe vide de leur père rajoutait à la solennité du moment, leurs cris rendant son silence plus assourdissant. Le vent les portait gentiment, comme s'il avait peur de les déstabiliser en vol, à moins que ce ne soit par respect pour ce lieu qui sentait encore la mort à plein nez.

Le mistral se mit à souffler plus fort et c'est alors qu'une voix se mit à susurrer à mes oreilles. C'était encore une voix cristalline, une voix que je ne connaissais pas et qui pourtant m'était familière. Était-ce la femme-calcaire qui cherchait à me guider à nouveau ou simplement le mistral qui résonnait dans mes oreilles ? Je ne sais pas, et à vrai dire ça n'a guère d'importance.

La voix continua en crescendo, faisant siffler les trous de rocher et les crevasses de la Madeleine. Elle ne susurrait plus : les mots lui brûlaient les lèvres, elle les jetait du haut de la falaise pour que l'écho s'en saisisse et les fasse ricocher sur mes tympans. Les buis frémissaient, les pins craquaient de tous les côtés. On ne voyait plus les téléscopitchounes : face aux rafales, ils avaient dû rentrer au nid. On avait du mal à comprendre, on aurait dit des syllabes hachées de sanglots, des mots coupés de larmes.

Le mistral souffla et souffla encore, bourrasque après bourrasque, et la falaise calcaire se fit l'écho de ce qui devint un nom et un prénom. Deux pierres lancées dans le vide. Mes lèvres se mirent à articuler, comme un juré à la barre qui murmure à bout de forces le nom du coupable, ce nom maudit que m'offraient les éléments. Comme pour être sûr de moi, comme pour mieux me convaincre, je répétai le nom et le prénom une fois, puis deux, puis trois.

Sitôt prononcé, sitôt calmé : le mistral ne souffla plus, il disparut comme par enchantement. Épuisé par ses caprices, il dormait, la respiration aussi paisible que profonde. Les téléscopitchounes ne criaient plus : la paroi de la Madeleine était désormais silencieuse, prête elle aussi à s'endormir. La nuit était tombée, aussi soudainement que le mistral s'était tu. Les lueurs de Lioux scintillaient de-ci de-là, comme des braises sous le petit bois. Bêtement, je n'avais pas pris de lampe de poche, et j'eus toutes les peines du monde à retourner à ma voiture. Une main sur la paroi, l'autre devant pour éviter les branches, j'avançai à l'aveuglette, me prenant les pieds dans les racines des pins.

La lumière des phares balaya d'un geste de la main la garrigue, avant d'attraper la départementale et de ne plus la lâcher. La couleur sépia égrenait les kilomètres, et les mots entendus au pied de la Madeleine ricochaient dans ma tête. C'était de toute évidence le nom du braconnier. Je me voyais mal aller sonner à la gendarmerie et leur balancer de but en blanc son identité. Je me voyais encore plus mal expliquer que j'avais obtenu cette information en écoutant simplement le vent souffler contre le calcaire. À ma connaissance, le dernier qui avait entendu le vent lui parler était Geronimo, ce qui allait faire une jurisprudence bien légère aux yeux des gendarmes.

Le mieux était d'envoyer à la LPO une lettre anonyme, et à eux de se cogner de convaincre la police. Il y aurait bien moyen de faire le lien entre son fusil de chasse et les plombs qui avaient dû être prélevés sur le circaète. Cela serait suffisant pour le faire mettre en cabane, ou du moins lui faire passer l'envie de recommencer.

La lumière des phares fit apparaître le Hussard, sphinx immobile fidèle à son poste. Il était retourné à ses vieilles habitudes depuis ma reprise du boulot : chaque soir, il attendait patiemment le retour du patron et l'appel des croquettes. Blanche n'était pas encore arrivée, mais cela ne devrait pas tarder. J'eus à peine le temps de garer la voiture et d'en sortir que le bruit de son moteur se fit entendre. On remonta le chemin tous les deux, avec le Hussard en éclaireur.

*

Je n'arrivai pas à dormir, et faisais tourne et retourne dans le lit depuis une heure. Après avoir dîné, Blanche avait proposé de regarder les vols pour aller passer le week-end de Pentecôte à Barcelone. On avait arpenté en long et en large les sites des compagnies aériennes pendant deux heures puis nous étions allés nous coucher. Blanche était tombée comme une souche, mais le nom du tireur du circaète continuait à rebondir entre les parois de mon crâne, m'empêchant de fermer l'œil. Il était une heure du matin passée, et même les moutons répondaient aux abonnés absents. Je me levai sans bruit, cherchant mes affaires à tâtons dans l'obscurité, et descendis dans le salon.

Le Hussard était sur son fauteuil : il ouvrit un œil, s'étira et se roula en boule dans l'autre sens avant de se rendormir. Il me fallait quelque chose de chaud, les nuits étaient fraîches. Un café ou même un thé n'était pas à l'ordre du jour, au risque de perdre toute chance de m'endormir cette nuit. Je me fis un tilleul avec l'eau de la source. Tous les deux ou trois ans, Blanche ramassait de pleins sacs de fleurs de tilleul, qu'elle faisait sécher ensuite. Nous en avions toujours deux grandes bonbonnes au-dessus du four. Ma femme y puisait de temps en temps, moi je n'en prenais quasiment jamais.

La douceur du tilleul apaisait le goût âcre de la source : cela faisait une tisane très agréable en fin de compte. J'allumai mon ordinateur et commençai à farfouiller sur Internet autour du nom prononcé par le vent cette après-midi. Ce n'était pas difficile, le gars était dans l'annuaire : il habitait plus au nord, entre Javon et Sault. Il n'y en avait pas deux pareils, aucun homonyme : ça ne pouvait être que lui. La société de chasse de Sault avait un site internet, que je me mis à éplucher. Le site avait une rubrique « Trophées », où les membres posaient avec leurs plus belles pièces. Défilaient sangliers, lièvres et perdreaux. Au bout d'une dizaine de clichés, trônant à côté d'un beau marcassin, son visage traversa les pixels. C'était lui. C'était celui qui était apparu dans mon rêve. Portait craché, il n'y avait pas de doute à avoir. Tout sourire, la carabine sur l'épaule, il fixait l'objectif. Je le regardai un moment, essayant de comprendre ce qu'il avait contre les circaètes, les grands-ducs, ou bien encore les milans noirs.

Je me levai et fis les cent pas dans le salon. Le Hussard y vit une opportunité de faire un casse-croûte nocturne et vint tambouriner sur le placard où on rangeait ses croquettes, sait-on jamais. Je n'étais pas d'humeur, le pris dans mes bras et allai faire un petit tour sur la terrasse. Il ne faisait pas chaud, le Hussard me regarda en se demandant ce qui se passait, et si avec cette palanquée de simagrées il n'allait pas finir par dormir dehors. Toute cette histoire me trottait dans la tête, la lettre anonyme à la LPO, le pour et le contre. Ne valait-il pas mieux un coup de téléphone depuis une cabine, ce serait plus rapide et laisserait moins de traces qu'un courrier ? Pourquoi pas. Quelque chose me tarabustait : je ne me sentais pas l'âme d'un corbeau. Les derniers mots du circaète-télescope et son regard pétri de détresse trottaient dans ma tête, et je ne pouvais me résoudre à jouer simplement les Ponce Pilate, à m'en laver les mains après un simple appel. La femme-calcaire n'avait pas fait tout ça pour si peu, les téléscopitchounes avaient droit à plus de justice.

Le Hussard miaula, il voulait rentrer, et il commençait à faire froid. Je n'avais envie ni de rester dans le salon ni d'aller me recoucher : je n'avais toujours pas sommeil. Javon n'était pas bien loin, et le désir me prit d'y faire un tour, pour me calmer et me sortir un peu. Ce n'était pas dans mes habitudes de découcher en plein milieu de la nuit. Si Blanche se réveillait, elle trouverait la maison vide et s'inquiéterait. Je lui laissai un mot bien en évidence sur la table de la cuisine : « JE N'ARRIVE PAS À DORMIR. JE SUIS ALLÉ FAIRE UN PETIT TOUR EN VOITURE. »

*

Je sortis, descendis chercher la voiture, et pris la direction de Javon. Arrivé à mi-chemin sur le plateau de Sault, j'entrai dans le GPS l'adresse que m'avait donnée l'annuaire. Ce n'était plus bien loin. À un embranchement, la voix électronique annonça la sentence : j'étais arrivé. Un chemin de terre partait sur la droite. Je continuai sur la route sur une cinquantaine de mètres, sans trop savoir quoi faire, sans trop savoir pourquoi j'étais monté là-haut. J'avais eu une curiosité malsaine à satisfaire, l'envie de voir où il habitait, à quoi ça ressemblait. Comme dans un couple, lorsqu'on apprend que c'est fini, et qu'on ne peut s'empêcher de poser des questions, de voir à quoi l'Autre ressemble et ce qu'il peut bien avoir de plus. Je coupai le contact : le ronron du moteur comme la lumière des phares me laissèrent seul avec la nuit.

L'obscurité ne disait rien, se demandant ce qu'on lui voulait et attendant que quelqu'un parle en premier. J'ouvris la porte : le froid et le bruit des criquets me firent hésiter, me demandant si c'était bien ça que je voulais faire. Je n'en avais aucune idée, mais leur répondis en convertissant mon téléphone en lampe de poche et en remontant la route jusqu'à l'embranchement. Dix mètres plus haut sur le chemin, il y avait une boîte aux lettres avec un nom écrit. C'était bien le sien, il n'y avait pas d'erreur. Il y avait aussi une autre étiquette, le nom d'une SARL, qui faisait dans l'élevage de petits gibiers pour la chasse : faisans, perdreaux, lièvres et garennes.

Au bout d'une centaine de mètres, je trouvai un corps de ferme, un hangar, et ce qui ressemblait à deux grands parcs couverts. Un pour les oiseaux, un pour les lapins sans doute. Je restai planté là un moment, ne sachant pas trop quoi faire. Je ne voulais pas retourner à la voiture, les yeux du circaète-télescope clignèrent dans ma tête et me demandèrent pourquoi, si près du but, j'allais flancher.

Je fis quelques pas vers les parcs. Il y eut du mouvement à l'intérieur : des pattes et des pompons allèrent se cacher dans les coins, des yeux reflétèrent le faisceau de lumière. Les libérer tous serait une vengeance rikiki, un minimum syndical. Cela lui ferait un manque à gagner pour la prochaine saison de chasse, et des repas supplémentaires pour les rapaces du coin. Les enclos étaient en cages de fil de fer, mais je n'avais pas de cisaille ou quoi que ce soit d'autre pour couper. J'ouvris grand la porte et la calai avec une pierre. Pas sûr que tous allaient s'échapper, mais ce serait mieux que rien. L'enclos à perdreaux connut le même sort.

Je pris ensuite la direction du hangar à outils. La porte était grande ouverte. À l'intérieur, on n'y voyait goutte, il y faisait noir comme du charbon malgré la lampe torche. Je clignai un œil, puis deux, pour m'habituer à l'obscurité. Il y avait deux gyrobroyeurs, des sacs de graines, des bottes de foin et un tracteur.

Je réfléchis à ouvrir le bouchon du réservoir du tracteur, et y tremper plusieurs poignées de foin. J'aurais pu prendre mon pull-over, le déchirer en deux, et tremper ensuite chacune des manches dans le réservoir. Un peu de foin dans chacune des manches, contre les deux bottes, et le tour était joué. Ça sentait le sec à plein nez dans ce hangar. Les flammes auraient pris tout de suite, sans hésiter.

Mais je n'en fis rien. À la place, je me mis à courir comme un dératé : dehors, il y avait des lapins partout, qui se mettaient dans mes jambes et m'empêchaient de courir droit. La boîte aux lettres, l'embranchement et enfin la voiture défilèrent, comme un film en accéléré. Je démarrai et fis demi-tour, le cœur à deux cents à l'heure.

28. LA BARCO ET LEIS ARANGE[63]

La lenguo n'a ges d'os, mai n'en fa roumpre.
(La langue n'a pas d'os, mais elle peut en briser.)

J'ouvris les yeux comme en reprenant conscience après un évanouissement : sans raison, et sans crier gare. Cela faisait une éternité que je n'avais pas aussi bien dormi. Les autres matins, je dors entre deux eaux : je me réveille par à-coups, le réveil me guette du coin de l'œil, je traque le sommeil jusque dans les derniers recoins de mon oreiller. Pas ce matin-là : mes yeux s'étaient ouverts comme ceux d'un patient qui sort du coma dix ans après son accident. Impossible de dire pourquoi, à ce moment précis, le coma prend fin : le subconscient a décidé que c'était terminé, et il est inutile de lui demander des comptes. À l'intérieur de mon crâne, c'était le grand vide : une bombe était tombée durant mon sommeil, le souffle de l'impact avait tout couché sur son passage. Les oiseaux de mes tympans restaient muets, l'herbe de mon pouls était aplatie, le calme de la trêve régnait sur mes épaules. Après m'être levé, les murs du couloir défilèrent lentement, comme si mes pieds avaient appuyé sur le bouton « ralenti » au saut du lit.

La maison était silencieuse, comme si elle se réveillait elle aussi, ouvrant ses volets l'un après l'autre. Blanche était déjà partie : elle m'avait dit la veille qu'elle allait passer la journée à Aix avec sa sœur. Le mois de juin venait de frapper sans

63. La barque et les oranges (même sens que : le beurre et l'argent du beurre).

fanfare à la porte du calendrier. Les cigales étaient encore muettes pour le moment, et si le fond de l'air restait toujours frais, de petits coups de chaleur pointaient de temps en temps le bout de leur nez. Au-dehors il y avait une très légère brise, les pins se disaient bonjour en agitant les branches. J'ouvris la porte-fenêtre : le mistral soufflotait gaiement, saluant mon fait d'armes de la nuit dernière.

Accoudé à la rambarde, la nuit à Javon me revint. Le Hussard se mit à tournicoter dans mes jambes. Il y avait dans l'air un sentiment de plénitude, de calme : celui du devoir accompli. Le bruit de ma respiration me rappelait celui du mistral contre la falaise de la Madeleine, et je pensai au circaète-télescope en me disant que justice avait été faite. Les téléscopitchounes étaient orphelins de père, mais ils étaient vengés. Le mistral avait déjà dû rapporter la nouvelle à la femme-calcaire. J'eus une furieuse envie d'aller la voir, de plonger la tête dans l'onde pour l'entendre me parler.

Je pris mon maillot et descendis vers la source. La voiture des Sécaillat était garée devant chez eux, mais il n'était pas dans son champ : le soleil était déjà haut, il devait préférer la fraîcheur de son atelier. Le bruit de l'eau qui ruisselle me souhaita la bienvenue : cela faisait du bien de se sentir comme à la maison. La femme-calcaire était resplendissante, comme la paroi d'un iceberg qui vient de se détacher de la banquise. Sa blancheur, immaculée dans le soleil, faisait presque mal aux yeux. En mettant mon maillot, je me sentis mal à l'aise, nu comme un ver devant elle. L'enveloppe de l'eau lava rapidement l'affront.

*

Je n'ai jamais été vraiment à l'aise sur terre. C'est à croire qu'à ma naissance je me suis trompé d'élément. Je traîne mes bras trop longs et mes jambes trop raides depuis tout petit. Dans l'eau, c'est différent, comme si cet élément offrait à mon corps une seconde peau, une seconde chance, une armure pour compenser les erreurs de mère Nature. Chaque pièce de l'armure trouve sa place avec une facilité déconcertante. Sitôt mes pieds glissés dans la source, l'eau les enveloppa de bottines souples et robustes. Au fur et à mesure que je plongeais mes jambes, centimètre après centimètre, elle m'offrait grèves, genouillères et cuissardes. Je fis une légère pause, moins pour apprécier la douce température que pour m'habituer à cette nouvelle cotte de mailles. Elle m'offrait une apesanteur lunaire. Les bras levés, comme pour garder le meilleur pour la fin, j'entrai d'un coup sec jusqu'aux épaules. Vinrent d'un seul et même coup plastron et spallières : ceinturé de toutes parts, j'en eus le souffle coupé. J'avais du mal à trouver ma respiration, tant du fait de ce corset que du sentiment d'invulnérabilité qu'il produisait.

Je glissai mes mains puis mes bras dans l'eau rouge. La femme-calcaire m'offrit des gantelets et des brassards. Tout naturellement, mes mains se mirent à onduler sous l'eau. Cela donnait un sentiment de puissance. À mains nues, j'ai toujours eu peur du contact, de toucher ou de saisir les objets, comme si j'allais les casser ou, pire, si c'étaient eux qui allaient me casser. Avec ces gants ce n'était plus pareil : mes mains étaient fermes, des prises implacables, des tenailles sûres d'elles-mêmes. L'eau glissait, elle ondulait ; elle obéissait à ma volonté au doigt et à l'œil. Il n'y avait rien à rajouter, rien à attendre : tout était désormais prêt pour mon adoubement complet, pour la dernière pièce de mon armure.

Je pris une large inspiration, fermai les yeux et plongeai la tête sous l'eau. Le casque de la femme-calcaire entoura ma tête, enferma ma boîte crânienne et me coupa du monde extérieur. La lumière du jour disparut, le son des criquets et des pinèdes s'évanouit, remplacé par le glouglou de la source, les battements du cœur de Sirmonde. Je ne dis rien, j'attends, et enfin, sans surprise, résonne la voix cristalline entre les parois de mon crâne.

« Enfin de retour. »

J'essaie de lui répondre, de lui parler, mais les mots s'étranglent dans ma gorge, ils cherchent leur chemin sans pouvoir en sortir.

« Merci d'avoir rendu justice. La mort du circaète-télescope demandait réparation, elle ne pouvait être laissée impunie. Cela faisait des années que ce braconnier venait prélever son tribut stupide et égoïste sur les habitants du Luberon, il avait poussé l'offense jusqu'au grand-duc, jusqu'au milan royal. Et aujourd'hui le circaète Jean-le-Blanc, fidèle parmi les fidèles de Vintur.

Je vois que cela fait des siècles que ses montagnes sont bafouées, que ses sujets sont chassés jusqu'à l'extinction, que son existence comme son nom ont été oubliés. Il faut que cela cesse ; sais-tu où est passé Vintur, sais-tu pourquoi il a disparu ? »

*

Je sortis la tête hors de l'eau pour reprendre ma respiration. Devant moi, la femme-calcaire regardait dans le lointain, sa bouche distillant la précieuse eau-de-vie. Assis sur le rebord, monsieur Sécaillat me regardait calmement et s'amusa de mon air surpris.

« Vous m'avez pas entendu arriver là-dessous ? demanda-t-il. Vous êtes resté un sacré moment sous l'eau, c'est impressionnant à quel point vous arrivez à retenir votre respiration. »

L'eau perlait de mes cheveux, me passait sur les yeux et me coulait dans les oreilles : enlever mon heaume me prit un peu de temps avant de pouvoir être en phase avec le monde extérieur. Je cherchai des yeux ma serviette-éponge, que monsieur Sécaillat me tendit. Je sortis de l'eau et me séchai, me sentant tout nu sans cette armure liquide.

« Je suis venu remplir notre bouteille quotidienne, elle file à une vitesse, c'est pas croyable. On s'en sert dès le matin pour faire notre café. Ça lui donne un côté un tantinet pêchu, on l'appelle l'Arabica Bigarreau. Ça fait démarrer Mireille au quart de tour », ajouta-t-il en souriant.

Il y avait quelque chose d'autre : il tournait autour du pot d'une manière qui n'était pas la sienne. Il finit par jeter son pavé dans la mare.

« Ça tombe bien que vous soyez là, j'ai quelque chose à vous montrer », dit-il en sortant un papier de sa poche. « C'est arrivé par le facteur hier, ça sent pas très bon », continua-t-il en me tendant un bout de papier.

Mes mains étaient encore mouillées, mais peu importe. L'enveloppe agit comme un buvard, et des auréoles grises apparurent à côté du timbre et des armoiries de la ville. C'était un courrier officiel envoyé par la mairie, par le service du cadastre. Je le lus en diagonale, des gouttes perlaient de mon front et venaient s'incruster entre les voyelles et les consonnes. Le cadastre annonçait à monsieur Sécaillat une visite d'inspection de son bassin pour le 6 juillet prochain, soit dans un mois. Au courrier étaient joints un extrait du cadastre et une photo aérienne de sa parcelle ; le bassin avait été surligné en rouge fluo. Il lui était demandé d'avoir tous les plans disponibles, s'il en avait. Était jointe également une grille des amendes pour construction sans permis, selon la superficie du bâtiment. Une goutte d'eau tomba de mes cheveux sur la photographie aérienne, pile sur l'emplacement de la source, diluant le rouge fluo. Ça ne sentait pas très bon, en effet.

« Au moins ils ont eu la gentillesse de prévenir, c'est déjà ça. On aurait eu l'air malin si tout ce petit monde s'était pointé à votre boîte aux lettres sans crier gare », dis-je à monsieur Sécaillat en lui rendant son courrier.

Le silence se fit. On entendait le bruit de l'eau percer un passage entre deux morceaux de silence. Les oiseaux ne chantaient plus, ils avaient senti qu'il était plus que bienvenu de la mettre en sourdine. Comme il n'avait rien à dire, monsieur Sécaillat chercha à meubler. La première chose qui lui vint à l'esprit fut de remplir à la source la bouteille qu'il avait apportée. C'était une grande bouteille en verre, dont il porta le goulot aux lèvres de la femme-calcaire. Il tremblait, sans doute parce qu'il n'était pas dans une position facile : il avait dû s'accroupir pour atteindre la source. La femme-calcaire ne disait plus rien, distillant son élixir avec parcimonie.

« Et voilà, on peut dire une fois encore merci à la fontaine de jouvence », dit monsieur Sécaillat après avoir terminé. Il poussa bien fort avec le pouce un bouchon en liège dans le goulot de la bouteille. Il rigola : « Ça peut paraître complètement couillon, mais c'est la vérité. Avant qu'on trouve la source, Mireille déraillait chaque jour un peu plus. On avait fait tous les médecins, on était même allés voir le spécialiste à Marseille. Ils me disaient tous que c'était Alzheimer, qu'il n'y avait plus rien à y faire. Ils lui donnaient des cachets qui l'ensuquaient[64] complètement. On vivait avec l'idée qu'un beau matin elle se réveillerait et qu'elle ne me reconnaîtrait plus.

---

64. Abrutissaient.

Mais depuis qu'elle boit l'eau de la source, fan de chichourle, elle a vingt ans de moins et toute sa tête. Il y a pas un jour où on remercie pas le bon Dieu de nous avoir fait éclater cet orage sur la tête et d'avoir fait ébouler mon mur. »

« C'est elle que vous devriez remercier plutôt, le bon Dieu n'y est pour rien », dis-je en donnant du menton vers la femme-calcaire.

Le silence se fit à nouveau. Il y avait quelque chose d'autre qui tracassait monsieur Sécaillat, un charbon qui lui brûlait la langue, mais qu'il ne savait pas comment cracher. Je le regardai calmement, sans rien dire : il comprit que j'avais compris, et décida de se jeter à l'eau.

« Pour leur courrier, là, pour leur visite, je sais pas trop quoi faire. S'ils voient la sculpture, là, ils vont se mettre à poser tout un tas de questions. Et ils vont pas faire le rapprochement avec les trompes qu'on a déposées au musée à l'instant même, mais bon y en aura bien un qui fera le lien à un moment donné. Et alors ça va vite commencer à sentir le roussi. »

« Oui, pas besoin d'avoir fait Polytechnique pour comprendre ça », lui répondis-je en le laissant venir, pour voir où cela allait le mener. Je l'imaginai déjà en train de faire un couvercle de béton tout autour de la femme-calcaire. Je le laissai sortir son petit discours, prêt à tailler en pièces chacun de ses arguments et à m'y opposer en bloc.

« Je suis passé chez Mr Bricolage hier, et ils ont des coques pour bassin hors-sol. Il y en a pour des grandes piscines bien sûr, mais il y en a aussi pour des bassins beaucoup plus petits, quasiment des cuves. J'ai pas exactement mesuré, mais à première vue, ça devrait rentrer dans la fosse qu'on a creusée. Donc voilà mon idée : on pose au-dessus du bassin deux grandes poutres. Sur ces deux poutres, on pose bien à plat la cuve. On installe une pompe qui fait remonter l'eau du bassin vers la cuve. De l'extérieur, les gens vont voir une cuve tout ce qu'il y a de plus normal. Ils trouveront bizarre que j'utilise une coque de piscine pour faire un bassin agricole, mais bon j'ai l'habitude de passer pour un original, on s'en fout. On ne voit plus le bassin creusé dans le roc, on ne voit plus la sculpture de la bonne femme, et le tour est joué. On n'a pas touché à votre sculpture, et moi j'ai encore mon eau qui coule pour mes cerisiers. On a gagné sur tous les plans et basta, le cadastre y voit que du feu. »

Je ne disais rien et l'écoutais parler sans rien dire, le visage fixe. Je suis plutôt bon à ça : ne laisser transpirer aucune émotion, aucun indice qui permette à votre interlocuteur de savoir le fond de votre pensée. Je ne joue pas au poker, mais beaucoup m'ont dit que je ne serais pas mauvais à ce petit jeu. Je regardai monsieur Sécaillat sans mot dire, les yeux grands ouverts.

Il reprit la parole, en se disant que je n'avais pas compris, que plus de détails techniques m'aideraient à comprendre, m'aideraient à visualiser son projet et à l'accepter. Il poussa le vice jusqu'à sortir un autre bout de papier de sa poche : c'était un croquis, un plan au crayon de papier sur lequel il avait dessiné son projet.

« Vous voyez, là, on pose les deux grosses poutres, à l'horizontale. On pourrait poser ici et là deux ou trois étais, afin d'être sûrs de bien stabiliser, et que ça se casse pas la gueule quand tout sera plein d'eau. Là, on met une pompe, pour que l'eau de la source remonte et remplisse la cuve. »

Il me tendit son papier. À bout de bras, il ne le tenait plus que du bout des doigts, cherchant de ma part une réponse, une réaction, comme si accepter son croquis revenait à accepter son projet. J'avais toujours les mains mouillées, je les cachai en les séchant dans les moindres replis de ma serviette. Je pensai à la femme-calcaire. À son sommeil de plus de deux mille ans. Depuis que nous l'avions libérée, elle ne nous avait apporté que du bien : oui, madame Sécaillat avait retrouvé toute sa tête, et moi, je ne m'étais jamais senti aussi vivant que depuis la nuit dernière. Et maintenant, nous allions l'esquicher[65] sous un couvercle de plastique, sous un sarcophage de Bakélite. C'était injuste. Avec sa cuve, monsieur Sécaillat voulait continuer à profiter des bienfaits de la femme-calcaire tout en la condamnant au cachot. Il voulait que Mireille profite toujours de l'élixir de vie tout en refusant à sa bienfaitrice de voir le bleu du ciel et de sentir sur son visage la furie du mistral. Je ne disais toujours rien, je ne montrais rien. Mon visage était lisse comme un mur que les sentiments essayaient d'escalader sans succès, avec mon pouls qui faisait la courte échelle. Il n'y avait pas de prise, pas d'accroche. Mon visage ne disait rien, imperturbable et illisible pour un monsieur Sécaillat qui ne savait plus à quel saint se vouer.

« En utilisant ma tractopelle, on doit pouvoir arriver à soulever la coque et la placer juste comme il faut. J'ai juste besoin que vous me donniez un petit coup de main pour m'aider à la manipuler, la pousser quand il faut pour la mettre au bon endroit. »

Voilà ! On y arrivait. Ce fut le déclic, l'instant où tout déborda sans crier gare, comme le lait sur le feu. Des mots que je ne connaissais pas déboulèrent les uns après les autres, des phrases que je ne pensais pas le percutèrent les unes après les autres. Des quatre vérités qui n'en étaient pas, des faux-semblants en veux-tu, en voilà.

65. Mettre à l'étroit.

Au fond de la fosse, face à la femme-calcaire, un ange passa. On entendait la source couler.

« Et on peut savoir ce que vous proposez à la place ? » dit monsieur Sécaillat, blanc comme un linge.

« Je n'ai rien à proposer, parce qu'il n'y a rien à proposer. On n'a pas le droit de faire ça, on n'a pas le droit de lui faire ça juste parce qu'on risque une amende ou la prison. »

« Oui, ben je sais pas vous, mais l'argent pour l'amende, moi, je l'ai pas, et la prison, j'ai aucune envie d'y aller. Donc… »

« Et votre femme, vous y avez pensé à votre femme ? Vous vous rendez compte que si vous perdez la source, Mireille va redevenir complètement zinzin ? »

« Mais vous n'avez rien compris ! On cache juste la source, l'eau coulera toujours, mais on la prendra dans la cuve. »

« Ça, j'ai bien compris merci, mais vous n'avez pas peur qu'avec tout ça, vous alliez couper la source ? Que l'eau s'arrête de couler et qu'elle aille voir ailleurs ? »

« Je vois pas trop la raison pourquoi ça couperait l'eau et quand bien même, vaut mieux essayer ça plutôt que de rester les bras croisés et se faire attraper ! Vous avez couché au cimetière ou quoi ? On n'a pas le choix ! » s'énerva monsieur Sécaillat. Il rajouta juste après, dans un souffle, comme si les mots lui brûlaient les lèvres : « Et puis c'est ma source, nom de Dieu, vous êtes chez moi ici ! Ça rime à quoi, cette cagade[66] ? Si vous êtes pas content, fan de con[67], on vous demande pas votre avis ! »

S'il avait pu, il m'aurait pris par la peau du cou et m'aurait sorti *manu militari* du bassin. Mais dans un suprême effort,

66. Caca nerveux.

67. Putain.

il ravala sa colère, et remonta à la surface avec des yeux qui lançaient des éclairs. Je restai seul avec la femme-calcaire. La bouche ouverte, elle me regardait et me demandait ce qui allait bien pouvoir lui arriver, ses yeux fixés sur demain.

29. LOU MISTRAU N'A GES D'AMI, NIMAÏ D'ABRI[68]

Une grande quantité de fragments de poteries a été mise au jour au sommet du mont Ventoux, lors du creusement des fondations de l'observatoire météorologique. Une reconstitution a permis d'identifier des embouchures, des pavillons et des formes semi-circulaires et de déterminer que ceux-ci provenaient de trompettes en terre cuite. Le docteur Hyacinthe Chobaut, qui a rendu compte de cette découverte et en a fait la description, explique que ce dépôt votif a été fait par une antique civilisation pastorale pour conjurer les effets du « maître vent », surnom donné au mistral en Provence.

Jean-Jacques Jully, Sur trois types d'objets de culte d'époque pré-romaine en France méridionale

Le Mistral, avant de décorner les bœufs dans le Vaucluse, avait grandi plus au nord, aux confins de l'Ardèche, dans le Vivarais. On ne connaissait pas ses parents, on ne lui connaissait pas de famille. L'orphelin terrorisait les paysans en éparpillant les semis, énervait les ménagères en faisant tomber les nappes de la corde à linge et effrayait les écolières en soulevant leurs jupes.

Un beau jour, excédés, les habitants se plaignent au conseil municipal, réclamant que des actions soient menées contre

68. Le mistral n'a pas plus d'amis qu'il n'a d'abri.

ce chenapan, ce sale gosse, ce vent fada. Le maire se creuse la tête un moment, puis élabore en grand secret un plan pour satisfaire ses administrés.

Le lendemain, au petit matin, l'élu allume une petite bougie sur la place du village, et la dépose au pied du puits. Le Mistral s'empresse aussitôt de l'éteindre en riant. Il souffle une bonne bourrasque et en profite pour faire tomber au passage le chapeau du maire. L'élu du peuple ne se laisse pas démonter : il place la bougie sur la margelle du puits, et l'allume de nouveau. Le vent fada se prend au jeu et relève le défi. Il rassemble toutes ses forces, et éteint de nouveau la bougie, d'un coup de vent si fort que cela fait sonner les cloches de l'église. Têtu comme une mule, le maire ne bronche pas. Il prend la bougie, la place dans le seau, et fait descendre le seau au fond du puits, en faisant bien attention à ne pas éteindre la mèche. Sitôt que le seau touche la surface de l'eau, le Mistral sent bien qu'on lui a jeté un défi à sa mesure : c'est un puits très profond, qui descend au moins à vingt mètres sous le plancher des vaches. Le vent fada relève le défi : après tout, on ne le surnomme pas Mistral gagnant sans raison. Il sort du village, quitte le Vivarais, recule jusqu'au Rhône, et remonte jusqu'à Lyon. Là, il bande tous ses muscles, prend son élan, et jette son dévolu en couchant tout sur son passage. Il descend le Rhône, arrive sur la place du village, et se jette tout entier jusqu'au fond du puits pour y éteindre la bougie. C'est bien ce qu'attendait le maire : sitôt que le Mistral s'engouffre dans le puits, il le recouvre avec trois grosses pierres de calcaire, bien plates et bien lourdes.

Seul dans le noir, le Mistral comprend qu'il a été joué. Et cet esperloufi[69] qui faisait le cacou[70] devant tout le monde se

69. Énergumène.

70. Le malin.

met à pleurer, ses larmes ruissellent et font *plic, ploc* dans l'eau du puits. Les habitants, qui étaient cloîtrés dans leurs maisons pendant toute la scène, sortent sur la place du village et félicitent monsieur le maire.

Cependant, un vieux fait la remarque que c'est bien gentil, tout cela, mais que si le village n'a plus de Mistral, il n'a aussi plus d'eau. Comment faire pour puiser de l'eau, sans laisser le Mistral s'échapper ? Là-dessus, le maire s'énerve, en bougonnant que décidément, vous n'êtes jamais contents, et que si c'est comme ça, eh bien vous l'avez cherché, il préfère rendre sa cocarde.

Un ange passe, et la solution vient du curé : le Mistral est comme un enfant, qui n'a pas compris la portée de ses actions. Il faut le sermonner, lui faire la leçon, lui faire jurer sur la Bible qu'il ne recommencera plus. Les habitants se regardent : ils n'y croient pas trop, mais au point où on en est, on n'a pas trop le choix. Entre avoir de l'eau et ne pas avoir de Mistral, ils préfèrent avoir de l'eau. Le curé parle au Mistral à travers les pierres, lui demande de promettre sur la sainte Croix qu'il restera tranquille si on le laisse sortir ou bien alors qu'il ira souffler ailleurs. Le Mistral, qui n'en mène pas large tout seul dans le noir au fond de son trou, jure tout ce qu'on lui demande et même un peu plus. Oui, il arrêtera de faire bisquer les gens du Vivarais et, oui, il sera aussi calme que la tramontane, juré, craché. Le curé écarte une pierre, suspend un petit chapelet en olivier au-dessus de l'orifice, et, comme un exorciste, ordonne au Mistral de sortir de son trou. Le Mistral, tout penaud, sort devant les villageois rigolards, qui sont bien contents de lui rendre la pareille, et commencent à l'appeler Mistral perdant.

Mais, alors qu'il fait quelques mètres sur la place du village, le Mistral voit le bleu infini du ciel, qu'il avait l'habitude de parcourir dans tous les sens. Il voit le jaune du soleil, qu'il avait l'habitude de tutoyer tous les matins. Il voit en haut des collines les pinèdes, qu'il avait l'habitude d'asticoter sous toutes les coutures. Et alors, la mort dans l'âme, il se retourne vers les villageois, le maire, et le curé qui tient encore dans sa main son chapelet en olivier. Il soupire qu'il ne peut pas lutter contre sa propre nature, qu'il ne peut pas se contenter de souffloter comme la tramontane. Ça n'est pas par méchanceté de sa part; c'est juste qu'il est comme ça, c'est tout, et qu'il n'y a rien au monde qui pourra le changer. Il ne peut pas changer, et comme il a promis, croix de bois, croix de fer, si je mens, je vais en enfer, il préfère partir, il préfère quitter lou païs.

Les habitants du village se regardent, ennuyés et ne sachant pas trop quoi dire. Un enfant du pays qui part, c'est toujours triste. Il ne sera pas le premier, il ne sera pas le dernier. Le silence s'installe durant de longues minutes, tandis que le Mistral fait son baluchon. Au bout d'une éternité, quelqu'un toussote. C'est monsieur l'instituteur, toujours rougeaud derrière ses lunettes. Il prend la parole comme à la dictée:

« Va, tu n'as pas besoin d'aller bien loin, bougre de garnement. Tu devrais juste aller un petit peu plus au sud, dans le Vaucluse. Il paraît que les hommes y sont plus têtus que des bourriques, la faute au plein cagnard qui leur fait cuire le ciboulot comme une Cocotte-Minute tout le long de la journée. Rien ne les fait plier ou changer d'avis, paraît-il. Tu pourras souffler aussi fort que tu veux, rien ne se couchera sur ton passage et les hommes te tiendront tête jusqu'à ce que tu t'écroules de fatigue. »

Ce n'était pas tombé dans l'oreille d'un sourd. Le Mistral prit ses cliques et ses claques, enjamba le Rhône et commença à souffler sur le Vaucluse, juste pour vérifier les dires de l'instituteur. Le moins que l'on puisse dire est qu'il ne fut pas déçu. Il y souffle encore, du sommet du Ventoux jusqu'aux crêtes du Luberon, si fort qu'on se demande parfois si ce sont les poteaux qui tiennent les fils, ou les fils qui tiennent les poteaux.

30. PAR-DESSUS LES FEUX DE LA SAINT-JEAN

Lou fuè eis miejo vido.
(Le feu est la moitié de la vie.)

Nous étions le 24 juin, qui est un jour très spécial, puisque c'est le jour de la Saint-Jean, mais aussi et surtout notre anniversaire de mariage. Nous ne l'avions pas fait exprès : nous avions choisi la date pour la simple et bonne raison que le maire et le curé étaient tous les deux disponibles ce jour-là. Ce n'est qu'au fil des ans, en fêtant cet anniversaire, que nous nous sommes faits à cette coïncidence et lui avons donné un petit rituel : chaque année, nous allons à Caseneuve, un des rares villages dans le Luberon à faire quelque chose de spécial pour la Saint-Jean. À l'entrée du village, il y a un petit restaurant sans prétention, qui s'est imposé au fil des ans comme notre lieu incontournable. Il n'a rien d'exceptionnel, mais aller ailleurs serait une trahison, un sacrilège. Ce serait interrompre un rituel qui marque officiellement l'année d'une pierre blanche.

*

Cette année encore, j'avais quitté le travail un peu plus tôt que d'ordinaire. Les grandes vacances n'étaient pas encore tout à fait là mais ça sentait déjà la fin. Au lycée, les salles se vidaient les unes après les autres. Les conseils de classe des secondes et des premières étaient passés, la répartition des classes pour la prochaine rentrée était bouclée, tout comme l'organisation du baccalauréat. Il n'y avait plus grand-chose à faire, et aller au travail se résumait plus à de la présence qu'à autre chose.

Le menu était simple et sans choix : entrée, plat, dessert, on mangeait ce qu'il y avait écrit sur l'ardoise. Blanche parlait de tout et de rien, elle me demandait si je me rappelais ce qu'elle avait répondu au prêtre le jour J, tu te souviens, quelle rigolade. Elle me dit qu'une fois rentrés à la maison, elle avait envie qu'on aille se baigner tous les deux à la source, comme pour un bain de minuit, ce serait une belle idée, tu ne trouves pas.

Sa proposition me fit tiquer : je ne lui avais pas parlé de ma dispute avec monsieur Sécaillat, voilà maintenant quinze jours. Pas parce qu'il y avait quelque chose à cacher, mais juste parce qu'il n'y avait rien à rajouter. On s'était engueulés, il avait vraisemblablement raison, mais Artaban était trop fier pour l'admettre. Je ne savais pas comment sortir du pétrin dans lequel nous mettait cette visite du cadastre. Je me voyais mal expliquer tout ça à ma femme devant son melon, au risque de gâcher notre soirée. Je me voyais mal aussi l'emmener à la source sans lumière et sans bruit, pour ne pas nous faire choper par monsieur Sécaillat. Ça allait être compliqué. Avec de la chance, de retour à la maison, l'envie lui aurait passé et avec elle une belle occasion de me faire remettre les pendules à l'heure.

Le soleil se couchait sur Cavaillon, il tirait la couverture de l'autre côté du Luberon. La nuit tombait, et on sentait que le village commençait à se réveiller. Pour la Saint-Jean, la mairie et Radio Bigarreau, la radio du coin, avaient dressé à côté de l'oratoire une estrade, avec un groupe de rock, trois garçons et une fille qui devaient juste sortir du lycée. Ils commencèrent à enchaîner les tubes des années quatre-vingt, les

Partenaire particulier et les *Femme libérée*. C'était le genre de chansons que Blanche adorait, il suffisait que ça passe à la radio pour qu'elle se mette à se trémousser et à danser. Dès que les micros commencèrent à crachoter, les gens allumèrent les feux, il devait bien y en avoir une quinzaine sur toute la place.

Ce sont de grosses bûches, des branches mises en pyramide, qui s'allument au quart de tour. C'est le plus souvent du pin, la nuit d'été se met à sentir la résine et le foin, on entend les cigales se taire et la résine grésiller. Les enfants jouent tout autour, on leur dit vingt fois de ne pas trop s'approcher des flammes. Les ados commencent à faire les cons, à gambader autour des feux et à sauter au-dessus des flammes. Les plus jeunes les regardent et brûlent de faire pareil, mais ils n'ont pas l'âge, l'an prochain, tu comprends, quand tu seras plus grand. Leurs mères les retiennent, elles les aident à glisser des marshmallows sur des piques et les faire griller au-dessus des flammes, regarde comment on fait. Ça les fait patienter tant bien que mal jusqu'à l'année suivante. Ma mère faisait pareil ; ça n'est pourtant pas très dangereux de sauter au-dessus des flammes. J'ai toujours adoré faire ça, je crois que j'ai désobéi dès ma première Saint-Jean, quand c'était interdit même pour Andréas. Je n'ai jamais arrêté depuis. Passé un certain âge, on a l'air bétassout[71] de faire la queue avec des gosses qui ont vingt ans de différence d'âge avec vous. Ils vous regardent d'un drôle d'air comme pour vous dire : « Ce n'est plus de ton âge, tu en as déjà bien profité, laisse-moi ta place. »

Si notre rituel de Saint-Jean a réussi à perdurer au fil des ans pour Blanche et moi, c'est que, par un accord tacite, nous y trouvons un intérêt commun. Elle peut danser tout

71. Bébête, naïf.

ce qu'elle veut sur des morceaux qui ne passent plus depuis longtemps, sans avoir à me traîner en boîte de nuit, ce dont j'ai horreur. De son côté, elle a bien remarqué mon visage plus gai que d'habitude, mon œil qui brille dès qu'il y a du feu et des flammes.

Je l'accompagnais, je dansais un peu avec elle pour la forme, mais entre deux morceaux j'allais sauter au-dessus des flammes, ces maîtresses qui m'appellent inlassablement et me poussent à l'adultère. Je prends de l'élan, une grande inspiration et saute : les flammes me reconnaissent et me laissent passer, comme des pans de rideau à l'entrée d'une maison close. J'essaie de les toucher, de les embrasser, mais elles gardent leurs distances, elles jouent au chat et à la souris. Entre deux flammes se dévoile la nuit provençale, parsemée d'astres qui brillent et d'étincelles qui scintillent. Les premiers regardent de haut, les secondes s'élèvent pour les rejoindre. Ces lucioles pourpres s'écartent sur mon passage, ultime révérence de courtisanes. Blanche me regarde comme on regarde un enfant, les mains sur les hanches : allez, c'était la dernière, maintenant on rentre, tu es pire qu'un gosse. Je la supplie de me laisser encore sauter au-dessus des flammes, de m'approcher d'elles encore une fois, la toute toute dernière, c'est juré, c'est promis.

*

Rien n'avait bougé à la source. Qui sait si monsieur Sécaillat avait décidé de ne pas mettre son plan à exécution, ou s'il n'avait tout bonnement pas commencé. En arrivant, j'avais peur de trouver des outils, des échafaudages tout autour du bassin, mais non, il n'y avait rien. Ma lampe de poche éclaira les marches de l'escalier, le sol, le bassin avant de dévoiler le visage de la femme-calcaire. Elle était là comme un lapin dans la lumière des phares, immobile, et les yeux grands ouverts. Blanche se déshabilla et entra d'un coup dans l'eau. Lorsque le rayon de ma lampe torche passa sur son corps, elle se mit à rire en me traitant de voyeur et m'éclaboussa, me disant de venir la rejoindre. Je n'en menais pas large : nous étions venus directement depuis la voiture, sans prendre le temps d'aller chercher les maillots. On avait marché au son des grenouilles, guidés par la lampe torche. Je n'avais toujours rien dit à ma femme et priais intérieurement pour que monsieur Sécaillat soit déjà au lit.

Je fis exactement le contraire de ma femme, j'entrai dans l'eau par à-coups, centimètre après centimètre. Cela faisait quinze jours que je n'avais pas enfilé mon armure liquide. Au fur et à mesure que je pénétrai dans l'eau, les pièces de l'armure s'ajustèrent les unes aux autres, sans effort, sans forcer. Dans le noir, Blanche vint se blottir dans mes bras. Je me voyais mal la repousser, et pourtant, cette soudaine intimité devant la femme-calcaire me gênait. Elle me regardait dans le blanc des yeux. Je la devinais jalouse et possessive, peu désireuse de partager.

J'avais faux sur toute la ligne : la femme-calcaire me fit un clin d'œil, puis deux. Je pris alors une profonde inspiration, fermai les yeux et plongeai la tête sous l'eau. La visière du heaume se referma et me coupa du reste du monde, annonçant un nouveau message.

31. CANIS LUPUS ET CABRO D'OR

E piei lou matin lou loup la mangè.
(Et puis au matin le loup l'a mangée.)
Alphonse Daudet

Je marche en haut des falaises du vallon de l'Aiguebrun. C'est déjà la fin de l'après-midi, le soleil est bas dans le ciel. Le thym a pris des coups de soleil et distille son odeur forte, entêtante, qui assaille les narines et donne mal à la tête. On sent que la nature a été écrasée toute la journée par le cagnard, qu'elle est toute mouligasse[72], et qu'elle voit arriver la fin du jour avec soulagement. Les pins respirent, se redressent, les oiseaux recommencent à voler, les lézards se baladent à gauche à droite. On sent que pour une heure ou deux, la nature est de sortie, qu'elle a saisi l'opportunité de vaquer à ses occupations après s'être terrée toute la journée. Elle fait comme dans les pays nordiques, elle cherche à profiter au maximum de l'été après un si long hiver. Comme sous l'effet d'un soleil de minuit, les ombres se rallongent et diffusent une fraîcheur insomniaque. Je marche rapidement à travers les buis, avec le vallon à mes pieds. Le sentier est très accidenté : il suit l'arête du rocher, monte et descend sans arrêt, de caillasse en caillasse.

Au détour d'un virage en épingle, mes pas s'arrêtent d'un coup : là, un peu plus loin sur le sentier, des boucs et

---

72. Raplapla.

des chèvres jouent les équilibristes entre les blocs de calcaire. Ils ne m'ont pas vu arriver : je m'accroupis sans faire de bruit, je me tapis dans les buis pour les observer un moment. Ils sont une petite quinzaine, ils sont magnifiques. Les boucs sont au nombre de quatre : l'un a l'air plus vieux que les autres. Ils sont noirs, tachetés de marron, avec le bout des pattes tout blanc. Ils ont de beaux poils, bien longs et raides comme des cheveux de vieillard. De tout le tableau, leurs cornes sont les plus impressionnantes : pour l'un, elles forment un arrondi parfait ; pour un autre, elles ondulent en spirale et en volute. Pour le plus vieux, elles se rebiffent à angle droit, chacune partant de son côté, leurs vies ayant évolué dans des directions opposées et n'ayant plus rien à se dire. Les seigneurs des saltimbanques se défient, se provoquent l'un l'autre. Ils éprouvent leurs forces, se battent en duel. Le choix des armes est tout indiqué. Ils se dressent sur leurs pattes arrière et se figent dans le mistral, pour un temps qui semble une éternité. Et, forts de tout leur poids, ils retombent et se cognent leurs cornes, comme deux pierres calcaires qu'on frappe l'une contre l'autre. Le choc fait un bruit mat, un bruit sec, qui déchire le silence et n'appelle pas de réponse. Dans un rythme incompréhensible et connu d'eux seuls, les boucs se défient et fondent l'un sur l'autre, duel après duel, minute après minute. À chaque fois qu'ils se dressent, droits dans le ciel et se détachant sur la ligne d'horizon, je peux les observer tout mon soûl. Je m'aperçois de mon erreur : le plus vieux n'est pas un bouc, mais un mistouflon. On voit distinctement ses deux pattes supplémentaires, et les reflets bleutés sur ses poils. C'est la première fois que j'ai la chance d'en voir un, en vrai, pas une illustration dans les livres. Je croyais même qu'il n'y en avait plus, qu'ils avaient disparu du Luberon. Je remercie en mon for intérieur la femme-calcaire de m'offrir un tel spectacle. Indifférentes aux duels qui se déroulent sous leurs yeux, les chèvres broutent les trois brins d'herbe qui poussent dans les trous de rocher. Des cabris sont accrochés à leurs jupes, jouant aux mousquetaires et à sauter au-dessus des crevasses.

Dans les buis, je commence à avoir des crampes et j'essaie de me redresser. Peine perdue, c'est impossible : je reste à quatre pattes, incapable de me relever. Je tente de comprendre pourquoi et regarde mes pieds : ce ne sont plus des jambes, mais des pattes, velues, couvertes de poils noirs. Pour mes bras, c'est pareil : ce sont des pattes antérieures. À rester planté là, à regarder les chèvres, j'ai perdu toute forme humaine et me suis transformé en chien.

Dans le fond du vallon, une trompe sonne à plusieurs reprises. On entend un, puis deux, puis trois longs appels, et aussitôt le troupeau réagit, se met en branle pour redescendre dans le vallon. C'est la trompe de l'auberge des Seguin, tapie au fond du vallon, qui appelle ses chèvres avant que la nuit ne tombe. Les boucs ne sont pas en reste, et ils emboîtent le pas direction l'étable. Le mistouflon leur fait au revoir de la patte, et disparaît dans les buissons : lui ne rentre pas, il reste en dehors des sentiers battus, il dort à la belle étoile. Le Luberon est son étable. Seule, une jeune chèvre reste perchée sur un rocher. Elle est blanche de la tête aux pieds, un blanc albâtre très mat, avec des poils courts. La biquette n'a pas l'air d'être bien vieille : il lui pousse sur la tête deux petites cornes, qui commencent à peine à s'arrondir. Elle a sous le menton une barbichette, dont le bout se rebiffe. La biquette a trouvé une grosse touffe d'aphyllanthe, qui pousse dans l'angle d'une crevasse. Elle broute avec délice les fleurs bleues rainurées de violet, l'une après l'autre, comme un enfant avec un paquet de dragées. Elle a bien sûr entendu la trompe, mais elle préfère faire la sourde oreille : rien ne sert de courir, encore quelques fleurs, elles sont si douces, si délicatement sucrées. Il n'y a pas le feu au lac, il sera toujours temps de rentrer à l'étable en forçant l'allure sur le chemin du retour. Une fleur, encore une, promis c'est juré, c'est la dernière et après je rentre.

*

Je m'avance, pour battre le rappel des troupes, pour lui intimer l'ordre de retourner au bercail. Après tout, chacun son métier. Elle me voit arriver et se fige, tétanisée. Dans ses yeux écarquillés, on peut lire la peur, une peur ancestrale que son instinct vient de réveiller. Dans ses yeux écarquillés par la peur, mon reflet apparaît dans le noir de ses rétines. Je commence à comprendre : je ne suis pas un chien. Je ne suis pas un bon chien de berger, je ne suis pas un bon chien gardien du troupeau. Je suis le loup. La biquette regarde à droite et à gauche, cherchant comment rejoindre le troupeau. Il n'y a pas d'issue, elle est acculée contre l'abîme. Par pitié pour elle, le soleil ralentit sa course, il fait des siennes pour ne pas se coucher, pour ne pas disparaître à l'horizon. Il lutte radian après radian, il pousse aussi loin et aussi longtemps qu'il peut chacun de ses rayons. Mais la lune affleure déjà à l'opposé, sur la crête de la montagne de La Garde : elle lui fait les gros yeux, allez ouste Charles, dépêche-toi, tu vas nous mettre en retard à jouer les chevaliers servants.

La biquette jette un regard vers le fond du vallon, vers l'auberge des Seguin où elle a grandi. Qu'il lui semble déjà loin, le temps où, petite, elle jouait avec les autres cabris, la cloche autour du cou, si jamais tu te perds, Blanquette, on pourra te retrouver plus facilement. Ah, cette cloche dont elle avait horreur, ce boulet qui lui grattait le cou, qu'est-ce qu'elle donnerait cher pour l'avoir et la faire sonner bien fort en ce moment ! Elle a soif. Elle donnerait cher pour être au fond du vallon une fois encore, au bord de l'Aiguebrun, tremper ses lèvres dans son eau si fraîche, et sentir l'eau perler au bout de sa barbichette. Un brin de mistral souffle et s'amuse dans les joncs d'aphyllanthe, comme un sadique qui lui murmure à l'oreille, tu vois, Blanquette, si seulement tu avais été moins gourmande. Sous l'action du vent, les fleurs bleues jouent au métronome avec le mistral : elles mesurent la cadence de ses rafales. Réglées comme du papier à musique, elles comptent les secondes, les dernières secondes de la biquette. Aphyllanthe...

La biquette se retourne et fait face. Dans son regard, quelque chose a changé. C'est un regard qui a vu comment tout cela allait finir, et qui malgré tout a décidé de choisir plutôt que de subir. Elle bloque ses sabots contre les arêtes du calcaire qui affleurent, baisse la tête et fait pointer ses petites cornes : elle est prête pour la suite, elle vendra chèrement sa peau. Je m'avance à pas feutrés, comme le Hussard lorsqu'il voit un moineau sur le rebord de la terrasse. Pas d'urgence, j'ai tout mon temps. Comme si elle était pressée d'en finir, c'est Blanquette qui charge la première. Tête baissée, toutes cornes devant, elle déboule du haut du rocher à toute vitesse. Je suis surpris, je ne m'attendais pas à ça. Le bout de mon museau évite de justesse le bout de ses cornes. Tous crocs dehors, je réplique, j'essaie de la saisir à la gorge, j'essaie de faire mouche sur la jugulaire. Sans succès : elle se défend bien, Blanquette, elle rend coup pour coup. J'arrive à l'isoler, à la pousser toujours plus près du précipice, mais rien n'y fait : chacun de mes assauts est repoussé avec toute la violence de ses petits muscles, bandés à bloc sous son pelage blanc. La lune commence à monter haut dans le ciel. C'est la pleine lune, on y voit comme en plein jour. L'étoile du berger brille dans le ciel, elle fait un clin d'œil à Blanquette à chacun de mes assauts. Vas-y, sœurette, montre-lui qui tu es. Vas-y, sœurette, résiste, je tiendrai avec toi jusqu'au petit matin.

D'assaut en assaut, d'esquive en esquive, nous dérivons le long du précipice, longeant le vallon de l'Aiguebrun jusqu'à échouer au fort de Buoux. Je souris et me lèche les babines. Ici, Blanquette, c'est l'impasse : plus de reculade, pas d'autre issue possible. Comme dans un film de cape et d'épée, la biquette monte quatre à quatre les marches abruptes de l'escalier secret. D'un bond, elle en enjambe quatre pour aussitôt faire volte-face, parer mon attaque et m'en faire reculer de trois. Dans un virage en épingle à cheveux, elle reprend ses forces : Milady ne désespère pas, elle se bat avec l'énergie du désespoir, mais marche après marche ses forces déclinent. Sa robe blanche est parsemée de zébrures écarlates, là où mes crocs ont fait mouche avant de devoir faire marche arrière sous ses coups de corne.

Enfin arrivée en haut de l'escalier secret, impériale, Blanquette reprend sa respiration, comme attendant la dernière, l'ultime escarmouche. Elle a compris que le fort de Buoux serait sa dernière aphyllanthe, une dernière scène pour sa dernière tirade. Sa fine silhouette se découpe en ombre chinoise sur la pleine lune, comme une actrice américaine dans le feu d'un projecteur. Ses cornes et ses sabots reflètent la lumière des astres, ils brillent dans la nuit.

« Tu devrais abandonner, tu n'as aucune chance, Blanquette, tes forces déclinent à vue d'œil. »

Sous le linteau de la porte d'entrée, elle me jette un dernier regard plein de défi, comme pour dire qu'elle est bien décidée à tenir jusqu'au petit matin.

« J'ai plutôt l'impression que ce sont les tiennes ! Viens me chercher si tu es si fort, Canis Lupus ! » me lance la biquette dans un ultime défi.

Son dernier coup de corne fait vibrer l'air, mais se heurte aux ondulations du vide : j'ai esquivé son attaque fanfaronne, sa pantalonnade kamikaze, et maintenant sa gorge m'est offerte, exposée comme la plaine de Cavaillon les jours de mistral. L'emprise de mes crocs est ferme, sans hésitation, implacable, et pourtant je ne tranche pas, je ne coupe pas : comme un sadique, je l'écrase de tout mon poids, dégustant ce souffle de vie qui connaît ses derniers instants. Je suis exténué, et profite de ce court moment de victoire, avant de passer au festin.

« Épargne-moi, et tu seras riche », glisse-t-elle dans un sanglot. Il en faudrait plus pour me faire relâcher mon emprise : qu'elle est loin la biquette rebelle qui fanfaronnait pour quelques fleurs d'aphyllanthe ! Je ne dis rien, et pour pousser la farce jusqu'au bout, je serre un peu plus mes crocs, accentuant la pression sur cette jugulaire où pulse la vie. On sent son pouls et sa respiration qui s'accélèrent, comme pour mieux battre la mesure de ses derniers instants.

« Canis Lupus ! Épargne-moi, et tu seras riche ! Ne vois-tu donc pas de quoi sont faits mes cornes et mes sabots ? » dit-elle dans un souffle, ultime tentative pour défendre sa vie. Quelle feinte minable pour me faire desserrer les crocs et me donner un bon coup de corne en retour !

« Mais gros malin, arrête ! Ne vois-tu donc pas que je suis la Chèvre d'or ? La Cabro d'or ! »

Mes crocs s'arrêtent une seconde, rattrapés par l'ombre d'un doute. Sans les desserrer, je regarde ses cornes qui ne sont pas loin de mon museau : elles scintillent sous la lumière de la pleine lune, elles brillent d'un jaune qui étincelle. Serait-ce possible ? La Cabro d'or ! Tous les Provençaux connaissent cet animal légendaire, dont on leur rebat les oreilles tout petits, à chaque fois qu'ils perdent la monnaie en rentrant d'acheter le pain. Ma grand-mère nous la servait à toutes les sauces quand nous perdions quelque chose, que ce soit une bille, un calot, ou un soldat de plomb. Tu l'as perdu, tu peux y faire une croix dessus, c'est maintenant dans la grotte de la Chèvre d'or. Nous avions arrêté d'y croire comme tous les gamins vers dix ans, quand on commence à trouver louche cette histoire de petite souris, qui vient la nuit chercher votre dent de lait pour l'échanger contre une piécette. Ou encore celle du gros barbu qui passe par la cheminée à Noël et repart en traîneau. On avait mis la Cabro d'or dans le même sac. Apparemment, nous avions tort.

*

La Chèvre d'or était née avec la mise à sac des Baux-de-Provence par les Maures. Leur butin est si important, si volumineux, qu'il gêne considérablement leur retraite vers la mer, alors que la soldatesque les talonne. Leur chef Abderrahmane se rend à l'évidence : ils sont trop lents, ils n'arriveront pas entiers à La Londe où leurs bateaux les attendent. Il faut cacher ce magot, l'enterrer pour revenir le chercher plus tard, quand les temps seront moins agités. Leur chemin longe le Luberon, une montagne sauvage et accidentée, où il n'y a pas foule et où les cachettes sont légion. Au fond d'un vallon, derrière les épais taillis et les buis profonds, Abderrahmane déniche une petite baume[73] creusée dans le calcaire, une qui ne paie pas de mine et pourtant s'enfonce loin dans les entrailles de la montagne. Il y pénètre avec ses hommes, et tout au fond leur demande d'y enterrer leur magot. Avant que la terre ne le recouvre une fois pour toutes, il jette un dernier regard sur ces bagues, ces colliers,

73. Grotte.

ces bijoux qui étincellent et ne verront plus la lumière du jour jusqu'à leur retour. Il a presque des regrets : tous ces efforts, toutes ces tueries pour que cet or finisse au fond d'un trou. À la sortie de la caverne, il est ébloui par la lumière du jour : ses yeux mettent du temps à se réhabituer aux rayons du soleil. Il distingue du mouvement, et se dit qu'il va certainement falloir éliminer un témoin gênant. Peu à peu, les taches noires dans ses yeux disparaissent, et la garrigue reprend forme humaine : ce n'est pas un témoin gênant, mais une pauvre biquette qui broute l'herbe à l'ombre de la paroi. Elle est toute surprise de voir ces Sarrasins qui sortent de nulle part, mais bon, ça ne va pas l'empêcher de vivre. Elle vient de trouver une touffe d'aphyllanthe, et s'en flanque une ventrée. Abderrahmane sourit : cela lui rappelle son pays, où on trouve des chèvres jusqu'au sommet des arbres. Il la flatte à l'encolure et lui fait du gra-gra sous le menton. Poussé par un vent de poésie, un vent qui ne souffle que par ici, Abderrahmane lui murmure dans le creux de l'oreille : « Je te confie mon trésor, fais-lui prendre l'air une nuit par an, au solstice, pour que son éclat persiste jusqu'au jour de mon retour. » La chèvre dodeline de la tête, comme pour faire signe qu'elle a bien compris et qu'il peut compter sur elle.

Abderrahmane ne revint jamais chercher son trésor. La soldatesque l'attrapa grâce a une embuscade au-dessus de Toulon, et le soumit à la question, sans obtenir l'emplacement du magot. S'il mourut sans revoir l'éclat de son or, celui-ci ne fut pas perdu pour tout le monde. La chèvre fit son devoir, consciencieusement, comme Abderrahmane le lui avait demandé. Chaque soir de la Saint-Jean, elle sortait le trésor de la baume et étalait dans l'herbe les bijoux, les parures, et la vaisselle en or des Baux-de-Provence. Ils buvaient les rayons lunaires jusqu'à plus soif, et se refaisaient une santé le temps d'une nuit. Mais la chèvre se prit au jeu. L'histoire ne dit pas si son cœur fut conquis par le sens du devoir, ou bien s'il fut grignoté par l'avarice, devant tous ces trésors étalés à ses pieds. La chèvre se mit à arpenter les sentiers la nuit, et à récolter les trésors enfouis par les uns, perdus par les autres. Ces écus cachés dans le tronc creux d'un tilleul à Auribeau ? Cette alliance en or perdue au cours d'une baignade au saut du Moine ? Ce collier volé à l'arraché au marché de l'Isle-sur-la-Sorgue et enterré le temps de l'enquête ? Tous finissaient entassés dans la caverne de la Cabro d'or. Elle avait développé au fil des ans un réel flair pour débusquer les trésors enterrés, les magots oubliés, les bijoux perdus. Elle flairait l'or, reniflait son odeur même dans les endroits les plus improbables, dans les cachettes les plus insoupçonnables. Ses cornes comme ses sabots perdirent leur couleur naturelle et se mirent à jaunir : l'or était devenu sa raison d'être, la chèvre arpentait les sentiers escarpés des nuits durant. Les gens trouvaient parfois dans la garrigue de légers fils d'or accrochés aux buissons de ronces, témoignages silencieux de son passage la nuit d'avant. On disait qu'elle avait mis la main sur le trésor des templiers à Lourmarin. Qu'elle avait déterré le trésor des Vaudois à Oppède, et un autre du même acabit à Murs. On disait qu'il valait mieux ne pas la suivre si jamais on croisait sa route la nuit, au détour d'un rocher. Elle entraînait les envieux, les avares, jusque dans sa grotte, et là, toujours fidèle à Abderrahmane, elle ordonnait aux parois calcaires de se refermer sur eux.

Tout cela était bien joli, mais pourquoi diable la femme-calcaire avait-elle placé ce soir la Cabro d'or sur mon chemin ? Et pourquoi m'avoir précisément glissé dans la peau d'un loup ?

32. PAR-DESSOUS LE PORTAIL SAINT-JEAN

La Provence dissimule ses mystères derrière leur évidence.
Jean Giono

« Épargne-moi, et tu seras riche. »

La Cabro d'or devait sentir que ça cogitait dans ma tête, elle refaisait un essai pour faire pencher la balance de son côté. Je desserre mes crocs, et pose ma patte, toutes griffes dehors, sur sa gorge offerte. Mes yeux vont et viennent, de ses sabots à ses cornes, de ses cornes à ses sabots. Ils ressemblent à des lingots fourchus, ils brillent sous la lumière de la lune. La chèvre me regarde, ses yeux suivent les miens et cherchent à lire dans mes pensées.

« Épargne-moi, et tu seras riche. »

« Tu dis ça pour sauver ta peau. Mais je vois clair dans ton jeu : je vais finir comme tous les pauvres malheureux qui te suivent la nuit, je vais finir emmuré dans le calcaire. Figure-toi que moi aussi je connais mes légendes, et elles me disent que je ne reverrai jamais la lumière du jour, car tu refermeras ta grotte sur moi. »

« Eh bien si tu connaissais mieux tes légendes, Canis Lupus, tu ne dirais pas ça. Crois-moi, Canis Lupus, tu n'as écouté que d'une oreille quand tu étais petit, il te manque la moitié de l'histoire. Sais-tu quel jour nous sommes ? »

« Nous sommes le jour de ta belle mort, un point c'est tout. Tu aurais dû suivre l'appel de la trompe, comme les autres, au lieu de t'empiffrer d'aphyllanthe. »

« Nous sommes la nuit du 24 juin, et cette nuit est la nuit de la Saint-Jean. Si tu connaissais tes légendes, tu saurais que c'est ce soir que je dois sortir les trésors enterrés en Provence, et leur faire prendre un bain de lumière sous la lune. »

Je ne dis rien. Ça n'était pas faux. Notre grand-mère nous l'avait répété à chaque fois que Franck perdait la monnaie du pain. Des fois c'était la Saint-Sylvestre, des fois c'était la Saint-Jean, ça dépendait du beau temps. La Cabro d'or vit que le doute s'était logé dans ma tête, qu'elle avait marqué un point et qu'il n'y avait plus qu'à tirer sur le fil de la pelote.

« Tu n'auras même pas à rentrer dans la grotte : les monnaies, les bijoux, les vases doivent sortir ce soir pour ne pas perdre leur éclat. Je l'ai promis à Abderrahmane. »

Je n'étais pas convaincu. Ça sentait la ruse à plein nez. La chèvre est l'animal par excellence des mascas, l'animal du diable. Comment lui faire confiance ?

« Soit tu rentres avec moi, et tu prends tout ce que tu peux porter. Et il y en a, crois-moi ! Soit tu restes dehors, et je te ramène ce que tu souhaites. Réfléchis. Où est le risque pour toi dans ces conditions-là ? »

Le risque était de rester prisonnier du calcaire pour les siècles à venir. Ou alors qu'elle ne ressorte pas de sa grotte et me fasse Gros-Jean comme devant. Sur le coup j'ai pensé non, mais sans trop savoir pourquoi j'ai dit oui. Au dernier moment je me suis rappelé que je n'étais pas vraiment un loup, que tout cela n'était qu'une illusion créée par la femme-calcaire. Qu'en ce moment même, nous étions avec Blanche dans la source en train de prendre un bain de minuit. Que je n'avais pas vraiment les crocs, et qu'en fin de compte peu m'importait de dévorer cette pauvre biquette. Me revinrent en mémoire tous ces mardis soir chez grand-mère, quand elle racontait l'histoire de la Cabro d'or pour nous endormir.

Tous les midis où j'avais perdu la monnaie du pain, et où j'avais pleuré en espérant que la Cabro d'or me la rapporterait. Toutes les fois où j'avais souhaité trouver sa grotte pour récupérer la monnaie du pain, mes calots œil-de-chat et mes boulards Mammouth perdus sur le chemin de l'école. Je ne le fis pas pour la femme-calcaire, je ne le fis pas pour l'or. Je le fis pour ce gosse de huit ans, pour cette tête de linotte aux poches percées qui avait peur de se faire gronder encore.

Comme un empereur romain qui pointe son pouce vers le ciel et épargne les gladiateurs dans l'arène, je soulève ma patte. Sous mes coussinets, le passage du chaud au froid, de la gorge de Blanquette au sol calcaire, signe l'arrêt de la mise à mort, l'annulation de la sentence. La Cabro d'or déglutit et se remet bien vite sur ses quatre pattes, heureuse d'être toujours en vie et encore soucieuse d'un retournement de situation. Dans le fort désert, nous entendons pour la première fois le silence qui y règne, les murs de pierre qui font écho aux pulsations des étoiles. En arrivant avec nos gros sabots, nous n'avions rien remarqué, mais c'est très beau.

« Il faut se dépêcher. Le charme de la nuit de la Saint-Jean marche tant que l'étoile du berger brille dans le ciel. Lorsqu'elle disparaît à l'aube, le calcaire ne s'ouvre plus. Il faut se dépêcher, ce n'est pas tout près. »

On se regarde. Je n'ose lui poser la question qui me brûle les lèvres, la question qui me taraude depuis toujours. C'est une opportunité unique de connaître enfin l'emplacement de la grotte de la Cabro d'or, que tant de Provençaux ont cherché pendant des siècles.

« On va où, exactement ? Elle est où, ta grotte ? »

« Elle n'a pas changé, c'est toujours celle où Abderrahmane m'a confié son butin. Il avait bien choisi l'endroit, je m'y suis toujours plu. C'est sur le versant nord du Ventoux, avant

Malaucène. C'est à quatre heures d'ici, en coupant à travers la garrigue. Ça fait une petite trotte, mais on va prendre quelques raccourcis. »

La légende disait donc vrai. La vie est parfois plus simple que ce que l'on croit. Il y a à la sortie de Malaucène une grosse concrétion calcaire, qui ressemble à un portail fermé, comme une porte barrée d'un lourd rideau de calcaire. Les gens du coin l'appellent le portail Saint-Jean, et racontent qu'une nuit par an, la Chèvre d'or en sort toutes les merveilles qu'elle a collectées au cours des siècles. Pourquoi personne n'avait-il jamais réussi à les voir, elle et ses richesses ? Sans doute que personne n'avait pris le temps ni eu la patience de faire le guet, chaque nuit de la Saint-Jean, devant le portail. Peu importe : je n'allais pas tarder à être fixé de toute manière.

*

Le portail Saint-Jean se dresse comme un menhir devant nous. Dans le passé, on était venus à vélo le voir avec mes frères par curiosité, sur la route du mont Ventoux. Je ne sais pas à quoi on s'était attendus, mais on avait été un tantinet déçus : ça n'était qu'un gros rocher tout blanc finalement. Il apparaît bien différent cette nuit. Sa silhouette massive et noire se dessine dans le ciel étoilé de Provence. C'est étrange : avec la lumière de la lune, on a l'impression d'y voir comme en plein jour, la paroi du rocher est aussi blanche que du marbre. Le blanc du calcaire dessine une arête claire sur le noir constellé de la nuit : je reconnais cette forme circulaire, arrondie, qui lui a donné sa réputation.

La Cabro d'or s'approche du portail et dit avec l'assurance d'un propriétaire : « Et voilà ce que tant ont cherché, du fin fond des combes jusqu'au sommet des monts, et qu'ils ont pourtant toujours eu sous les yeux. »

Elle tend une patte en avant, et glisse son sabot d'or dans un creux du rocher. Il s'y cale parfaitement. Dans un bruit de tambourin qui part à la guerre, le calcaire se met à gronder, poussé par les magmas célestes et les lapilli d'Abderrahmane. Comme un pèlerin devant l'autel qui voit sa prière exaucée, la Cabro d'or dégage sa patte et recule de deux pas. Je m'émerveille. Ce n'est pas tous les jours que l'on voit un rocher magique tirer sa révérence, après tout. Au bruit succède l'action, le tambour cesse et le calcaire s'ouvre : ce qui était lézarde devient fissure, qui devient rift. Comme les rideaux au théâtre, les deux battants du portail s'écartent, et dévoilent une caverne qui s'enfonce dans la montagne.

La Cabro d'or me glisse dans un sourire : « Je te fais rentrer par la voie royale ; ce soir, c'est la tournée des grands-ducs. J'ai une deuxième entrée, plus discrète, dans la cave de Diou, sur les hauteurs du mont Ventoux. »

Elle s'avance et fait quelques pas à l'intérieur. Ça sent l'humidité, la senteur minérale des grottes, l'encens des souterrains. La caverne est sombre, on n'y voit goutte. Au loin, au bout du tunnel, il y a une lumière douce, une lumière qui chatoie et qui attire. La lumière de l'or.

*

Je touche ce soleil plus vite que je ne l'aurais cru. C'est une grande salle circulaire, entrecoupée de grosses stalagmites. La Chèvre d'or est déjà au milieu, farfouillant avec ses cornes. Je m'aperçois bien vite de mon erreur : ce ne sont pas des stalagmites, ce sont des monticules, des monceaux d'or. En équilibre instable, ce sont des montagnes de pièces d'or, qui essaient tant bien que mal de rester debout. Au moindre coup de corne dévalent des coulées de lave jaune, qui explosent en sesterces, en ducats et en napoléons. Ici, de longs crucifix émergent de ce magma comme des scories. Là, des lingots se sont échoués contre le calcaire, comme des téphras projetés par une nuée ardente. Improbables cheminées de fée, de grands chandeliers se dressent dans cet eldorado lunaire. Au loin, de larges assiettes aux armoiries du pape forment un champ de cratères, comme si une pluie d'astéroïdes avait constellé la lave en fusion. À grands coups de corne, la Cabro d'or malaxe ce magma, comme un orpailleur traquant la pépite.

« Il était pourtant rangé par ici, il ne doit pas être bien loin », marmonne-t-elle dans sa barbe, en farfouillant dans un coffre rempli de bijoux. Chaque coup de corne le fait déborder et produit une avalanche de bagues, de pendentifs, et de couronnes. Elle me voit arriver, louvoyant entre les montagnes de son trésor. Il suffirait d'un coup de croc, d'un coup de griffe, pour que tout cet or m'appartienne. C'est ma foi tentant, et plus j'avance entre ces richesses, plus l'idée me séduit. Il ne s'agit plus de se mettre un morceau dans le ventre, il s'agit de faire main basse sur tous les trésors de Provence. La Cabro d'or me regarde, comme si elle lisait dans mes pensées.

« Je te préviens, si tu as une idée saugrenue qui te passe par la tête, il suffit d'un rien pour que le calcaire se referme à jamais. » Elle se tait, comme pour marquer un temps de réflexion, puis ajoute : « Et franchement, je ne pense pas que ce soit pour faire ça que la femme-calcaire t'a envoyé jusqu'ici. »

Je la regarde, interloqué. Que sait-elle de la femme-calcaire ? Sait-elle que tout ceci n'est qu'illusion, mes crocs comme mes babines ? Je comprends de moins en moins ce que la femme-calcaire veut de moi par cette nuit de la Saint-Jean.

« Ah ! Ça y est, le voilà. Je savais bien qu'il était rangé par ici. »

La Cabro d'or se retourne, un collier accroché à la pointe de sa corne. Elle avance dans ma direction, puis baisse la tête et fait glisser le collier sur le calcaire. C'est un collier mi-long, comme une chaîne de cou, en argent blanc. Ses mailles sont finement travaillées et s'entrelacent avec délicatesse.

« Canis Lupus, voici mon tribut pour notre escarmouche, mon gage pour ta clémence, ton prix pour ma vie : voici le jaseran d'Hannibal. »

33. MISTRAL ET ÉLÉPHANTS

Leis biòu se prenoum per leis bano, e leis ome per la lengo.
(On prend les bœufs par les cornes,
et les hommes par la langue.)

Ce diable de vent n'arrête pas, il fait claquer les pans de la tente d'Hannibal et l'empêche de se concentrer. Ce vent fou arrache tout sur son passage depuis deux jours maintenant. Deux jours que les soldats de Carthage ont franchi ce fleuve, deux jours que ce maudit vent s'est mis à souffler pour ne plus s'arrêter.

Hannibal vient de traverser le Rhône, quelque part entre Arles et Orange. Il a avec lui une armée forte de soixante mille hommes, de quinze mille chevaux, et surtout de trente-sept éléphants, qui frappent de leur empreinte les lieux et les peuples qu'ils traversent. Le fleuve a été un premier obstacle, un premier avant-goût de ce qui l'attend avec les Alpes : une nature impétueuse, indomptable, qui n'hésite pas à heurter de front sa volonté et ses éléphants. Hannibal est inquiet : il pensait faire traverser ses éléphants à bord de larges radeaux. Trop instables, les embarcations ont chaviré dès les premiers mètres. Hannibal s'en est tiré cette fois-ci à bon compte en faisant traverser les éléphants à la nage, mais il ne peut s'empêcher de penser au pire pour le futur.

Les pans de sa tente n'arrêtent pas de claquer : ils lui donnent mal à la tête, ne lui laissent aucun moment de répit, et l'empêchent de se concentrer sur la suite des événements. Il est arrivé depuis l'Espagne, que son père avait conquise avant lui. Il a compris qu'attaquer Rome de front, par la Sicile, est voué à l'échec. Hannibal veut prendre Rome à revers, en faisant tout le tour de la Méditerranée, en trouvant un passage par les Alpes. Par où passer, par où continuer maintenant ? Remonter ce Rhône vers le nord, ou passer par le sud, le long de cette Durance, comme le lui suggèrent ses éclaireurs ?

Le bruit devient infernal. Le pan de toile fait *tac-tac-tac-tac* contre le piquet : c'est lancinant, c'est énervant, il n'y a aucun endroit pour s'en isoler. Hannibal a tenté quelques sorties pour se changer les idées, mais c'est pire que tout : le vent le perce jusqu'à la moelle à travers sa cape, il lui a même arraché son casque. Il pense aux Alpes. Trouvera-t-il un passage entre les neiges éternelles ? Les éclaireurs gaulois lui disent que oui, mais ses éléphants arriveront-ils à suivre ? Il ressasse ses pensées et ses plans de bataille tout seul, assis dans sa tente.

La traversée du Rhône a été si éprouvante qu'il a fait dresser le camp sur la berge même, pour permettre aux hommes et surtout aux bêtes de se reposer. Ce soir, il donne l'ordre aux soldats de se préparer : demain, il faudra lever le camp à l'aube, les Alpes n'attendront pas un jour de plus.

*

Le lendemain, c'est la même histoire, mais en pire : le vent n'a pas baissé d'un iota. Il continue de souffler comme un furieux. Qu'importe, les tentes sont pliées, les hommes sur pied, tout est prêt. Hannibal donne le signal du départ, et la colonne se met en branle. Au bout de cinq cents mètres à peine, un aide de camp rapplique au galop. Il y a un problème à l'arrière, ça ne suit pas. Les éléphants refusent d'avancer. Les trente-sept pachydermes sont debout, mais dès qu'ils essaient d'avancer, ils n'arrivent pas à faire un pas. Leurs corps énormes font prise au vent. Ce vent fou qui harcèle la troupe depuis que le Rhône a été franchi s'en prend maintenant aux éléphants. Il leur rabat les oreilles à coups de bourrasque, leur remonte dans la trompe pire qu'un souriceau. Il dresse un mur invisible devant eux, un mur qu'ils ne peuvent franchir malgré leur force.

Hannibal n'en croit pas ses oreilles, il se rend à l'arrière de la colonne et là, il n'arrive pas à en croire ses yeux : les éléphants font du surplace, comme englués dans un piège invisible. Hannibal enrage, mais il n'est pas au bout de ses peines : un de ses espions l'informe que Scipion vient de débarquer sur la côte, dans les Bouches-du-Rhône, avec une armée pour l'empêcher de pénétrer en Italie. C'est décidément la journée des mauvaises nouvelles. Il lui faut rapidement prendre la route des Alpes, au risque de devoir livrer bataille ici en Gaule, ce qui ne rentre pas dans ses plans.

Hannibal fait appeler les éclaireurs gaulois, ceux qu'il rétribue grassement pour leur connaissance de la région et pour lui indiquer le chemin jusqu'à la traversée du col. Ils ont été très impressionnés depuis le début par ses éléphants ; mais aujourd'hui, ils ne disent rien, se regardent d'un air entendu lorsqu'on leur parle du vent.

« Qu'est-ce que c'est ce vent qui balaie tout sur son passage et empêche mes éléphants d'avancer ? Combien de temps va-t-il encore souffler ? Quand vais-je pouvoir repartir pour les Alpes ? » leur demande Hannibal.

Les éclaireurs restent muets. Ils sont en demi-cercle, et aucun ne semble enclin à endosser le rôle de porteur de mauvaises nouvelles.

« Ce vent n'est pas un vent comme les autres, c'est le mistral, c'est le Maître-Vent », dit enfin une voix anonyme qui n'est déjà plus là. Hannibal lève les yeux au ciel. Ce n'est pas la première fois qu'il entend ce type de balivernes : avant de partir, il avait dû sacrifier des bœufs à Ba'al Hammon. Il avait dû consulter les oracles, faire compter les oiseaux dans le ciel avant de lancer ses éléphants à l'assaut des Alpes. Il avait quitté Ba'al Hammon de bon cœur ; il s'attendait à devoir composer avec les peuples dont il allait traverser les territoires, leurs armées et leurs croyances. Il s'attendait à des dieux du tonnerre, à des déesses montagnes, mais pas à un Maître-Vent. Hannibal sonde le demi-cercle de ses éclaireurs gaulois, pour deviner celui qui a parlé, celui qui en a révélé l'existence. Il y en a un qui a des sourcils poivre et sel et une moustache blanche. Il est impossible de voir son regard : ce n'est pas qu'il a les yeux fermés, c'est juste que les plis et replis de ses paupières s'accumulent en une strate inextricable, protégeant du soleil comme du regard des autres. Les sourcils frémissent, le Gaulois se sent observé.

« Qu'est-ce qu'on lui a fait, à ton Maître-Vent ? » lui demande à brûle-pourpoint Hannibal.

« Ce n'est pas mon Maître-Vent, il n'appartient à personne. C'est le Maître-Vent, c'est tout », lui répond après un silence la moustache blanche.

« Ne joue pas sur les mots. Qu'est-ce que je lui ai fait, au Maître-Vent ? Pourquoi souffle-t-il comme ça depuis que nous avons traversé le Rhône ? Pourquoi empêche-t-il mes éléphants d'avancer ? » le questionne Hannibal.

« Le Maître-Vent est un dieu espiègle, qui aime jouer des tours et n'en faire qu'à sa tête. Ta traversée du Rhône ne lui a rien fait de spécial, mais il a dû remarquer tes grands animaux et a décidé de voir qui était le plus fort. »

Hannibal connaît la musique. Cela fait belle lurette qu'il combat les hommes, mais aussi leurs dieux. Des offenses aux dieux ? Il en a lavé beaucoup, à coups de sacrifices, à coups d'holocaustes, à coups d'immolations. Les dieux n'ont peut-être pas de faiblesses, mais tous les clergés ont leur prix.

« Combien pour que ton Maître-Vent accepte de nous laisser passer, moi et mes éléphants ? »

« Le Maître-Vent doit souffler bien fort dans tes oreilles, parce que tu ne m'as pas écouté », lui répondit Moustache-Blanche. « Ce n'est pas mon Maître-Vent, et tu ne l'as offensé en rien. C'est un dieu enfant, il fait ce qui lui plaît, il fait ce qui lui passe par la tête. Parce que c'est son bon plaisir. Tu peux t'énerver, gronder, ou crier, cela ne sert à rien contre l'enfant qui fait son caprice. Il n'y a qu'à attendre qu'il se lasse de tes éléphants et se tourne vers d'autres jouets. Il n'y a rien d'autre à faire. »

« Combien de temps avant que l'enfant veuille jouer à autre chose ? Combien de temps avant que le Maître-Vent arrête de jouer à culbuto avec mes éléphants ? » demande Hannibal.

« C'est impossible à dire. Dans mon village, au pied de la grande montagne au chapeau blanc que tu vois là-bas au loin, une légende dit que le Maître-Vent souffle pour trois, six ou neuf jours d'affilée. Si, au troisième jour, le Maître-Vent n'a pas fini son caprice, alors il continue de plus belle pour trois jours supplémentaires. Et si, au sixième jour, il ne s'est toujours pas calmé, alors il se déchaîne pour trois jours encore, soufflant de toutes ses forces. »

Hannibal regarde cette montagne au loin et encaisse le choc en silence. Trois, six ou neuf jours : il ne les a pas. C'est un luxe qu'il ne peut pas s'offrir. Scipion va chercher à croiser le fer avec lui ici, en Gaule, avant les Alpes, pour que l'armée de Carthage ne puisse pas déferler sur l'Italie. Chaque jour passé dans le sud de la Gaule est un jour de perdu, qui l'éloigne de son objectif : Rome. Hannibal doit éviter à tout prix le combat ici avec Scipion, c'est à Rome qu'il veut frapper. Il se retourne devant un éléphant, pousse de l'épaule son cornac, et tire de toutes ses forces sur le mors du pachyderme. Celui-ci fait mine d'avancer, lève une patte, mais comme par magie, une bourrasque de ce Maître-Vent se fracasse contre la tête du mastodonte, heurte de plein fouet sa trompe et ses défenses, et l'oblige à faire un pas en arrière. Hannibal tire encore une fois, encore plus fort : un barrissement lui répond, qui ressemble dangereusement à celui de l'éléphant qui va charger. Cela n'échappe pas aux soldats de Carthage, qui s'écartent prudemment. Hannibal a compris lui aussi, et arrête de tirer sur le mors. Moustache-Blanche regarde dans sa direction, et même si on ne voit pas ses yeux, même si son visage ne laisse rien paraître, on peut deviner à travers les rides comme un petit air de « je te l'avais bien dit. »

Sous son casque, Hannibal cogite. Le stratège n'avait pas prévu ça dans ses plans. Si Moustache-Blanche dit vrai, il risque de rester coincé sur les rives du Rhône pour six ou neuf jours de plus. Et, dans un jour ou deux, Scipion sera là. Faut-il abandonner les éléphants sur place ? Ils lui seront précieux dans les plaines du Pô, pour mener la charge et enfoncer les rangs des fantassins adverses. Faut-il se préparer dès à présent au combat avec Scipion ? Il n'a guère le choix, mais cela contrecarre ses plans. Hannibal regarde cette montagne au chapeau blanc et réfléchit intensément. Est-ce de la neige qu'on voit au sommet, alors que l'on est en plein été ?

*

Hannibal a fait venir Moustache-Blanche dans sa tente. Ce n'est pas tant pour être à l'abri du vent, mais plutôt pour se soustraire à l'attention des autres. Le Carthaginois s'attend à d'âpres négociations : il sait que le secret scelle le sort de bien des batailles. Hannibal s'est renseigné entre-temps au sujet de l'homme : ses aides de camp lui ont rapporté que c'est un Albique, une tribu qui habite plus loin vers l'est, au fond de la vallée, sur les premiers contreforts des montagnes. C'est un fin connaisseur de la région, et c'était à ce titre que Carthage voulait l'employer comme éclaireur. Mais d'aucuns lui prêtent un côté barde, et son intervention sur ce Maître-Vent ne va pas dans le sens contraire. Hannibal le jauge et se décide pour une attaque frontale.

« Tu me dis trois, six ou neuf jours. C'est trop long : notre camp doit être levé dès que possible. C'est une question de vie ou de mort. Je veux savoir si tu connais un moyen pour calmer le Maître-Vent, pour que mes éléphants puissent à nouveau mettre un pied devant l'autre et que je puisse reprendre ma route au plus vite. »

La contre-attaque ne se fait pas attendre.

« Le Maître-Vent n'est pas un dieu méchant, mais il peut être certains jours mauvais comme la gale. C'est un dieu espiègle, taquin, qui aime jouer avec nous et nous tourner en ridicule. Il est comme un enfant, un enfant dieu qui fait ce qui lui plaît, ce qui lui passe par la tête. Dans ses bons jours, il est rieur, il joue à nous bousculer, à nous faire perdre l'équilibre, à se glisser à travers nos capes et nos braies. C'est alors un enfant qui s'amuse, avec le sourire jusqu'aux oreilles, qui joue avec nous à cache-cache. Dans ses mauvais jours, il est capricieux, comme un enfant gâté à qui ses parents n'ont jamais rien refusé. Il est comme un enfant qui n'a pas fait la sieste, qui se roule par terre et fait des pieds et des mains pour obtenir ce qu'il veut. Il nous tourmente alors, nous donne mal à la tête et mieux vaut ne pas sortir de chez soi. »

Moustache-Blanche marque une pause, plus pour mesurer l'impact de ses paroles que pour reprendre sa respiration. Hannibal écoute ses informations comme il écoute celles d'un espion avant la bataille : il veut tout savoir de son futur adversaire avant de lancer l'assaut.

« Le Maître-Vent t'a vu arriver sur son territoire, toi et tes éléphants. Il est comme un enfant avec un nouveau jouet : il veut s'amuser avec, il ne peut plus s'en passer. Le Maître-Vent a dû venir les voir traverser le Rhône par curiosité : nous n'avons pas de si gros animaux par ici. Comme une douce brise, il est venu les regarder, timide au premier abord, mais voulant voir de ses propres yeux ce dont tout le monde parle. Il les a vus, il a pu mesurer leur gigantisme. Puis sa folle nature a pris le dessus sur sa timidité, et maintenant il veut jouer avec. Il veut mesurer leur force, faire des bras de fer avec eux pour voir qui est le plus fort. Tes éléphants sont pour lui des culbutos : sitôt qu'ils se dressent, il les couche d'une rafale. Ils sont comme des petits soldats de bois, que tu as mis patiemment bien en rang et qu'il disperse d'une grosse bourrasque.

Tu viens et me demandes quand le Maître-Vent laissera passer tes éléphants. Autant demander quand un enfant se lassera de son nouveau jouet. C'est impossible : l'enfant peut s'en lasser dès demain, car il a vu un plus beau jouet passer par là ; mais il peut tout aussi bien en faire son jouet préféré et le garder pour la vie.

Lorsqu'un enfant joue et qu'il est temps d'aller dormir, que ses parents lui disent d'arrêter et d'aller se coucher, il trépigne et refuse. Même couché, il est trop énervé pour s'endormir. Il ne veut pas faire dodo, il garde les yeux ouverts, il veut continuer à s'amuser avec ses jouets.

À présent, étranger, tu me demandes comment endormir cet enfant. Je te fais la réponse que te donneront tous les parents. Lorsqu'un enfant n'arrive pas à s'endormir, cela ne sert pas à grand-chose de s'énerver, de faire les gros yeux et la grosse voix, ou même de lui donner la fessée. Une crise de larmes ne le rend pas plus calme. Non, ce qui calme l'enfant, c'est une belle histoire ou une chanson douce. C'est ça que tu dois offrir au Maître-Vent, pour l'aider à s'endormir. »

Hannibal se tait. Il ne sait pas quoi dire. Il s'attendait à des sacrifices, à des égorgements et des bûchers, mais certainement pas à une chanson douce.

« Nous venons d'un village de bergers, coincé entre les flancs du mount Ventour et une autre montagne que tu ne vois pas d'ici, lou Louberoun. Nous élevons des chèvres et des brebis pour gagner notre vie. L'été, nos troupeaux montent brouter à flanc de coteau, et il n'est pas rare que le Maître-Vent leur fasse des misères. Le Maître-Vent s'amuse avec nos brebis, il les rend fadas en les poussant un coup à gauche, un coup à droite. Il disperse nos troupeaux, les éparpille et les pousse vers les falaises. Il rend fous nos bergers et leurs chiens, et la nuit, bien des brebis manquent sur le chemin de l'étable.

Lorsque le Maître-Vent n'en finit plus de souffler, que tant d'agneaux manquent à l'appel, que les étables sont vides et la panse du loup bien pleine, les bergers me demandent comment le calmer. Je leur réponds de patienter jusqu'à la fin du neuvième jour, mais parfois ils n'en peuvent plus d'attendre.

On demande alors au potier de faire pour chacun des bergers une longue et fine trompe en terre cuite, ce qu'on appelle dans notre village une toutouro. Notre potier prend de l'argile des berges du Calavon, le ruisseau qui longe notre village. Le Calavon est à l'image du Maître-Vent : il peut se mettre en colère en un instant. Ses flots emportent tout sur leur passage, les agneaux comme les serpents. Les toutouros sont faites de cette argile : le tumulte des flots fait écho aux rafales du Maître-Vent.

En file indienne, les bergers commencent leur pèlerinage, ils entament leur ascension du mount Ventour, la demeure de Vintur, le père du Maître-Vent. Lou mount Ventour, c'est cette grande montagne blanche que tu devines là-bas au loin, étranger. Ce blanc que tu vois au sommet, ce n'est pas de la neige, mais bien la couleur des cailloux tout là-haut, qui sont aussi blancs que des os. Rien ne pousse là-haut, à part des pierres qui blanchissent au soleil. Les bergers montent au sommet en file indienne, et une fois arrivés là-haut, se mettent à jouer pour calmer le Maître-Vent. Ce sont de longues sonorités, profondes et vibrantes, qui naissent dans les tréfonds de leurs poumons et montent haut dans le ciel. Ils commencent à jouer juste au coucher du soleil, comme lorsque l'on raconte une belle histoire à un enfant pour qu'il s'endorme. Sous le regard de Vintur, ils jouent pour calmer le Maître-Vent, pour retenir son attention et l'endormir. Ils jouent toute la nuit dans sa chambre, sans interruption, pour bercer l'enfant qui dort, pour veiller l'enfant malade. À chaque fois qu'il souffle dans sa toutouro, le berger pense à son histoire personnelle, à ce qui l'amène là-haut, tout au sommet. Il s'adresse au Maître-Vent, et l'implore d'arrêter son jeu de massacre.

Au matin, au lever du soleil, tous les bergers pèlerins retiennent leur souffle, et scrutent l'invisible : les rayons du soleil vont-ils découvrir un enfant calme qui sera clément, ou bien réveiller le polisson qu'ils ne connaissent que trop bien ? Les bergers ont-ils suffisamment bien joué pour arrêter le caprice du Maître-Vent ? La réponse ne se fait jamais attendre trop longtemps, il suffit de regarder avec attention les quelques brins d'herbe qui poussent là-haut.

Étranger, si l'idée d'attendre trois, six ou neuf jours t'est à ce point insupportable, alors monte au sommet du mount Ventour et joue pour endormir le Maître-Vent.

Tu n'es pas si différent de nos bergers : l'éléphant est ta brebis, ton armée est ton troupeau, les Alpes sont tes pâturages. Tu n'es qu'un berger à la merci du Maître-Vent, un berger qui pose des questions de berger. La réponse sera la même que celle que l'on donne aux bergers : il faut que tu endormes l'enfant. Tu dois monter au sommet du mount Ventour, et là, entre les pierres couleur d'os, tu dois bercer le Maître-Vent toute une nuit durant. Fais résonner ta trompe jusqu'à ton dernier souffle ; vide tes poumons à t'en brûler la poitrine. Raconte-lui ton histoire sans rien lui cacher, sans rien omettre. Et si tu arrives à retenir son attention, si ton histoire vaut la peine d'être écoutée, alors peut-être qu'au matin le Maître-Vent se sera calmé, prêt à enfin laisser passer tes éléphants. »

34. UNE TOUTOURO POUR HANNIBAL

Les Alpes debout et couvertes de neiges, à travers lesquelles le cruel ennemi du nom romain se fraya jadis un passage […] me parurent tout près de moi, quoiqu'elles fussent à une grande distance.
Pétrarque

C'étaient bel et bien des cailloux. D'en bas, Hannibal aurait décidément juré que cette montagne avait un chapeau de neige et pourtant il est bien obligé de se rendre à l'évidence : des cailloux, des caillasses, en veux-tu, en voilà. Ce mount Ventour n'est rien comparé aux Alpes qu'il s'est promis de franchir, et pourtant arriver au sommet n'a pas été une mince affaire. Ils ont grimpé en file indienne, lui et ses lieutenants. Dès qu'ils ont pris de l'altitude, les forêts ont disparu, les pins leur ont dit bonne chance en agitant leurs branches. Les Carthaginois ont poussé la porte d'un empire minéral, d'une banquise de calcaire. Le bon vieux sol sur lequel le pied se pose avec confiance a disparu au profit d'une avalanche de caillasses, qui ensevelit le mollet à chaque pas. Moustache-Blanche leur a dit que ces cailloux sont les os des bergers pèlerins qui n'ont pas réussi à calmer le Maître-Vent, ceux qui n'ont pas réussi à endormir le dieu enfant. Le Maître-Vent ne les a pas laissés redescendre, il a joué avec eux jusqu'à épuisement. Hannibal a souri sous sa cape : Moustache-Blanche est resté en bas, il a voulu les effrayer, un point c'est tout. Et pourtant, ces cailloux sont de vraies légions qui refusent le combat en vous faisant trébucher : un faux pas, et vous voilà en train de rouler avec les pierres jusqu'au fond du vallon. Un instant d'inattention, et des mâchoires de calcaire se referment sur vous.

Le Maître-Vent ne les a pas aidés, bien au contraire : c'est comme si l'enfant dieu avait compris qu'on allait le coucher, qu'on allait le mettre au lit. Il a fait des pieds et des mains pour les empêcher de grimper : les bourrasques étaient en embuscade à chaque pas, les rafales leur tendaient des guet-apens à chaque virage. La demeure de Vintur, la chambre du Maître-Vent sont des chaos de calcaire, où l'homme n'a pas sa place, où le vivant n'est qu'un intrus parmi les atomes de pierre.

Ils sont arrivés sur la ligne de crête juste avant le coucher du soleil. Leurs mains et leurs genoux sont couverts d'écorchures, mais peu importe. Le Maître-Vent les accueille comme un propriétaire. Il a fait place nette en chassant le moindre nuage à l'horizon, et il oblige les brins d'herbe à leur faire la révérence, comme s'ils étaient des hôtes de marque. Hannibal pensait avoir connu des vents violents, des tempêtes de sable capables d'effacer une ville en une nuit, et pourtant il doit reconnaître que ce Maître-Vent l'impressionne. Arrivés sur la ligne de crête, lui et ses soldats ont cherché à rester debout, droits sur leurs pieds, par habitude des champs de bataille, mais aussi et surtout par fierté. Peine perdue : un coup à gauche, un coup à droite, un coup par-devant, un coup par-derrière, le Maître-Vent ne recule devant rien pour leur rappeler qui est le maître ici. Il s'engouffre sous leurs tuniques et sous leurs capes, et les fait claquer bruyamment, comme des étendards arrachés à l'ennemi. Le seul moyen d'avancer est de marcher courbé, tête baissée, penché dans le sens contraire au vent. Ils ont cherché un moment la destination finale du pèlerinage, là où les bergers des Albiques adressent leurs chants au Maître-Vent, là où les pèlerins brisent leurs toutouros au petit matin, une fois l'enfant dieu calmé. Hannibal et ses hommes ont découvert un cairn de trompes brisées en morceaux, ultime témoignage des précédents pèlerinages et éternel tumulus des colères du Maître-Vent.

Les hommes d'Hannibal ont regardé leur chef, ne sachant trop s'ils doivent s'asseoir, ou bien rester debout. Hannibal leur montre l'exemple : ils ne sont pas venus pour défier ce Maître-Vent, pour l'énerver encore moins. Au contraire, ils sont venus pour endormir l'enfant, le calmer et le bercer. Hannibal porte à ses lèvres la toutouro que Moustache-Blanche lui a donnée en bas, juste avant leur départ. C'est une longue trompe de terre cuite, rectiligne, d'une bonne cinquantaine de centimètres, une embouchure bien ronde, et un pavillon évasé au bout. Il ferme les yeux et revoit le regard du Gaulois lorsqu'il a touché de la main un des éléphants. Pour prix de sa science, il n'avait pas demandé de l'or, de l'argent ou des récompenses quelconques. Il avait simplement demandé à toucher les éléphants. On aurait dit un enfant : son regard pétillait, ses doigts remontaient les sillons de la peau du pachyderme, crevassée comme l'écorce du pin. Sa main s'était accrochée à la trompe de l'éléphant comme il s'accrochait à la vie.

Hannibal ferme les yeux encore plus fort et commence à souffler. Aucun son ne sort. Ou plutôt si, un son creux, un son vide : son souffle racle les parois de terre cuite sans vie, sans musique. Hannibal plisse ses lèvres, leur fait épouser l'embouchure de la trompe et souffle à nouveau : le même son égoïste se fait entendre. Il n'a aucune histoire, aucun rêve qui lui vienne à l'esprit. Tout autour d'eux, alors que les forces du soleil déclinent à chaque seconde, on entend le Maître-Vent qui s'esclaffe. Non, il n'ira pas se coucher, non, il n'a pas sommeil.

Hannibal se reprend : il incline la trompe en épousant le sens de la pente, comme si la toutouro n'était qu'un versant de plus du mount Ventour. La terre cuite disparaît entre ses lèvres, et un son s'élève alors que le soleil se couche à l'horizon.

*

Hannibal raconte au Maître-Vent l'histoire d'un rivage, aux vagues meurtries et au soleil vengeur. C'est l'histoire d'un rivage où il est né, tout au sud, de l'autre côté de la Méditerranée. C'est une histoire de sable face à la mer, de sable qui brûle les pieds, et de sel qui s'incruste dans la peau. C'est une histoire d'enfants qui se battent, de c'est pas moi c'est lui qui a commencé, de lionceaux du désert qui regardent au loin les yeux perdus dans les flots. Dans la trompe, on entend le chahut des enfants cachés derrière les palmiers, et si on prête l'oreille, le refrain des vagues obstinées sur la plage. Hannibal change de partition, et blanche, deux croches, noire, passe au-dessus des colonnes d'Hercule. C'est l'histoire d'un exil adolescent, au soleil toujours revanchard, mais aux épines maintenant andalouses. C'est une histoire de conquête, de serment paternel et de premières armes. C'est une histoire de rivalité, de haine par-dessus les flots. Les palmiers sont toujours là ; mais des cours de stratégie ont remplacé le chahut des enfants. Dans la trompe, les vagues de la Méditerranée sont toujours là ; mais leur bruit est couvert par celui des armes, celui de la marche au pas. C'est une histoire qui parle aux soldats d'Hannibal, ici au sommet du mount Ventour. Ils relèvent la tête, écoutent en silence et se feraient volontiers le chœur de ce refrain. Mais sans leur prêter attention, Hannibal passe au troisième mouvement sans s'arrêter.

Hannibal raconte au Maître-Vent une histoire qui se conjugue au présent. Il raconte au Maître-Vent son histoire, celle qui se passe au bord du Rhône, au pied du mount Ventour. C'est une histoire folle, incroyable et fascinante. C'est une histoire de sommet à gravir, de col à franchir, là où une histoire de traversée serait plus simple. C'est une histoire de neiges éternelles, là où on n'attend que le blanc de l'écume des vagues. C'est une histoire de défenses d'éléphant, là où d'autres ne connaissent que les sabots des chevaux.

C'est une histoire de volonté, aux notes dures et longues, sur un rythme martial. C'est l'histoire d'Hannibal, telle qu'il l'a racontée au conseil de Carthage à son départ. C'est l'histoire d'Hannibal, telle qu'il la raconte à ses hommes, pour les haranguer et les faire tenir dans les moments difficiles. Pourtant, dans le son de la trompe, le Maître-Vent peut entendre derrière cette musique militaire une tout autre mélodie, une mélodie de doute. Le Maître-Vent doit tendre l'oreille, mais il distingue des silences, des temps morts entre les notes : des y a-t-il un passage, des arriverons-nous à passer, et des par où aller maintenant. Le Maître-Vent écoute Hannibal et sa mélodie cachée. Il se trouve avec lui un air de ressemblance : cette volonté affichée que rien ne fait fléchir, cet air décidé qui affronte les éléments et les destins, mais, bien caché du regard des autres, un abîme de doute invisible pour le commun des mortels.

Hannibal a fini son histoire. Ses lèvres quittent l'embouchure de la trompe, et il ouvre les yeux sur la plaine qui s'étend à ses pieds. Elle dort encore, se love dans le noir de la nuit. Ici et là, des lumières scintillent, des villages ont les paupières closes pour quelques heures encore. Ses lèvres le font souffrir : il a joué des heures durant, sans s'arrêter. La nuit vit ses dernières secondes, l'aube va percer à l'horizon et avec elle, le soleil. Il scrute les brins d'herbe, pour voir si son histoire a endormi l'enfant. Il scrute ces métronomes organiques, et attend la réponse du Maître-Vent.

Les brins d'herbe s'inclinent une fois pour se libérer de la rosée, mais pas deux, pas trois. Les métronomes ne bougent plus, ils restent immobiles. Le Maître-Vent s'est calmé, l'enfant terrible a fini son caprice. Hannibal se lève, fourbu par cette nuit à la belle étoile et éreinté d'avoir joué des heures durant. La toutouro pèse une tonne dans sa main : il trouve néanmoins la force de la soulever, et la brise sur le sol, comme Moustache-Blanche lui a dit de le faire. Ses hommes ramassent les morceaux et les ajoutent au cairn, comme l'ont fait avant eux les bergers pèlerins. Un autel pour le prochain caprice du Maître-Vent. En un clin d'œil, un rayon de soleil fait briller des montagnes enneigées au loin, à l'horizon. La route des Alpes est libre de nouveau.

Avant de redescendre, Hannibal, dans un sursaut de piété, se dit qu'une dernière offrande au Maître-Vent ne peut pas faire de mal. Sa route sera toujours plus facile si elle va dans le sens du vent. Il détache le jaseran qu'il porte autour du cou et le glisse dans une fente du cairn, entre deux fragments de toutouros. À son départ de Carthage, il avait fait graver sur le bijou la dernière phrase de son discours devant le Conseil : *Aut inveniam aut faciam.* Il regarde les sommets enneigés qui l'attendent, qui le narguent, et murmure, en silence, pour lui-même : « Je trouverai un chemin ou j'en ferai un. »

35. LA COMPLAINTE DE CANIS LUPUS

Tout loub mouaro dins sa pèu.
(Chaque loup meurt dans sa peau.)

J'ouvre un œil, puis deux. Je m'attends à voir Blanche, la source, dans cette nuit de la Saint-Jean mais non, le rêve continue. La femme-calcaire semble avoir toujours un message à me faire passer. Les lieux me sont familiers : c'est la cave de Diou, une grotte sur les hauteurs du mont Ventoux. J'y suis déjà passé une fois en randonnée il y a bien longtemps. Si on m'avait dit à l'époque que c'était l'entrée secondaire du repaire de la Cabro d'or, je ne l'aurais pas cru. La Cabro d'or a disparu, mais le jaseran d'Hannibal est bien là, autour de mon cou. J'ai toujours mes habits de loup.

À petites foulées je me dirige vers la sortie de la grotte, et la lumière du jour m'éblouit. Le soleil vient tout juste de percer à l'horizon. Quelques étoiles restent accrochées en haut du ciel, comme des fêtards qui ont fait la fermeture des boîtes et s'éternisent sur un banc public. Tout en bas, la plaine prend son temps pour sortir du lit : elle a la gueule de bois, elle voudrait dormir une heure de plus. À Carpentras, l'éclairage public cligne des yeux ; à Vaison, c'est une maison qui s'éveille. Moi aussi, je cligne des yeux.

La tête me tourne, je titube. Asphyxié par l'immense espace, je suis comme ivre et n'arrive pas à marcher droit sur cette banquise de calcaire. Le mistralet du matin glisse sur ma fourrure. Il agit comme un fil d'Ariane dans un labyrinthe de perceptions atrophiées : ce simili-blizzard m'aide à encaisser le choc. Je dessoûle de ma nuit d'ivresse, clignant des yeux pour distinguer le vrai du faux. Je m'assieds sur mes pattes arrière pour reprendre mes esprits. Le sommet du mont Ventoux est juste là, à quelques centaines de mètres au-dessus. On entend résonner les cloches d'un troupeau de moutons, plus loin sur la crête.

Je me dirige vers le sommet, sans trop savoir pourquoi. Une pensée pour Hannibal, un pèlerinage pour le Maître-Vent, une visite de courtoisie pour Vintur, qui sait. Marcher me fait du bien, Canis Lupus a une gueule de bois de tous les diables. Je me demande bien comment ce rêve va finir, ce qu'attend la femme-calcaire pour me réveiller une bonne fois pour toutes. L'antenne rouge et blanche se dresse, plantée au sommet du mont Ventoux, pelé comme un tondu.

Ici, tout est blanc de blanc, le calcaire est roi. La combe de Fonfiole s'étend devant moi, avalanche de rocs et de caillasses. Une cathédrale minérale ouverte aux quatre vents. À mes pieds, quelques pins maigrichons essaient de tutoyer l'altitude et de repousser les limites du vivant. Dans le silence, un coup de fusil claque. Aussitôt une douleur intense me terrasse, dans le bas de l'échine. C'est violent et indescriptible, un coup de poignard dans le dos. Je glapis malgré moi, et cherche comment me soustraire à la douleur. À ma gauche, à ma droite, des balafres rouge sang zèbrent la banquise calcaire. Chacun de mes pas est un coup de pinceau écarlate sur une toile blanche, et je commence à comprendre.

Un second coup de feu claque. Temps mort. Une deuxième balle a atteint Canis Lupus en plein cœur. Son pouls s'arrête, il n'est plus de ce monde, et pourtant je continue à voir par ses yeux, entendre par ses oreilles. La caméra de son regard, immobile, fixe en gros plan les cailloux de calcaire devant son museau. Le rêve a perdu toute couleur : les images apparaissent en noir et blanc. Je suis prisonnier de sa dépouille : j'essaie de faire bouger une de ses pattes, avant, arrière, peu importe, la moindre partie de son corps, sans résultat. La vie n'est plus là, elle est partie.

Des pas qui s'approchent, des pas raclent les caillasses. Un bout de fusil tâte le flanc de Canis Lupus, puis, dans un sadique effort, retourne sa carcasse. Le visage du tireur apparaît sur l'écran de Canis Lupus :

« Ça, espèce de saligaud, c'est pour les trois brebis que tu m'as prises. »

36. AU SOMMET DU VENTOUX

Frappé du souffle inaccoutumé de l'air et de la vaste étendue du spectacle, je restai immobile de stupeur.
Pétrarque

Un bruit de moteur me réveilla, un bruit sourd de va-et-vient qui ne voulait pas partir. Il couvrait le chant des cigales, qui pourtant s'en donnaient à cœur joie, susurrant leurs mots doux à tue-tête. Le rêve de Canis Lupus avait été si prenant que j'avais l'impression d'avoir dormi une éternité, flottant entre un coma apnéique et un sommeil de plomb. Le soleil était déjà haut dans le ciel. Nous dormons les volets bien fermés, mais passée une certaine heure, inutile d'insister, l'obscurité déclare forfait.

Je me levai d'un coup, avec une petite intuition sur l'origine de ce bruit de moteur. Blanche n'était plus dans le lit : elle avait dû aller faire le marché, on était samedi. J'ouvris la porte de la chambre et tombai sur le Hussard, qui faisait le pied de grue dans le couloir. Il devait avoir faim pour changer, ou bien il avait envie de sortir. Il ouvrit la marche et descendit quatre à quatre l'escalier. Il s'arrêta devant le placard à croquettes, et parut surpris en me voyant continuer jusqu'à la porte-fenêtre qui donnait sur la terrasse. Il miaula, comme pour dire reviens, c'est par ici que ça se passe.

À l'extérieur, le bruit était beaucoup plus fort : il venait tout droit de chez les Sécaillat. J'avais du mal à voir à travers les feuilles et les branches des cerisiers. Je me mis sur la pointe des pieds, et vis le gros tracteur rouge de monsieur Sécaillat qui faisait des allers-retours juste devant la source. Le 6 juillet arrivait à grands pas, il avait commencé à mettre son projet de sarcophage à exécution. Il était en train d'enterrer la femme-calcaire. L'envie me prit à la gorge de débouler dans le champ de cerisiers, et de l'empêcher de faire son œuvre de croque-mort. Mais cela ne servirait à rien : notre engueulade n'était pas près de s'arrêter dans le feu de l'action. Ça allait dégénérer. J'étais furax, mais j'étais aussi nostalgique : nos pauses-déjeuner au bord de la fosse, les rosette-cornichon et jambon-gruyère semblaient bien loin aujourd'hui. En étant un peu moins couillon, je serais allé m'excuser pour m'être emporté, et on aurait trouvé un moyen pour que la femme-calcaire continue à voir le bleu du ciel. Mais nos fiertés mal placées avaient scellé son sort et l'avaient enterrée une fois encore. Je retournai à la cuisine, où le Hussard n'avait pas bougé d'un pouce. Je me fis un café et le pris sur mes genoux. Ce n'était pas ce dont il avait envie, mais il se fit une raison et se mit à ronronner. Toutes les deux minutes, le bruit du tracteur m'empêchait de penser à quoi que ce soit d'autre, et me ramenait dans le champ de cerisiers. À voir le Hussard sur mes genoux, cela me rappela cette nuit d'orage où il gambadait sous les éclairs, sur le mur de pierres. C'était par lui que tout avait commencé.

Je n'avais pas faim, je n'avais pas envie d'écouter la radio ou de perdre mon temps sur Internet. Personne encore n'avait dû signaler le braconnage de Canis Lupus dans le Ventoux de toute façon : celui qui avait fait ça n'allait pas s'en vanter et les randonneurs du samedi matin dans la combe de Fonfiole sont plutôt rares, surtout en plein mois de juin. Le Hussard se retourna sur mes genoux et me fixa d'un air commandeur. Monter au Ventoux était un excellent moyen d'échapper au discours de reproches du tracteur et de vérifier mon rêve. Il n'y en avait pas de réel besoin à vrai dire : la femme-calcaire n'avait jamais menti. Le circaète-télescope était mort comme elle me l'avait montré, à l'endroit exact où elle me l'avait montré. Il n'y avait aucun doute à avoir : une carcasse de loup commençait à se décomposer au sommet du Ventoux depuis ce matin. Un dernier ronflement du tracteur acheva de me convaincre et je partis chercher la voiture.

*

Il y a deux routes pour arriver au sommet du Ventoux, celle de Bédoin et celle de Sault. En venant du Luberon, vous arrivez par Sault. Le Tour de France allait commencer dans un mois, et je retrouvai avec plaisir les stations du futur chemin de croix des coureurs : le chalet Reynard, la stèle de Tom Simpson. L'antenne de télécommunication au sommet vous regardait venir de loin, comme la sainte Croix avait regardé Jésus depuis le haut du mont Golgotha. Virage après virage, mètre après mètre, elle devenait plus imposante. Je garai la voiture sur le bas-côté de la route, à côté du panneau du col des Tempêtes, dernière station avant d'arriver dans la demeure du dieu Vintur. Toute végétation avait disparu depuis deux kilomètres, si bien que la force du vent était difficile à mesurer. Mais une fois le moteur éteint, on entendait le Maître-Vent se déchaîner à l'extérieur. Il était si fort qu'il faisait bouger la voiture. L'enfant dieu me souhaitait la bienvenue à sa façon. J'ouvris la portière en la tenant à deux mains, pour éviter qu'il ne la plie dans le mauvais sens et ne m'oblige à passer à la carrosserie. J'avais de belles histoires à lui raconter, mais pas de toutouro pour le bercer. Elles devaient dormir dans le bureau de monsieur Gardiol, à moins que la gendarmerie ne les ait prises comme pièces à conviction.

Il n'y avait pas un chat, les touristes devaient s'arrêter sur la stèle de Tom Simpson ou au sommet, mais pas entre les deux. Du col des Tempêtes, le sentier descendait en pente raide dans la combe de Fonfiole. Je n'y avais pas mis les pieds depuis dix ans au moins, mais les lieux me semblaient familiers : les yeux de Canis Lupus les avaient fidèlement retranscrits dans mon rêve. Deux falaises escarpées se faisaient face, n'ayant plus rien à se dire depuis le déluge. Elles avaient dû se taper dessus il y a bien longtemps, puis accepter un cessez-le-feu. Ultime témoignage de leur dispute, une avalanche de caillasses immaculées les séparait et roulait jusqu'aux premiers pins cent mètres plus bas, sporadiques résistances de la végétation à l'altitude. Le sentier descendait à flanc de coteau sur la falaise de gauche, puis zigzaguait dans l'avalanche. Le tireur avait dû se poster sur une de ces falaises, en surplomb de l'avalanche de calcaire : Canis Lupus avait dû être une cible facile, une mouche noire sur une nappe blanche. Du sentier, on surplombait la combe et rien ne pouvait vous échapper. Le rêve me revenait en mémoire au fur et à mesure que les lieux défilaient sous mes yeux. Je m'attendais à devoir farfouiller un minimum avant de trouver la dépouille de Canis Lupus : la combe était grande, et une fois mortes, sans mouvement pour les trahir, les bêtes se fondent dans le paysage. J'avais apporté des jumelles. Ce fut inutile : quatre corbeaux, noirs comme l'âme du diable, juraient dans cet océan de blanc et se disputaient déjà la dépouille.

De mauvais gré, ils s'envolèrent à mon arrivée, pour se poser quelques mètres plus loin. On voyait bien l'impact des balles : Canis Lupus avait reçu une première chevrotine dans le bas du dos, et une seconde dans le poitrail, qui ne lui avait pas laissé une chance. C'était triste, et j'avais envie de pleurer. Je n'avais jamais douté de la mort de Canis Lupus, de la véracité du rêve. Mais en me réveillant ce matin, en prenant mon café, puis en conduisant jusqu'à Sault, je n'avais pas vraiment réalisé. La matinée s'était écoulée comme un songe éveillé, où vous avez connaissance des événements sans en avoir conscience, où rien ne vous atteint, où tout vous passe à travers. Voir Canis Lupus la gueule ouverte, les flancs béants, et les yeux fixes me fit un sacré coup, un deuxième réveil autrement plus violent que le précédent.

Je le revoyais avec la Cabro d'or, grimpant quatre à quatre l'escalier secret du fort de Buoux. Il gisait là maintenant, à mes pieds, comme un paillasson. Après le circaète-télescope, un rempart de plus s'était effondré face aux barbares.

L'animal avait toujours le jaseran d'Hannibal autour du cou. Sa devise brillait au soleil, heureuse d'avoir retrouvé la lumière du jour après tous ces siècles passés sous le portail Saint-Jean. J'avançai la main pour le prendre, mais le contact du froid du cadavre me fit comme un électrochoc. Je m'y attendais, mais cela fait toujours bizarre de toucher un mort. Je pris mon courage à deux mains, et le collier se détacha facilement. Je lui fis faire plusieurs tours autour de mon poignet droit, et l'attachai comme une gourmette. *Aut inveniam aut faciam.*

Le mistral continuait de souffler de toutes ses forces : il m'avait déséquilibré à plusieurs reprises dans la descente du sentier, le long de la combe. J'ouvris grand mes oreilles, à l'écoute du Maître-Vent pour qu'il me donne le nom du tireur, comme il l'avait déjà fait pour le circaète-télescope. Il se déchaînait dans la combe, ses rafales ricochaient contre les falaises et faisaient siffler les pierres. Je tendis l'oreille, cherchant à discerner des syllabes et des mots comme au pied de la Madeleine, mais le mistral ne faisait que le bruit du vent. Comme Hannibal, je ne savais pas trop quoi faire, et j'aurais donné cher pour qu'un Moustache-Blanche me fasse part de sa science.

Un corbeau se mit à brailler, comme pour me dire de me dépêcher et que le festin ne saurait attendre plus longtemps. Je lui jetai un caillou pour le faire taire, il fit un bon de côté et ne dit plus rien. Une bourrasque plus forte que les autres porta à mes oreilles le bruit d'un troupeau de brebis, le bruit de leurs bêlements et de leurs cloches. Le bruit venait juste d'en dessous de l'observatoire. Je tendis l'oreille. Comme un écho lointain, on entendait se répercuter entre les bruits des cloches et les bêlements la dernière phrase du tireur, l'épitaphe qu'il avait lancée sur la dépouille encore chaude de Canis Lupus : « Ça, c'est pour les trois brebis que tu m'as prises. » Une rafale plus forte que les autres répéta une fois, puis deux, la sinistre épitaphe. Sous la ligne de crête, en dessous du sommet, des brebis ondulaient. Le tireur devait être là-bas, avec elles, peut-être m'observait-il même de loin avec des jumelles, comme un sniper du haut de sa tour calcaire.

Cela m'ennuyait de laisser ce pauvre Canis Lupus aux becs des corbeaux. Mais je me voyais mal charrier jusqu'au coffre de ma voiture sa dépouille qui commençait déjà à sentir. À reculons, j'abandonnai cette contribution à l'ossuaire du Ventoux, aux ossements des bergers pèlerins qui n'avaient pas réussi à endormir l'enfant dieu. Les corbeaux sautillèrent et à peine le dos tourné, on entendit des frous-frous d'air fureter à gauche et à droite.

*

Je repris la voiture au col des Tempêtes et fis le dernier kilomètre qui restait avant le sommet du Ventoux. Il était possible de le faire à pied, mais Pétrarque avait le vague à l'âme aujourd'hui : je n'avais pas le cœur à suivre ses pas, ou ne serait-ce qu' à apprécier le paysage. J'avais envie de savoir, d'aller au milieu de ces brebis sous cette ligne de crête et de mettre la main sur les indices qu'il y avait à trouver. Coulait dans mes veines la même impatience, la même fièvre qui m'avait consumé le soir du circaète-télescope, quand j'avais accompli la volonté de la femme-calcaire sur cet éleveur de faisans et de perdreaux. Le sommet approchait virage après virage.

Je me garai le long de l'observatoire. Je regardai tout autour, la plaine et les montagnes qu'Hannibal avait contemplées quelques siècles plus tôt, au même endroit. Il y avait des badauds et des touristes, des cyclistes heureux de poser enfin le pied par terre. Dehors, le Maître-Vent s'en donnait à cœur joie : les adultes marchaient en ciseaux, tanguant à droite et à gauche comme s'ils avaient trop bu, luttant contre les bourrasques éthyliques. Les enfants se faisaient porter par le souffle du vent : ils se mettaient à angle aigu avec le sol et jouaient à narguer la gravité. Le Maître-Vent était chez lui au royaume de son père. Vintur lui laissait faire ce qu'il voulait, il pouvait jouer de toute sa force : c'était son domaine, son terrain de jeu. À peine la portière ouverte, le mistral s'engouffra dans la voiture, comme un chien fou qui veut aller en balade. Il me transperça jusqu'aux os, et son silence se faufila jusqu'au plus près de mes tympans. Le Maître-Vent ne me parlait plus, il ne me disait plus rien, il restait muet.

Je descendis le long de la pente pour arriver en dessous du sommet, là où les brebis s'abritaient du vent. La chapelle de la Sainte-Croix faisait le dos rond pour se protéger du mistral, comme le Hussard lorsqu'on l'oubliait dehors les jours de mauvais temps et qu'il attendait devant la porte pour rentrer. Devant la grande croix, sous la voûte de pierre, le troupeau faisait bloc contre le vent, essayant de prendre le soleil sans se faire couper en deux par les bourrasques. Je m'approchai, surpris qu'il n'y ait pas de berger pour garder les bêtes.

Un rayon de soleil souligna mon erreur : une ombre se découpa du mur de pierres sèches et devint homme. Il dit un bonjour, ou je ne sais quoi, des banalités, peu importe. C'était bien elle : la voix du rêve, la voix du tireur, sans l'ombre d'un doute. Je le saluai des sourcils et fis semblant de contempler la chapelle de la Sainte-Croix. Il ne fallait pas que ce soit le dit, qu'il se souvienne de ma visite le jour des questions des gendarmes. C'était plus prudent : entre les fouilles clandestines, les poteries rendues au musée et l'élevage de faisans, ça commençait à faire beaucoup. Je fis l'air de rien, tournai deux ou trois minutes autour de la chapelle et repris le chemin de l'observatoire.

De retour dans la voiture, c'était le silence, le grand inconnu. Si je savais enfin qui était le tireur, je n'avais aucune idée de comment rendre justice à ce brave Canis Lupus.

Il n'y avait rien à manger là-haut et mon garigou commençait à crier famine. La meilleure solution était d'aller au chalet Reynard acheter des sandwiches, puis de me mettre en planque et de surveiller le troupeau de brebis. Ce bonhomme ne devait pas rester nuit et jour au sommet du Ventoux ; après une certaine heure, il devait bien retourner passer la nuit dans sa bergerie.

37. L'ENRAGEADE

Troupeau qui mène son gardien est broyé
tôt ou tard dans la gueule du loup.
Frédéric Mistral

Ma vieille carcasse avait passé toute l'après-midi sur les os des bergers pèlerins. Le calcaire réfléchissait le soleil, c'était un enfer. De là, on pouvait voir tout le versant du Ventoux et scruter la chapelle de la Sainte-Croix à la jumelle. Le berger ne bougeait pas beaucoup ; il était dans l'ombre de la voûte, immobile à tel point qu'on le confondait parfois avec les pierres. Le troupeau restait tout autour de lui, comme l'écume des vagues autour d'un récif, s'accrochant malgré la houle. En regardant les formes que prenait le troupeau, on pouvait s'amuser à leur trouver des significations, comme les enfants font avec les nuages. Une enclume, un avion à réaction, ou que sais-je encore. Parfois les brebis prenaient une formation de phalange, prêtes à recevoir l'ennemi comme il se doit. Parfois les brins d'herbe les poussaient à conquérir de nouveaux horizons, et le troupeau prenait des formes émaciées : un *Z* de Zorro, un *N* de Napoléon, un éclair de laine dans un ciel de calcaire.

J'avais acheté des sandwiches au chalet Reynard. Ils me rappelèrent ceux des pauses-déjeuner, quand nous avions commencé à creuser avec monsieur Sécaillat. Ils étaient moins élaborés, mais tout aussi bons. Midi était passé depuis longtemps, monsieur Sécaillat devait faire la sieste.

J'aurais donné cher pour partager une fois encore avec lui des sandwiches au soleil, l'écouter pester contre l'huile d'olive – On s'en met partout, je me mets minable – et mesurer le travail qui restait à faire. La femme-calcaire devait maintenant être sous une coque de plastique, jetant des regards furieux et désespérés pour scruter ce qui restait du ciel de Provence. Une pompe dans le bassin devait la transfuser avec le monde extérieur, distillant au compte-gouttes ses larmes de calcaire. Je m'énervai tout seul sur l'adret, demandant au Maître-Vent à quoi rimait cette perfusion, et si la débrancher n'était pas la meilleure des solutions. Il souffla une bourrasque, puis deux, mais ne répondit rien. Sur un caillou défilaient des gendarmes, ces gros insectes rouge et noir avec des antennes sur le devant. Une goutte de sueur perla de mon front et interrompit leur cortège.

*

Du mouvement à la chapelle de la Sainte-Croix me tira de mes rêveries. Il faisait encore jour, mais on sentait que l'après-midi commençait à tutoyer la soirée. Le berger rappelait ses moutons, son chien tournait dans le sens inverse des aiguilles d'une montre, les Napoléon et les Zorro devenaient un O tumultueux. Le troupeau devait compter deux à trois cents têtes. Le chien courait dans tous les sens, il faisait un travail de titan : un coup à gauche, un coup à droite, allant chercher les retardataires l'un après l'autre. Le berger lui donnait des ordres dans une langue qu'eux seuls semblaient comprendre. Il se mit à compter ses bêtes, pour s'assurer qu'elles étaient toutes bien là avant d'amorcer la descente.

À un moment donné, il parut satisfait du résultat et on entendit un long coup de sifflet. L'ombre d'un instant, le troupeau se figea, comme pour prendre son souffle, puis se mit en branle, direction Flassan, un village dans la plaine. C'était une masse compacte, qui avançait d'un seul tenant dans la garrigue, s'ouvrait pour laisser passer un buisson et se refermait aussitôt. Je lui emboîtai le pas, restant à distance et cherchant à savoir où le troupeau allait passer la nuit. Le berger descendait l'adret à flanc de coteau, traçant une ligne droite sur le calcaire, comme la craie sur le tableau noir. Il descendait vite, d'un pas assuré, suivi de près par ses moutons. Son chien fermait la marche, mordant le mollet des traînards et des fainéants. Tous descendaient à vive allure : j'avais du mal à les suivre et à ne pas creuser l'écart.

Au fur et à mesure de la descente, la végétation reprenait du poil de la bête : les pins et les buis prenaient le dessus sur le calcaire, les tapis de mousse revanchards se mettaient à accompagner la sente de la raille[74].

Une balise de GR m'apprit où nous étions : nous descendions le vallon de l'Enrageade. Avec la forêt, j'avais perdu de vue le troupeau. On entendait les brebis sans les voir, leurs bêlements, et leurs sabots qui labouraient le sol. Le sentier portait encore leurs traces, même les cailloux transpiraient une odeur de bouc. Au détour d'un virage, ce fut le bout du voyage : dans une clairière, les brebis se pressaient à l'entrée d'un jas de pierres sèches. Il y avait deux bâtiments : un grand enclos couvert, et à côté le jas en lui-même, qui était de taille plus modeste. L'enclos devait faire tout au plus un mètre de haut : il m'arrivait au-dessus de la taille, à tout casser. Ses murs étaient composés de trois rangées de grosses pierres, sur lesquelles avaient été posées de longues tôles rouges. Des cailloux lestaient les tôles aux quatre coins, pour les empêcher de s'envoler. À l'entrée de l'enclos, la terre était

---

74. Sentier.

toute retournée, on y voyait les allées et venues du troupeau matin et soir.

Le jas était à peine plus gros qu'un cabanon : deux pièces l'une contre l'autre, chacune percée d'une petite fenêtre. Une grande porte carrée faisait face à la clairière. Dotée de vraies tuiles en terre cuite, la bâtisse avait l'air d'être encore habitée. Un 4 x 4 avec une remorque était garé contre l'un de ses murs. Je restai dans l'ombre de la forêt, derrière un chêne, observant les dernières brebis rentrer dans l'enclos pour passer la nuit à l'abri. Le berger les recomptait encore une fois, pour être sûr de ne pas en avoir perdu une ou deux en cours de route. Je m'assis entre deux arbres, dans la mousse : il n'y avait plus qu'à attendre que le soir tombe et que tout ce petit monde dorme pour passer à l'action.

*

Le temps que la nuit tombe, j'avais tout prévu : libérer les brebis comme les lapins et les perdreaux à Javon. J'étais bien décidé cette fois à aller jusqu'au bout et à ne pas me défiler devant l'épreuve du feu. Le 4 x 4 allait pourvoir à tout le nécessaire. Ouvrir le capuchon du réservoir et siphonner du carburant à l'intérieur. Faire plusieurs voyages entre le 4 x 4 et le jas, et répandre l'essence au pied des murs de la bâtisse. Il n'y avait pas d'inquiétude à avoir pour le départ de feu : en cette fin du mois de juin, cela devait bien faire trois mois pleins qu'il n'avait pas plu. L'herbe était grillée comme de la paille et allait partir au quart de tour.

Je m'approchai du jas et, tout contre le mur, fis rouler le silex de mon briquet avec mon pouce. De petites étincelles me saluèrent bien bas, avec de petits claquements secs comme pour annoncer l'orage. En écho leur répondit le bruit du gaz, que mon pouce libérait à intervalles réguliers comme pour relâcher la pression accumulée. C'était un bruit familier qui faisait du bien, une musique douce qui me tranquillisait. J'en avais bien besoin, j'avais les mains qui tremblaient. Ce soir, ni tente indienne ni autre fioriture, juste un chiffon imbibé d'essence pour servir de mèche. La flamme du briquet s'élança à la verticale et illumina pour un bref instant le mur du jas.

Des mots apparurent, comme des lapins dans la lumière des phares : pâles et jaunis, immobiles et interrogateurs. Aussi surpris que moi, le gaz s'arrêta de souffler une seconde, et la vision disparut dans la nuit. Je rallumai le briquet et les mots réapparurent. C'était un panneau d'information fixé sur le mur : il avait fait l'objet d'une restauration, subventionnée par le département et l'Union européenne. On y racontait l'histoire des jas du Ventoux, et en filigrane celle de l'élevage dans les monts de Vaucluse. Au siècle dernier on en comptait une soixantaine, répartis sur Flassan et Bédoin. Ils avaient connu un âge d'or dans la première moitié du XIXe siècle, où les grands troupeaux arpentaient les versants de l'adret, immenses régiments à l'assaut des brins d'herbe et des lignes de crête. Les bergers y venaient le temps d'une nuit, à l'abri du mistral et de ses caprices. Entre deux paragraphes, une photographie de 1900 montrait un jas de la Belle Époque, posant fièrement aux côtés d'un paysan en blouse et bombant ses murs de pierre pour l'objectif. Aujourd'hui les jas étaient pour la plupart en ruine, des amas de pierres où poussaient les ronces, et l'élevage ovin n'était plus que l'ombre de lui-même. Celui-ci avait été remis en état et servait depuis à l'un des derniers bergers du Ventoux.

Le gaz du briquet toussota, comme pour me rappeler la situation, et l'histoire des jas retourna dans les ténèbres. Dans l'obscurité, l'odeur entêtante de l'essence n'en était que plus intense, distillant effluve après effluve un mal de crâne carabiné. Je faisais rouler la pierre du silex, tour après tour, encore et encore : des étincelles naissaient ici et là, posant des questions qui restaient sans réponse. Je ne savais plus quoi faire. Pour la première fois, je me mis à douter de la femme-calcaire, de Vintur, de ma santé mentale, de tout. Le Maître-Vent était silencieux, il ne disait plus rien.

Dans une main, un chiffon imbibé d'essence m'appelait avec insistance, me demandant si c'était pour aujourd'hui ou pour demain. Dans l'autre, mon pouce hésitait à libérer le gaz et déclencher la justice de la femme-calcaire. Mon pouls tambourinait au bout de mon pouce : chaque coup faisait pencher un peu plus la balance.

Tout à coup, le chien se mit à aboyer à l'intérieur comme un enragé. Je n'avais pas fait de bruit, il s'est juste réveillé à ce moment précis sans raison. Peut-être est-ce à cet instant que la femme-calcaire m'a retiré sa confiance. Peut-être Vintur a-t-il demandé à cette seconde précise au Maître-Vent de souffler à nouveau et de réveiller le chien. Toujours est-il qu'à l'intérieur du jas, c'était le branle-bas de combat. Je pris mes jambes à mon cou et déguerpis comme un pétachoun[75].

---

75. Pleutre, peureux.

38. LE ROI DU SILENCE

Un homme ne va jamais plus loin que lorsqu'il ignore où il va.
Jean Giono

À mon retour du Ventoux, au beau milieu de la nuit, Blanche était debout, à se faire un sang d'encre. Je lui avais raconté que j'avais perdu le sentier de randonnée sans m'en apercevoir, que j'avais fini dans les choux et bien incapable de retrouver la voiture. Ça m'était déjà arrivé, ça n'était pas si invraisemblable : une fois, en randonnée dans le Luberon, j'étais redescendu par le versant sud après être arrivé par le versant nord. Il faisait un vrai temps de cochon, on n'y voyait pas à deux mètres, entre les nuages et la pluie. Mon erreur ne m'avait sauté aux yeux qu'en arrivant à Vaugines, alors que je pensais retomber à Sivergues, un village complètement de l'autre côté. J'avais dû contourner tout le massif à pied, et il m'avait fallu des plombes pour retrouver la voiture.

J'avais fait de mon mieux pour éteindre l'incendie avec Blanche et nous étions enfin allés nous coucher vers trois heures du matin. J'étais épuisé, mais n'avais pas réussi à trouver le sommeil. D'habitude je m'endors très facilement : il me suffit de fermer les yeux pour m'éclipser. C'est impressionnant, paraît-il. On discute, on parle, et une seconde après, il n'y a plus personne. Je n'ai que très rarement des insomnies, pour ne pas dire jamais. Ce soir, Morphée répondait aux abonnés absents, la bérézina du Ventoux faisait tourne et retourne dans ma tête. Les murs de pierres du jas restaient accrochés entre les parois de mon crâne et faisaient barrage au sommeil.

Je me sentais honteux, comme un chevalier *rônin* qui avait peur de rendre compte de l'échec de sa mission. La chaleur avait battu son plein toute la journée, et même si la température avait baissé avec la nuit, on mourait toujours de chaud. La poitrine de Blanche montait et descendait, rythmant les secondes d'une torpeur qui ne s'arrêtait pas. Je fixais le plafond, sentant ma sueur perler, creuser le matelas, et s'infiltrer à travers le calcaire jusqu'à la nappe phréatique. C'était comme creuser sa propre tombe. Nous avions les fenêtres ouvertes à l'espagnolette, pour laisser rentrer la fraîcheur, mais c'était peine perdue. Il n'y avait pas un souffle d'air, tout était raplapla.

J'écoutai dehors, espérant un murmure, un chuchotis réconfortant du Maître-Vent, mais il n'y avait que le concerto des grenouilles avec les criquets en fond. La mort de Canis Lupus restait impunie. Il était difficile d'accepter ce moment de pitié soudaine, ce manque de courage qui m'avait fait flancher et écarté de ma mission.

Des heures plus tard, le réveil sonna. Je n'avais pas fermé l'œil de la nuit.

*

Il n'y eut pas un brin de vent de toute la journée. Depuis dix heures ce matin, le soleil avait matraqué chaque centimètre carré, traquant sans pitié la plus petite ombre ou le moindre coin de frais. Seules à bouger dans cette torpeur, les heures s'étaient courues après tout le long du cadran solaire. On avait entendu le tracteur de monsieur Sécaillat jusqu'à onze heures. Puis, le soleil haut dans le ciel, plus rien. Il n'avait recommencé à travailler que vers dix-huit heures, quand il faisait moins chaud.

Blanche m'avait demandé ce qu'il faisait : C'est dans le champ de cerisiers, mais ça a l'air d'être juste à côté de la source, tu ne crois pas ? Elle n'était pas au courant du courrier du cadastre, je ne lui avais toujours rien dit pour ne pas l'inquiéter. Je lui répondis que je n'en avais pas la moindre idée, qu'il avait juste l'air de labourer. J'avais essayé de faire la sieste, mais sans succès. Je m'attendais à tomber comme une souche après cette nuit sans sommeil, mais je ne réussis qu'à compter les moutons par centaines.

Après le dîner, une fois couché, j'avais attendu que Blanche s'endorme pour me lever en douce. Je mis la main sur la lampe frontale que l'on prenait pour les longues randonnées, et sortis par le garage. Il y avait une sentinelle inattendue : le Hussard faisait sa ronde au-dehors. La frontale se réfléchit dans ses yeux, deux pleines lunes qui vous regardaient fixement. Il avait dû entendre le verrou et venait voir ce qui se passait par là à cette heure tardive. Il vint se frotter contre mes jambes, cherchant à rentrer par la porte entrouverte. Il devait avoir soif, avec cette chaleur. Il eut l'air surpris lorsque je me mis à marcher en direction de chez les Sécaillat. Il ne s'attendait pas à ça, mais il m'emboîta le pas et me dépassa. Il y avait comme une petite pointe d'honneur dans ses petits pas rapides : non, ce n'était pas lui qui me suivait, mais bien l'inverse. Il prit la tête de la marche, il savait où nous allions, pas besoin de lui faire un dessin.

*

Les travaux étaient quasiment finis. Ça faisait une pincée au cœur, de voir que tout notre travail avait pu être effacé, comme ça, en deux jours. Monsieur Sécaillat avait posé la coque au fond de la fosse : des poutres et des étais la ceinturaient, encore visibles pour le moment.

On ne voyait plus du tout le rocher ou la femme-calcaire. Sous la lumière de la lampe frontale, le chantier prenait des allures fantomatiques, comme une épave qui apparaît dans la torche d'un homme-grenouille. Le polyester de la coque apparaissait blanc fadasse, loin de sa vraie couleur bleue. Cela faisait bizarre de voir cette coque ici, au milieu des cerisiers : monsieur Sécaillat allait devoir batailler un bon bout de temps avec l'employé du cadastre avant de lui faire accepter que ce n'était qu'un bassin à usage agricole et non une piscine.

Des reflets d'eau scintillèrent dans le faisceau de la lampe frontale. Monsieur Sécaillat avait commencé à remplir le bassin, à transfuser la femme-calcaire avec le monde moderne. Il n'y avait pas l'air d'avoir beaucoup d'eau, une dizaine de centimètres tout au plus. J'éteignis la lampe, laissai là mes claquettes et descendis dans la coque. Le Hussard me regarda avec l'air de dire « Tu es sympa, mais moi, je m'arrête ici ».

Le contact de l'eau me détendit : sa température, son odeur caractéristique me donnèrent l'impression de rentrer à la maison, de remettre mes pantoufles après une dure journée de travail. Je me baissai, me mis à quatre pattes dans l'eau, avant de m'asseoir et de m'allonger complètement. Cela me fit du bien, mais n'eut pas l'effet escompté : la femme-calcaire restait muette. Même allongé, l'eau ne me recouvrait pas entièrement : mes tympans flirtaient avec l'eau, mon torse dépassait tout juste. Bercé par le clapotis des ondes, j'ouvris grand les yeux et écoutai : le ciel de Provence s'étalait, immense et nonchalant.

J'étais bien, là, dans l'eau, et pourtant mon cœur était lourd comme une pierre. Il m'entraînait vers le fond, c'était triste à pleurer. Le rideau de mes paupières laissa réapparaître les constellations, embuées de larmes et entrecoupées de hoquets. Une étoile filante, fugace, glissa en bas du ciel.

39. LES CABRIANS

Leis nuech senso som, soun l'infer su la terro.
(Les nuits sans sommeil sont l'enfer sur terre.)

Le 6 juillet était passé l'air de rien, ni vu ni connu : la visite du cadastre avait dû se faire sans anicroche. J'avais essayé de voir ce qui se passait depuis la terrasse, avec les jumelles de Blanche, mais cela n'avait rien donné. C'était trop loin, les feuilles cachaient tout, on ne pouvait rien voir.

Je n'étais plus retourné à la source. Ce n'était pas l'envie qui m'en manquait. Plonger ma tête une fois encore sous l'eau, entendre la femme-calcaire ne serait-ce qu'une toute dernière fois. Cela me démangeait chaque jour un peu plus, mais après tous les travaux de monsieur Sécaillat, ce n'était plus la même chose. Je n'avais pas envie de voir ce sarcophage de plastique, cela m'aurait crevé le cœur. Comme retourner sur une tombe, en sachant qu'une personne y est enterrée vivante, et ne rien pouvoir y faire.

Le mois de juillet avait égrené chacune de ses trente et une journées avec paresse, comme un lézard qui économise ses mouvements sous le soleil. Les touristes étaient arrivés, il était impossible de se garer où que ce soit. Je descendais de bonne heure pour aller acheter *La Provence* à la Maison de la Presse, pour surveiller les titres. Il n'y avait pas eu une ligne sur mes excursions, chez l'éleveur de faisans ou chez le berger. La gendarmerie ne voulait vraisemblablement pas communiquer là-dessus ou alors les deux énergumènes n'avaient tout simplement pas porté plainte. Rien de neuf sur les toutouros au musée, rien non plus sur le braconnage du circaète-télescope. L'ONF avait retrouvé le corps de Canis Lupus, mais tout le monde n'en avait visiblement rien à foutre.

J'avais perdu l'appétit comme le sommeil : les plats me semblaient bien fadasses, et les nuits trop lourdes pour arriver à dormir. Blanche avait fait un clafoutis, un vrai de vrai avec les noyaux de cerise encore à l'intérieur. D'habitude, je m'en régale et garde un noyau dans la bouche pour aller le cracher au fond du jardin. On dit que les arbres fruitiers qui poussent comme ça, partis de rien, sont les plus résistants. Aujourd'hui, le clafoutis n'avait aucun goût, et tous les noyaux étaient passés à la poubelle.

Nous avions beau ouvrir les volets la nuit pour faire rentrer la fraîcheur, et les mettre à l'espagnolette en journée pour la garder au maximum ; faire marcher les ventilateurs des heures durant ; il n'y avait rien à faire. J'étais en nage à peine la tête posée sur l'oreiller et incapable de fermer l'œil. Les nuits passaient, encore plus longues que les journées.

Je me couchais en même temps que Blanche, histoire de donner le change. Je me levais deux ou trois heures après, complètement trempé, et allais voir les étoiles sur la terrasse, dans un transat. Sur le mur, au-dessus de l'angle de la porte, un scorpion prenait le frais lui aussi. Immobile, son aiguillon dressé vers le ciel lui donnait des airs de calendrier lunaire, décomptant patiemment ses quartiers nocturnes. Autre invité, le Hussard avait pris goût à mes méditations nocturnes. Il venait prendre son tour de garde sur mes genoux et regardait la canopée cosmique.

La terrasse est pour moitié couverte par une tonnelle, sur laquelle grimpe une vigne vierge, vieille comme Hérode. C'est même à se demander si elle n'était pas là avant la maison :

son pied est gros comme deux fois mon bras. Elle strangule tant et si bien l'arceau de la tonnelle qu'on a peur chaque été qu'elle nous le foute en l'air. Dès la mi-juin, la vigne transforme la tonnelle en un baldaquin de grosses grappes noires de muscat du Ventoux. Il n'y a qu'à monter sur un escabeau armé d'une paire de ciseaux et le dessert est prêt. Son raisin est délicieux, mais il présente deux inconvénients : dès qu'il est un tantinet trop mûr, son jus coule et me ruine les dalles de la terrasse, quand ce ne sont pas les coussins des transats. Enfin et surtout, il attire les cabrians.

Le cabrian, c'est un énorme frelon jaune et noir, l'empereur de toutes les saloperies. On dit que sa piqûre peut vous envoyer au cimetière illico. On est loin de la gentille abeille qui butine : il a un vol lourd, qui fait un bruit de bombardier, et n'a aucun problème à venir rebéquer, que ce soit pour l'eau de la piscine ou pour le jus du poulet dans votre assiette. Les cabrians prennent ma tonnelle pour le off d'Avignon, et chaque nuit ils viennent se faire une ventrée dans les grappes qui pendouillent au-dessus de la terrasse. Même s'il y en a largement pour tout le monde, il faut toujours qu'il y en ait deux pour se taper dessus. Ce doit être le sucre du raisin qui leur monte à la tête : on entend leurs ailes qui vrombissent, et l'instant d'après, on les voit descendre en chute libre, accrochés l'un à l'autre en train de se flanquer la pinée[76]. On essaie bien de les piéger : on remplit d'eau sucrée des petites bouteilles de Perrier qu'on accroche à la tonnelle. Le cabrian rentre à l'intérieur et n'arrive normalement pas en sortir. Des fois ça marche, des fois non.

D'ordinaire, ma claquette est toujours à portée de main : il faut profiter qu'ils sont étourdis par leur chute pour les

76. Se taper dessus.

aplatir comme des crêpes. Ce soir-là, je regardai les cabrians continuer leur combat après leur chute folle sans intervenir : je n'en avais rien à foutre. Le Hussard me regardait avec de grands yeux, ne comprenant pas cette soudaine clémence : il me connaissait plus zélé de la claquette. Je contemplai les étoiles, et leur posai en silence des questions condamnées à rester sans réponse.

Tout à coup, des météores bleus et rouges troublèrent la nuit et attirèrent mon attention. C'étaient des lumières de gyrophares, qui remontaient le chemin et allaient chez les Sécaillat. Il n'y avait pas de sirène pour troubler la nuit, juste des flashes de couleur qui perçaient le noir. Les pompiers, ou pire, les gendarmes. Ça y est, ça n'avait pas traîné : ils étaient arrivés à remonter jusqu'à nous. Était-ce avec la visite du cadastre qu'ils avaient réussi à démêler toute la pelote ? Sinon, par quel diable avaient-ils fait le lien entre les trompes et monsieur Sécaillat ? Le Hussard ouvrait ses yeux grands comme des quinquets et n'en perdait pas une miette. Il se demandait lui aussi ce qui se passait. Les gyrophares s'arrêtèrent pile devant chez les Sécaillat. Je ne savais pas trop quoi faire : débarquer là-bas à cette heure de la nuit, la fleur au fusil, entraînerait des questions. Comment expliquer le fait d'être debout en plein milieu de la nuit ? Pour être un minimum honnête, c'est surtout que j'avais la frousse et aucune envie de me faire choper. Il n'y avait plus qu'à mettre un cierge à l'église et espérer que monsieur Sécaillat tiendrait sa langue et ne me ferait pas tomber avec lui. De ce côté-là, il n'y avait pas beaucoup de souci à se faire.

De toute manière, les événements répondirent à ma place : au bout de quelques minutes, les gyrophares repartirent sur le chemin en sens inverse. Je pris mon courage à deux mains et retournai me coucher.

*

« C'est Mireille Sécaillat, elle s'est foutue par terre cette nuit dans les escaliers », me dit ma femme en refermant la porte d'entrée. J'avais dit à Blanche à son réveil ce que j'avais vu pendant la nuit, qu'il y avait dû avoir du grabuge chez les Sécaillat, mais sans trop savoir quoi exactement. Elle avait fait ce que toute personne normalement constituée aurait fait dans des moments pareils, mais dont je suis strictement incapable : elle avait mis ses nu-pieds et était allée toquer à leur porte pour savoir si tout allait bien.

« Les pompiers l'ont amenée à l'hôpital cette nuit. Elle s'est cassé le col du fémur et le poignet. Elle est toujours à l'hôpital, elle ne va pas super bien. Monsieur Sécaillat y retourne cette après-midi, je lui ai dit qu'on passerait la voir », continua-t-elle. Je ressentis comme un mélange de soulagement et de culpabilité. J'avais élaboré tout un tas de scénarios après le départ des gyrophares, et celui-ci était celui auquel je m'attendais le moins. Mireille avait le feu de Dieu la dernière fois qu'on l'avait vue, cela faisait peine à croire.

On partit pour l'hôpital sur le coup de quatorze heures. C'est la pire des heures pour moi : après toutes ces nuits blanches et le manque de sommeil, une bonne sieste n'aurait pas été de refus. Il faisait un soleil de plomb, qui écrabouillait tout sur son passage. On était en nage simplement le temps que la climatisation de la voiture se mette en marche. Blanche ne disait rien, et moi non plus. Elle conduisait, et avait mis sur mes genoux les fleurs qu'elle avait achetées à midi. C'étaient des iris, qui lançaient de longs regards agonisants par la vitre et que l'air conditionné essayait vainement de maintenir en vie avec un bruit de respiration artificielle. Le parking de l'hôpital battait des records de chaleur, c'est à peine si l'asphalte ne vous brûlait pas la plante des pieds à travers les semelles.

La chaleur aurait pu transformer l'entrée de l'hôpital en havre de paix réparateur, un espace à la fraîcheur bienvenue. Mais non, même sous ses plus beaux atours d'oasis, il ne restait qu'un hall d'hôpital. Je hais les hôpitaux. Leurs odeurs de désinfectant et de linoléum, leurs halogènes blafards qui clignotent, leurs couloirs longs et rectilignes que l'on arpente, leurs chambres identiques où même les émotions sont contrôlées par la télécommande. On sent bien qu'on a essayé à grands coups de produits chimiques de masquer l'odeur de la maladie, de la fin de vie, de la mort, mais qu'il n'y a rien à faire, comme pour le sang. Ça ne part pas, ça reste là comme une grosse bugne[77], délavée, mais immanquable. Ça n'a d'ailleurs pas loupé. À peine à l'intérieur du tambour d'entrée, mes oreilles bourdonnent, mes yeux se brouillent et mon cœur bat la chamade. Je n'avais qu'une envie, celle de repartir en sens inverse.

Une infirmière à l'accueil demanda si nous faisions partie de la famille. C'était tout comme, et Blanche écrivit ses coordonnées sur le registre des visites. L'infirmière nous donna le numéro de la chambre, et on prit l'ascenseur. Blanche toqua à la porte. Ce fut monsieur Sécaillat qui nous ouvrit. Je baissai les yeux. Cela faisait bizarre de le voir dans ce décor aseptisé, comme un accroc d'authentique dans le linoléum, comme un rataillon de mère Nature entre des dalles de piscine municipale. Il s'écarta pour laisser entrer Blanche. Puis ce fut mon tour : je ne savais pas quoi dire, je baissai les yeux et regardai par terre. Il eut une grandeur d'âme que je n'aurais pas eue : il me donna une grande et franche poignée de main, sans

77. Tache.

ajouter un mot ou rien dire de plus. C'était tout. La force de sa poigne voulait dire qu'hier, c'était hier, qu'aujourd'hui, eh bien c'était aujourd'hui, et ma foi un jour nouveau.

Madame Sécaillat était allongée sur le lit, avec le dossier à moitié relevé. Sa chute l'avait bien amochée, elle avait des bleus sur le visage et un bras en écharpe. Elle avait les yeux fermés, et psalmodiait un charabia incompréhensible. C'était un mélange décousu de provençal et de français. Ça n'avait ni queue ni tête, venait de nulle part et menait Dieu sait où.

« Elle s'est réveillée en plein milieu de la nuit, elle avait soif. Elle est descendue à la cuisine pour boire un verre d'eau, et j'ai entendu un grand patatras », chuchota monsieur Sécaillat, en retapant son oreiller.

« Elle a dû dévaler nos dix-huit marches la tête la première. J'ai entendu ce grand patatras, je me suis levé, et je l'ai trouvée comme ça. J'ai appelé les pompiers tout de suite. Elle n'a pas repris conscience depuis », continua-t-il. Blanche prit un vase qui traînait sur le rebord de la fenêtre, alla dans la salle de bains le remplir d'eau et revint déposer les iris sur la table de chevet. Madame Sécaillat continuait à psalmodier à voix basse. Elle n'avait même pas noté notre présence.

« Et qu'est-ce que disent les médecins ? » demanda Blanche.

« Il n'y a rien d'autre à faire qu'attendre et la laisser au calme. Son bras devrait aller mieux d'ici un jour ou deux, pareil pour le visage. »

« Il faut lui laisser un peu de temps pour se requinquer, je suis sûre qu'elle ira mieux très bientôt. »

Une infirmière entra et vérifia un instrument. Le silence se fit dans la chambre, comme si nous ne voulions pas partager nos secrets avec elle. Les murmures de Mireille Sécaillat continuaient, intarissables. En prêtant l'oreille, on arrivait à attraper dans le flot un mot par-ci, par-là et, de manière plus récurrente, le prénom de leur fils disparu, Gens.

« Vous lui avez donné de l'eau de la source depuis sa chute ? » demandai-je à monsieur Sécaillat, comme ça, à brûle-pourpoint. J'avais parlé sans réfléchir, sans prendre le temps de tourner ma langue dans ma bouche. C'était une idée stupide qui m'avait traversé la tête, comme vouloir soigner un bras cassé avec de l'eau de Lourdes. Cela pouvait prêter à sourire, mais pour moi, devant une madame Sécaillat moribonde, c'était clair comme de l'eau de roche. La femme-calcaire avait guéri une première fois Mireille : elle pouvait le faire une seconde fois.

« La source ne coule plus depuis plus de quinze jours. Elle s'est arrêtée de couler vers le 10 juillet, juste après la visite du cadastre. Nous avions quelques bouteilles au frigo, qui nous ont permis de tenir quelques jours, mais avec cette chaleur, ça fait belle lurette que nous sommes retournés à l'eau du robinet », me répondit le plus sérieusement du monde monsieur Sécaillat.

Je le regardai, abasourdi. Il n'y avait rien à dire, si ce n'est le fait que j'avais foutrement raison depuis le début. Il avait enterré vivante la femme-calcaire, et elle s'était détournée de nous. Elle ne me parlait plus, elle ne nous offrait plus de son eau. C'était fini. Il dut voir la consternation dans mon regard, car il ajouta :

« Ce n'est pas la fin du monde, c'est juste la sécheresse, rien de plus. La nappe doit être super basse, cela fait quatre mois qu'il n'a pas plu une seule goutte. La nature est comme nous, elle a soif. Il faut simplement attendre que ça se passe. »

Je n'avais rien à répondre. Lui comme moi savions que ce n'était pas la sécheresse qui était coupable, mais bien ses travaux qui avaient coupé la source. Vintur, le Maître-Vent, tout ça, c'était fini, c'était terminé. Un ange passa. Blanche mit fin au silence en disant que nous n'allions pas les déranger plus longtemps, que Mireille avait besoin de repos et que si monsieur Sécaillat avait besoin de quoi que ce soit, qu'il n'hésite pas, qu'il nous fasse signe, que nous étions à côté, et que bien sûr que non, vous voulez rire, ça ne nous dérangeait pas du tout.

Mireille, toujours inconsciente, continuait à parler à Gens comme s'il était dans la pièce, et je me dis que décidément tout cela était un bien beau gâchis. Maintenant l'eau était partie, et nous n'avions que nos yeux pour pleurer.

40. LE DÉBUT DE LA FIN

Per escoundu que fugue lou fuè, toujour lou fum pareis.
(Si bien caché que soit le feu, il faut toujours que fumée sorte.)

De retour à la maison, je ne pus résister à l'envie d'aller à la source, et de voir de mes propres yeux la triste vérité. Blanche me dit que j'étais malade, qu'avec ce cagnard j'allais choper une insolation. Je ne répondis rien et descendis le long du sentier. Elle battit en retraite et referma notre porte d'entrée. Sous le soleil, le sentier était un vrai chemin de croix : la source semblait bien loin et aucun de mes pas n'avait l'air de m'en rapprocher. C'était comme dans un rêve, quand le méchant vous poursuit, que vous courez, mais que ça ne sert à rien, vous n'avancez pas d'un pouce. Les cerisiers mouraient de soif, leurs branches pendaient, avec des feuilles qui tiraient la langue plus bas que terre. Il n'y avait pas un souffle d'air, et pourtant j'entendis comme un reproche à travers les branches : tout ça, c'est à cause de toi, tout ça, c'est parce que tu as flanché au pied du Ventoux.

*

Le bassin apparut enfin, écrasé sous le soleil. C'était la première fois que je le voyais dans la lumière du jour. Il ressemblait à une carapace de tortue à l'envers, comme si la tortue était morte depuis longtemps. La carapace était restée, vide, sur la plage, à se faire dessécher chaque jour un peu plus par le soleil. L'envie me vint d'aller chercher une pioche dans le hangar des Sécaillat et de la planter de toutes mes forces dans cette maudite carapace, de fissurer ce fichu sarcophage et d'en libérer la femme-calcaire. Cela n'aurait été que justice, cela n'aurait été que réparer le cours des choses.

Il n'y avait pas une goutte d'eau à l'intérieur du bassin. Je longeai les bords, cherchant un accès. Monsieur Sécaillat avait fait comme à son habitude un travail impeccable. La coque était ceinturée d'un étau de bois, qui cachait parfaitement ce qu'il pouvait y avoir en dessous. En cherchant bien, on trouvait un regard, une trappe, qui faisait moitié moins que la plus petite des portes. Un sourire m'écorcha les lèvres : c'était bien du Sécaillat tout craché, ça. Au plus fort de notre dispute et quand nous n'avions plus rien à nous dire, il avait pris la peine de préserver l'accès à la femme-calcaire, là où tout bétonner et l'emmurer vivante aurait été si facile. J'ouvris la trappe et passai la tête à l'intérieur : la femme-calcaire était toujours là, les yeux dans la pénombre. Il n'y avait pas une goutte d'eau. En se mettant à quatre pattes et en se tortillant, on pouvait encore arriver à descendre jusqu'au rocher.

Je descendis sous la coque, glissant mes mains le long du calcaire, espérant un frisson, une sensation d'humidité, la plus infime soit-elle. Je regardai la bouche de la femme-calcaire, désespérément sombre, désespérément vide : un trou dans le rocher, sec comme l'âme du diable, et rien de plus.

Planté là comme dans une étuve, je mourais de chaud mais ne voulais pas rentrer à la maison. Partir revenait à admettre un échec, un monde où l'eau ne coulait plus, où madame Sécaillat perdait la tête, et où la femme-calcaire restait muette. Elle me dévisageait sans rien dire, la bouche ouverte comme s'il en sortait un torrent de reproches invisibles. Je me recroquevillai contre la pierre et fermai les yeux.

J'espérais qu'une voix résonnerait dans ma tête, me donnerait des instructions. Il n'y avait rien, rien de rien.

La mort dans l'âme, trempé de sueur, je ressortis par la trappe au prix de quelques acrobaties et de beaucoup de contorsions. Dehors, la lumière du grand calèu[78] faisait mal aux yeux. Des taches noires jouaient à cache-cache avec les cerisiers, il fallait froncer les sourcils pour les faire disparaître. J'avais la tête qui tournait, les cerisiers se tenaient par les branches pour danser la farandole. Je repris le chemin de la maison à la vitesse d'un vieillard qui gravit le Ventoux en trottinette.

*

Le Hussard et Blanche étaient sur la terrasse. Je leur fis un signe de la main, mais ils se souciaient de moi comme de l'an quarante. Blanche avait ses jumelles dans la main et regardait dans mon dos, en direction d'Auribeau. Je me retournai et vis ce qui crevait les yeux : un énorme panache de fumée blanchâtre se dégageait d'un coteau du Luberon, juste en dessous du Mourre Nègre. Un départ de feu. On aurait dit un vieux volcan qui venait de se réveiller et qui commençait à cracher sa colère. On ne voyait rien à travers la fumée : c'était une fumée blanche et opaque, qui barrait le regard et qui cachait le ciel. Le maître vent s'amusait à la faire tourner et tourner, avant de la faire monter haut dans le ciel. Le mistral, qu'on n'avait pas vu de toute la journée, venait de se lever.

On sentait qu'il soufflait de plus en plus fort, au fur et à mesure que le soleil et la fumée montaient dans le ciel. On devinait une colère sourde qui montait crescendo, un ressentiment qui prenait à la gorge et qui ne demandait qu'à sortir.

---

78. Le grand lampion : le soleil.

Blanche me tendit les jumelles: « C'est incroyable, ça a commencé il y a à peine vingt minutes, il y avait trois fois rien et maintenant ça fait la taille de la tour Eiffel. » On restait plantés tous les deux sur la terrasse, à jouer les voyeurs et à jouir du spectacle. Le Hussard passait de l'un à l'autre, se demandant ce que nous avions à rester plantés là en plein cagnard.

*

On ne les vit pas tout de suite arriver. Ce fut Blanche la première qui entendit leur zinzin et qui eut la puce à l'oreille. Elle tourna les yeux vers Rustrel, et vit un Canadair. Puis deux. Puis trois. Il y eut tout à coup comme un vrombissement sourd dans le ciel, et ils passèrent au-dessus de nous. Ils se mirent à voler en cercles concentriques autour du Mourre Nègre, comme des rapaces qui ont repéré leur proie et attendent l'instant propice avant de lancer leur attaque en piqué. Le feu avait été signalé. Comme les aigles de Bonelli, ils resserraient leurs vols peu à peu, se demandant sans doute quel était le meilleur angle d'attaque pour éteindre le feu. Le premier s'enfonça dans la fumée, il dut larguer son déluge d'eau sans encombre, car il réapparut quelques secondes plus tard, reprenant de l'altitude. Avec une précision d'horloger, le même manège se répéta avec les deux autres. Quelques instants après leur dernier passage, la colonne de fumée se mit à flancher.

41. ET POUR TROIS JOURS DE PLUS

Per amoussa lou fuè ie jites pas de pailho.
(Pour éteindre un feu on ne jette pas de la paille dessus.)

À la fin du premier jour, on avait cru que l'incendie s'arrêterait là, qu'il était maîtrisé ; on avait tort. Après le passage des Canadair, les pompiers étaient montés en colonne, puis des renforts étaient arrivés depuis Pertuis. Il y avait eu des allers-retours de Canadair toute la journée, entre la mer, leur base à Marignane et le Mourre Nègre. Au journal de France 3, le soir, ils avaient dit que c'était un incendie criminel, et que les gendarmes recherchaient le pyromane.

Mais, belote et rebelote, le maître vent avait redoublé de violence dans la nuit, comme pour profiter des premiers signes de faiblesse des hommes, et la situation avait dérapé. Cela faisait maintenant deux jours que l'incendie s'était déclaré, et qu'il était nourri par ce vent de tous les diables.

J'avais passé toute cette deuxième journée à regarder le feu, à observer le combat des pompiers. J'avais pris la voiture et j'étais monté au-dessus de Rustrel, juste avant Lagarde-d'Apt, sur les monts de Vaucluse. On y voyait le Luberon de pleine face, sur toute sa longueur, une place de premier choix pour observer l'incendie. Il avait dévoré tout le coteau entre Auribeau et le Mourre Nègre. Assis dans la voiture, j'étais mal à l'aise devant le drame qui se jouait sur la montagne. Je ressentais cette fascination pour le feu qui ne m'a jamais quitté. Il se dégageait des flammes une toute-puissance, un appétit, une volonté de fer auxquels rien ne pouvait s'opposer. À mon retour à la maison, Blanche m'avait dit que j'étais complètement malade d'être parti regarder l'incendie, que cela n'aurait pas été surprenant que la police me prenne pour le pyromane. Elle avait raison, comme d'habitude.

Le soir, les images tournaient en boucle sur France 3 Méditerranée, mais aussi sur les chaînes nationales. Vingt hectares de garrigue supplémentaires étaient partis en fumée, et les pompiers n'avaient toujours pas l'incendie sous contrôle. On voyait des vedettes se lamenter pour leurs résidences secondaires. Le journaliste interviewait aussi une famille d'Auribeau, qui ne pouvait toujours pas rentrer chez elle. Le risque demeurait élevé, avec un mistral encore plus fort prévu pour le lendemain. Si la légende disait juste, ce troisième jour se devait d'être le dernier, au risque d'en prendre pour trois jours supplémentaires. Et en six jours, tout le massif aurait le temps d'y passer.

*

Au matin, c'est le mistral qui m'a réveillé. À travers les volets, on l'entendait qui soufflait comme un furieux. Les volets grinçaient, les tuiles tremblaient, les pins couinaient. Je tendis l'oreille, comme pour saisir une conversation à travers la porte, comme pour capter un mot ou deux, mais je n'entendis que le bruit du vent. Le Maître-Vent ne m'adressait toujours pas la parole.

On avait du mal à respirer. Rien de bien exceptionnel, ce n'était pas l'asphyxie non plus, plutôt comme un chat dans la gorge, des difficultés à avaler. Blanche et le Hussard étaient déjà debout. Elle me fit un café et mit Radio France Vaucluse pour avoir des nouvelles du front. Elles n'étaient pas bonnes.

Le Hussard mangeait ses croquettes en silence, comme s'il écoutait lui aussi le journaliste. Le feu avait encore pris du poil de la bête pendant la nuit et était reparti de plus belle au début du jour. Dix hectares de plus avaient cramé, partant du Mourre Nègre jusqu'à Buoux. Les pompiers avaient évacué pendant la nuit les villages de Sivergues, d'Auribeau et du Castellet par précaution : les habitants avaient interdiction de rentrer chez eux. Ils dormaient chez des amis, ou bien la mairie de Rustrel avait mis la salle des fêtes à leur disposition. On parlait aussi d'évacuer Buoux, Saignon, mais on ne savait pas dans quelle direction l'incendie allait continuer. Le mistral devait souffler fort toute la journée : le responsable de la sécurité civile n'était pas optimiste. Des renforts de Marseille, de Nice et même de Perpignan devaient arriver dans la journée.

Le téléphone sonna, et Blanche répondit. Albane voulait savoir comment on allait, elle avait écouté les informations et nous proposait de venir habiter chez elle. Je fis signe à ma femme qu'il n'y avait pas non plus le feu au lac, et que ça irait pour le moment.

« Je pense aller voir Mireille Sécaillat aujourd'hui, cela fait deux jours que nous ne sommes pas allés la voir », dit Blanche juste après avoir raccroché.

Avec l'incendie, j'avais complètement oublié madame Sécaillat, et son mari avec. De manière purement égoïste, cela ne m'enchantait guère de devoir retourner à l'hôpital. Rien qu'à l'idée d'aller là-bas, des odeurs de mort et de maladie me prenaient à la gorge. Je pris une gorgée de café pour les faire disparaître, mais ce fut sans succès.

« Tu devrais venir avec moi, cela ferait plaisir à monsieur Sécaillat. Il doit se sentir bien seul en ce moment », ajouta-t-elle comme si elle avait pu lire mes pensées sur mon visage.

« Je pensais aller chez les pompiers, pour voir comment ça allait et proposer mon aide. » C'était sorti tout seul, comme ça, sans y avoir réfléchi. Cette excuse en valait bien une autre et ce n'était pas si idiot que ça en avait l'air.

« Avec tout ce qui se passe depuis deux jours, tu penses bien que les pompiers doivent avoir autre chose à foutre. » Elle leva les yeux au ciel et ajouta : « Passe-moi un coup de fil quand tu as fini. Si j'y suis toujours, tu devrais venir me rejoindre. Quand on voit le temps que vous avez passé ensemble avec monsieur Sécaillat pour dégager cette source, tu peux bien faire ça pour lui tout de même. »

Le Hussard faisait le pied de grue devant la porte-fenêtre de la cuisine. Il regardait fixement la poignée, droit devant lui, sans nous prêter aucune attention. C'était sa manière à lui de dire qu'il avait bien bouffé et que maintenant il était temps d'aller faire un petit tour dehors. Je fis celui qui ne comprenait pas et lui demandai ce qu'il voulait, comme si ce n'était pas évident. Il se mit sur ses pattes arrière et, droit dans ses bottes, se mit à tambouriner contre la vitre avec ses pattes avant. Au bout d'un petit moment, poussé par ma grandeur d'âme, je lui ouvris : il partit sans demander son reste et disparut dans la vigne, au pied de la tonnelle.

*

À la caserne, il n'y avait pas un chat. Tout le monde devait être là-haut, à combattre l'incendie. On entendait dans le ciel les Canadair qui passaient et repassaient au-dessus de nos têtes. J'en avais compté pas moins de huit ce matin, en partant de la maison. Les hangars étaient vides, sans camions ni jeeps. Il y avait juste le chargé d'accueil, qui s'occupait aussi du standard téléphonique. Son téléphone bourdonnait : beaucoup de gens appelaient des alentours pour savoir s'ils pouvaient rester dans leurs maisons. Il y avait pas mal de résidences secondaires isolées dans la garrigue et éparpillées par-ci, par-là. Pour l'instant, les autorités n'évacuaient toujours pas le village de Bonnieux, ou de Saignon. Par contre, le hameau des Agnels et toutes les maisons sur le plateau des Claparèdes devaient être évacués sans exception. La combe de Lourmarin était fermée et interdite à la circulation.

Entre deux appels, le chargé d'accueil me demanda ce que je voulais. On se connaissait bien : nous avions été en sixième ensemble. Je lui demandai s'ils avaient besoin de personnel. J'étais prêt à donner un coup de main. Il doucha tout net ma proposition. Les rangs n'étaient pas ouverts aux volontaires : les légionnaires du plateau d'Albion prêtaient déjà main-forte depuis ce matin, et des renforts devaient arriver de Perpignan en milieu de journée. Sa réponse me déçut, mais ne me surprit guère : on ne rentre pas chez les pompiers comme dans un moulin.

Une fois dehors, je vis que Blanche m'avait laissé un message : elle était toujours à l'hôpital ; elle me demandait si je comptais venir, et si elle devait m'attendre. On avait du mal à respirer : c'était comme pour le premier feu de l'hiver, quand la cheminée est bouchée à cause d'un nid de guêpes, que la fumée n'arrive pas à monter et reste à tourner dans le salon. C'était exactement pareil. Je lui répondis que j'arriverais d'ici dix minutes.

*

Dans la chambre d'hôpital, il n'y avait que Mireille Sécaillat et Blanche. Mireille avait l'air d'aller mieux : ses bleus avaient diminué, elle avait les yeux ouverts. Le médecin avait dit qu'il lui donnerait bientôt un droit de sortie journalier. Le dossier du lit était relevé, et elle regardait ce qui se passait autour d'elle. Néanmoins, en lui demandant comment ça allait, on voyait vite que sa tête était ailleurs. Ses yeux vous voyaient, mais ne vous regardaient pas. Ils suivaient vos mouvements, mais en accompagnaient d'autres, plus chimériques, comme les chats qui ouvrent grand les quinquets sur ce qu'ils sont seuls à voir.

« Tu viens de rater monsieur Sécaillat, il vient tout juste de partir, me dit Blanche. Il était inquiet pour ses lavandins, il va essayer de monter sur le plateau pour voir s'ils sont touchés par le feu. »

Ça, c'était bien du Sécaillat tout craché. Entre sa femme à l'hôpital et un Luberon en flammes, il trouvait le moyen de se soucier de ses pieds de lavandin. Il avait quelques hectares sur les Claparèdes, qu'il cultivait le dimanche pour garder la forme. Je ne savais pas où ils étaient exactement, mais si Auribeau et Sivergues avaient été évacués, il y avait de fortes chances pour qu'ils soient en train de cramer.

« Il n'y arrivera pas, les routes sont coupées après Saignon. Tout ce qu'il va réussir à faire, c'est se retrouver coincé dans les flammes », lui répondis-je.

En vrai, j'étais inquiet : il connaissait les pistes et les GR comme personne, c'était certain qu'il contournerait les barrages et arriverait à monter sur le plateau. En même temps, au fond de moi, je n'étais pas plus traumatisé que ça : s'il y avait bien quelqu'un pour connaître les caprices de mère Nature et flirter avec, c'était lui.

« C'est ce que je lui ai dit, mais il est têtu comme une bourrique, il n'y avait rien à faire. »

« Quand l'ase vou pas beure aves beu a sibla », dit Mireille dans un souffle. Elle avait tout à fait raison : on ne fait pas boire l'âne qui n'a pas soif. Elle avait l'air d'être de retour parmi nous. Je me retournai et m'assis sur son lit.

« Gens, Gens… » murmura-t-elle dans un souffle.

Ça y est, ça la reprenait. Elle me prenait à nouveau pour leur fils disparu. Je ne sais pas si c'était sa chute ou le fait de ne plus boire l'eau de la femme-calcaire qui l'avait fait sortir des rails, mais cela faisait étrange, de se faire appeler par le prénom d'un mort dans cette chambre d'hôpital.

« Gens, Gens, siés revengu[79]… » continua-t-elle dans son délire. Mireille me parlait en provençal. Blanche ne le comprend pas : cela créait une intimité entre madame Sécaillat et moi, dans cette chambre d'hôpital minuscule, comme si nous n'étions que tous les deux. Je ne savais pas sur quel pied danser, botter en touche ou bien rentrer dans son délire. Je lui répondis :

« Vo, siéu iéu. Siéu aqui. Siéu aqui, tout vai bèn[80]. »

C'était sorti au compte-gouttes, après moult hésitations, comme si les mots pesaient une tonne chacun, et qu'il fallait les sortir l'un après l'autre au forceps. Mon provençal est bien rouillé, mais c'est surtout que ces mots-là n'avaient aucune envie de sortir par un temps pareil. Mais on ne refuse pas les volontés d'une grabataire et, comme Blanche ne comprenait pas de toute façon, cela ne coûtait rien de reprendre ce jeu de rôle là où Mireille l'avait laissé six mois auparavant.

« Noun vole pas mouri eici, me laisses pas mouri eici, Gens[81]. »

Que fallait-il lui répondre ? Je n'étais pas Gens, elle n'était pas ma mère, et surtout on a connu plus doué que moi pour avoir une oreille attentive, dire les mots qu'il faut quand il le faut.

---

79. Gens, Gens, tu es revenu…

80. Oui, c'est moi. Je suis là. Je suis là, tout va bien.

81. Je ne veux pas mourir ici, ne me laisse pas mourir ici, Gens.

« Vas pas mouri, fau just leissa lou tèms te requinquiha un pau[82]. » Ça n'était pas fameux, c'est vrai, mais c'est le mieux que j'ai trouvé à dire à ce moment-là.

« Vola pas mouri eici. Vole mouri à noste oustau, vole mouri à l'oustau. Raduse-me au païs, se te plais, raduse-me au mas[83]. »

Le silence se fit dans la chambre. Même si j'avais été Gens dans la vraie vie, je ne vois pas ce que j'aurais pu dire, s'il y avait même quelque chose à dire. Les yeux de madame Sécaillat traversèrent la pièce, glissèrent sur Blanche et sur Gens comme si elle n'était pas là et comme s'il était déjà parti, et se posèrent sur le pot à eau posé sur la table de chevet. Elle tendit la main pour en avoir. Je me dépêchai pour lui servir un verre, mais Blanche fut plus rapide que moi : elle sortit une petite bouteille de son sac à main, et en remplit à moitié le verre.

« C'est de l'eau de la source. C'est tout ce qui nous reste, j'en gardais un peu en cachette », dit-elle comme pour se justifier. Je devais la regarder comme si j'avais vu la Vierge, parce qu'elle rajouta aussitôt, comme avec un air de reproche : « C'était ton idée la dernière fois, rappelle-toi. »

Madame Sécaillat mit les deux mains autour du verre que je lui tendis, trempa les lèvres, fit une petite pause, et but une grande gorgée ensuite. Cela me fit penser à la première fois où nous avions goûté l'eau de la source, où nous avions porté ces Duralex aux lèvres de la femme-calcaire pour recueillir son précieux liquide. C'était le même geste, mais la scène était

82. Tu ne vas pas mourir, il faut juste laisser le temps te requinquer un peu.

83. Je ne veux pas mourir ici, Gens. Je veux mourir chez nous, je veux mourir à la maison. Ramène-moi au pays, s'il te plaît, ramène-moi au mas.

aujourd'hui en négatif. Mireille passa sa langue sur ses lèvres, puis dit en me regardant droit dans les yeux:

« L'aigo, quand avèn set, es tout ço que i'a de meiour[84]. »

*

Le soleil se couchait, et c'était triste à en pleurer. Il m'arrive souvent, dans l'année, de garer la voiture sur le bas-côté de la route, et de regarder le soleil se coucher sur le Luberon. C'est à chaque fois superbe, et en plus, c'est gratuit. Là, c'était différent. C'était grandiose, c'était apocalyptique. Les fumées dégagées par l'incendie irradiaient le ciel, faisaient un prisme pour chaque rayon de soleil et le déclinaient dans tout le spectre des couleurs, du bleu cyan à l'orange sanguine. Les fumées sublimaient les couleurs, et leur donnaient comme un grain abrasif. On se serait cru devant un tableau de Monet grandeur nature. Impression Luberon, soleil brûlant. Cela faisait un mal de chien, mais on ne pouvait pas s'empêcher de regarder tellement c'était beau. Les yeux rouges, à moitié plissés, on regardait vers le soleil, comme pour une éclipse à travers le négatif d'une pellicule. On se sentait coupable d'apprécier toute cette beauté quand on pensait à tous ces hectares partis en fumée. C'était mal de regarder, mais on le faisait quand même, à son corps défendant. En partant de l'hôpital, les infirmières nous avaient donné des masques, pour éviter de respirer les fumées, et nous avaient bien dit de calfeutrer les portes et les fenêtres. Peine perdue: la fumée s'infiltrait partout, à travers les fissures et les interstices, elle collait à la peau et vous flanquait un mal de crâne à couper au couteau.

Le feu avait encore gagné du terrain pendant la journée. Il avait atteint Buoux, le vallon de l'Aiguebrun. En milieu

84. L'eau, quand on a soif, c'est ce qu'il y a de meilleur.

d'après-midi, les autorités avaient décidé d'évacuer Bonnieux et Saignon. Les pompiers étaient complètement dépassés, les Canadair avaient tourné sans arrêt toute la journée. La ligne de feu était aux portes du prat dei Mascas, le pré des Sorcières. Demain, il serait sans doute à Rocsalière, au rocher des Druides.

En regardant le soleil se coucher vers Cavaillon, et les pins se bagarrer avec le Maître-Vent, je me demandai si Vintur allait l'obliger ce soir à respecter cette règle des trois, six ou neuf jours. Si demain le Maître-Vent était toujours de la partie, c'était fichu : il passerait à la vitesse supérieure pour trois jours supplémentaires.

42. LE HUSSARD FAIT SON ARLÉSIENNE

Un homme sans défauts est une montagne sans crevasses.
René Char

La sonnerie retentit dans le noir, réveillant tout sur son passage. On fut debout en un clin d'œil : avant même de décrocher le combiné, on savait qu'il y aurait une mauvaise nouvelle à l'autre bout du fil. En marchant vers la cuisine où est le téléphone fixe, je pensais à Mireille Sécaillat : elle avait l'air si faible cette après-midi. Ce devait être monsieur Sécaillat qui nous appelait pour nous annoncer qu'elle était partie, qu'elle avait passé l'arme à gauche.

Tout faux : ce n'était pas lui, mais un message automatique, préenregistré sur une boîte vocale. C'étaient les pompiers : il fallait évacuer. Des centres d'accueil étaient ouverts, au gymnase du collège, et à la salle des fêtes d'Apt. Les pompiers feraient du porte-à-porte dans deux heures pour vérifier que toutes les maisons avaient bien été évacuées sans exception. Nous devions juste prendre l'essentiel, les animaux de compagnie, et fermer à clef. C'était tout. Le message tournait en boucle. Je l'écoutai une deuxième fois, pour être sûr de ne pas avoir rêvé, et une troisième pour être sûr de ne rien oublier. Blanche arriva en nuisette, me regardant en cherchant à comprendre ce qui se passait. Il n'y avait pas de temps à perdre, je lui tendis le combiné et montai dans la chambre d'amis, là où nos valises étaient rangées.

Ce fut vite fait. Impossible de savoir combien de temps cela allait durer, mais je pris du linge pour quatre jours. Blanche me rejoignit dans la chambre et rajouta des photos, les bijoux auxquels elle tenait le plus et d'autres objets à valeur sentimentale. C'était tout, ça tenait dans une petite valise.

« Allez ouste, on y va. Tu as vu le Hussard ? »

Elle ne l'avait pas vu. Je regardai dans l'entrebâillement de la porte-fenêtre, où il dort parfois sur une vieille serpillière. Il n'était pas là. Je descendis à la cave, où il vient dormir parfois en passant par un vieux soupirail. Il n'était pas là non plus. Je sortis sur la terrasse pour l'appeler et fus pris à la gorge par la fumée, et l'odeur de brûlé. Des éclairs rouges incandescents zébraient l'obscurité : l'incendie n'était pas allé se coucher. Les étoiles avaient disparu, le ciel n'était plus qu'une aurore boréale rouge sang. C'était impressionnant : sans repère visuel, les flammes pouvaient sembler loin, mais c'était juste à vol d'oiseau. L'incendie avait dévoré le plateau des Claparèdes, jusqu'aux basses crêtes. Dans le rouge des flammes, on devinait les ombres chinoises des troncs d'arbre, qui achevaient de se transformer en torchères. Rouges et noires à la fois, les pommes de pin tombaient des branches en sifflant comme des météorites entrant dans l'atmosphère. J'appelai le Hussard en criant depuis la terrasse, dans le jardin : à chaque fois je m'arrachai les poumons, je respirai du charbon. Je regardai partout où il avait l'habitude d'être, une fois, deux fois, vingt fois, à en devenir fou. Il n'était nulle part. Je l'appelai, mes mains en haut-parleur : je m'égosillai sur la terrasse, au milieu du jardin, à côté du bassin, dans les escaliers, partout.

Il ne répondait pas. Il était introuvable. Je savais qu'on ne le trouverait pas de toute façon. Ce genre d'événements, ça perturbe les bêtes, et elles se mettent à l'abri en attendant que ça passe. Il devait se terrer dans un trou de souris et me regarder en pensant « Tu peux toujours courir pour que je sorte ». Je descendis jusqu'au portail, l'appelai depuis le chemin. Il ne se montrerait pas. Sur le chemin, il y avait le camion des pompiers qui remontait, s'arrêtant et sonnant à chaque maison. J'appelai encore une fois le Hussard. Blanche sortit la voiture du garage. Elle avait les larmes aux yeux et me dit dans un sanglot :

« Il faut y aller, on ne peut plus attendre. »

*

La nuit avait été difficile. Nous étions allés pointer à la salle des fêtes d'Apt, où des employés de la mairie nous avaient donné du café, des couvertures, et des informations supplémentaires. Le feu était reparti de plus belle dans la nuit, et le mistral se déchaînait dehors. Une colonne de pompiers avait été isolée par les flammes et avait réussi à s'en sortir de justesse. Dans la foulée, les autorités avaient décidé de faire évacuer les habitations. Des chambres d'hôtel étaient mises à disposition, des habitants s'étaient portés volontaires pour nous loger si nous n'avions nulle part où aller. Blanche voulait aller chez Albane, mais les routes étaient coupées. On nous avait donné une chambre dans un hôtel, sur la place de la mairie. Nous n'avions pas réussi à fermer l'œil de la nuit. J'étais inquiet pour le Hussard, je me demandais où est-ce qu'il avait bien pu aller se fourrer. On se faisait du mauvais sang pour la maison : même si le feu était encore loin, il suffisait que le maître vent change d'humeur et de direction pour lui dire adieu. Si la légende disait vrai, au quatrième jour le mistral allait devenir le mistralas, un vent méchant et mauvais comme la gale. La sagesse populaire disait aussi que lorsque le mistralas soufflait, les statistiques de la criminalité augmentaient, et que ce n'était pas une coïncidence. Dans le noir je me demandai ce que Vintur faisait, et pourquoi il ne rappelait pas son enfant terrible à l'ordre. Le Luberon était son domaine après tout, le dieu ne pouvait pas laisser le massif brûler sans rien faire.

Au matin, le café de l'hôtel avait un goût amer qui ne disparaissait pas, même en rajoutant du sucre. Les actualités passaient à la radio, et revenaient sur cette nuit. Une réunion d'information était prévue à la mairie à onze heures. D'ici là, à part tourner en rond dans la chambre, il n'y avait pas grand-chose à faire.

*

J'aimerais pouvoir dire que tout ce qui s'est passé ensuite était mûrement réfléchi, que j'ai pris mon courage à deux mains pour rétablir la situation. Mais non, tout s'est fait naturellement, sans réelle décision de ma part. En pilote automatique.

Je sortis de l'hôtel et me mis à arpenter les rues au hasard. Ce n'était pas très agréable : l'air était chargé, on respirait avec difficulté, on avait les yeux qui piquaient. Des personnes portaient des masques sur la bouche.

Mes pas me portèrent jusqu'à la place Carnot, là où le musée, la bibliothèque et la cathédrale se regardent en chiens de faïence depuis des lustres. Ils me firent penser à cette matinée de décembre, où le sirocco avait soufflé et où j'avais déposé les toutouros sur les marches du musée. Il me semblait que c'était il y a une éternité, et pourtant c'était hier. Les marches du musée étaient toujours là, fidèles au poste, elles n'avaient pas bougé.

La chargée d'accueil me regarda comme un extraterrestre, se demandant quel hurluberlu pouvait bien venir au musée un jour pareil. Elle prit mon billet, me rendit la monnaie et ce fut tout. Les vitrines, les vases et les glaives m'accueillirent comme les décors d'un théâtre, attendant que les acteurs montent sur scène et déclament leurs tirades. Le clocher de la cathédrale se mit à sonner, ce devait être le coup de neuf heures.

« Mais regardez qui vient nous rendre visite après tout ce temps », dit une voix dans mon dos.

C'était monsieur Gardiol. Il avait une grosse tasse de café dans la main et sortait de son bureau.

« C'est fou, tu n'as pas changé. Alors comme ça, tu n'es pas devenu Indiana Jones », dit-il avec un sourire. Il me chambrait, il se souvenait de ce gosse de quatorze ans qui rêvait de crapahuter dans les catacombes. Une voix qui ressemblait à la mienne lui rappela mon nom et répondit des banalités, parla de l'incendie – C'est vraiment incroyable ; j'espère qu'on va le choper ce pyromane – et de choses et d'autres.

« Allez, il faut fêter dignement ces retrouvailles, je t'offre un café », dit-il en me faisant passer dans son bureau.

C'était toujours le même capharnaüm, un entassement de magazines, des piles de livres en veux-tu en voilà, des strates d'articles imprimés et de coupures de journaux qui montaient jusqu'au genou. Trois tasses vides jouaient à la pétanque dans un coin, avec une cuillère à café dans le rôle du cochonnet. Un ordinateur trônait sur le bureau, une souris et un cendrier rempli à ras bord jouaient des coudes pour obtenir les faveurs du clavier. Contre le mur, entre une étagère et la fenêtre, étaient superposés trois bacs blancs que je reconnus tout de suite. Je fis mon possible pour avoir l'air de rien et regardai dans la direction opposée.

Sur une autre étagère, une vieille machine à café, remplie aux deux tiers, méditait en silence. Monsieur Gardiol me servit une tasse et me proposa une chaise. Il s'avachit sur son fauteuil et mit les pieds sur son bureau.

« Alors que deviens-tu ? On m'a dit que tu travaillais pour l'Éducation nationale, tu n'as pas voulu poursuivre dans l'archéologie ? » me glissa-t-il dans un sourire. On échangea les banalités d'usage : dans la vie on fait ce qu'on peut et pas toujours ce qu'on veut, et à part ça, dis-moi, que deviens-tu. Cela faisait bizarre de se retrouver dans ce bureau vingt ans plus tard. Si on me l'avait dit, je ne l'aurais pas cru. C'était hors du temps, comme si ces vingt années n'avaient pas eu lieu, comme si lui et moi avions des kilos et des centimètres en moins. Monsieur Gardiol marqua une pause, le temps de prendre une gorgée de café supplémentaire. Les bacs blancs me jetaient des regards furtifs, ne sachant pas trop ce que j'étais venu faire ici en fin de compte. Le conservateur du musée s'esclaffa : le vieux briscard avait surpris mon regard.

« Ah ah, c'est pour ça que tu es venu déranger le vieil ermite au fond de son antre, hein ? Tu as vu ma photo dans le journal ! Ils m'ont complètement raté. Je vois avec plaisir que tu n'as pas perdu tout intérêt pour les énigmes de l'histoire, c'est bien. »

Il se leva et alla ouvrir un des bacs blancs à côté de la fenêtre. Il en sortit une toutouro, et défit le papier à bulles avec délicatesse. On sentait les années d'expérience, passées à gratter dans la poussière. Il se retourna, se rapprocha de moi et me la tendit :

« Bon, attention, hein, parce que ce sont toujours des pièces à conviction. Les gendarmes me les laissent ici, parce qu'ils ont fait tous les relevés qu'ils ont pu et ne savent pas quoi en faire à la caserne. »

Je poussai le vice jusqu'à prendre un air subjugué, fasciné par ce que je tenais dans les mains. Monsieur Gardiol souriait, fier de pouvoir encore émerveiller son petit stagiaire par son métier et ses trouvailles. Pauvre de lui, s'il savait. Il partit se rasseoir derrière son bureau.

« Lorsqu'ils ont construit l'observatoire en haut du mont Ventoux après la guerre, les ouvriers ont déterré plein de fragments de poteries, des trompes en terre cuite. La tribu qui était dans le coin avant que Jules César n'arrive, les Albiques, montait là-haut pour assurer le culte d'un dieu vent, et de Vintur, un dieu des montagnes sur lequel on ne sait à peu près rien à part deux ou trois inscriptions retrouvées à droite à gauche. Ça avait fait sensation à l'époque : Pétrarque, qui pensait être le premier à avoir gravi le Ventoux, pouvait aller se rhabiller. Cinquante ans plus tard, on n'en sait toujours pas beaucoup plus : quels pouvoirs les Albiques attribuaient à ce Vintur, ce qu'ils lui demandaient, ce que leur dieu vent venait faire dans l'histoire, etc. »

Il fit une pause avant de reprendre :

« Il y a quelques mois, des gens ont déposé sur les marches du musée une dizaine de caisses, et sont partis sans laisser d'adresse. Les analyses de datation sont tombées il y a deux mois : les trompes trouvées en haut du Ventoux et celles dans les bacs datent de la même époque, et du même lieu de fabrication. Conclusion de l'histoire, avec un petit *h* : à moins de mettre la main sur les marioles[85] qui m'ont livré ces caisses et de leur poser deux trois questions, j'ai peur que nous n'en sachions guère plus sur les trompes du Ventoux. Mystère et boule de gomme », dit-il en regardant d'un air songeur le marc de café dans sa tasse.

Je ne répondis rien. Je ne sais pas s'il y avait quelque chose à répondre, s'il attendait une réponse de ma part, ou même si c'était une accusation voilée de sa part. Je le regardai dans les

85. Petits malins.

yeux, puis battis en retraite et me remis à scruter la toutouro sous tous les angles. Ça n'était pas la plus belle, pas la plus travaillée. Ni même la mieux conservée. Mais elle avait un air vrai, un air qui disait « moi on ne me la fait pas », qui rendait le silence assourdissant dans le bureau de monsieur Gardiol. Elle balayait à elle seule tous les non-dits, tous les mensonges de ces derniers mois.

« Pourquoi les Albiques montaient au sommet du… »

Monsieur Gardiol s'interrompit au milieu de sa phrase. L'employée de l'accueil avait passé la tête par la porte et lui demanda :

« Monsieur Gardiol, vous pouvez venir une petite minute s'il vous plaît ? Il y a un souci avec l'équipe au Fangas. »

Il la regarda avec un air de « vous voyez bien que ce n'est pas le moment », mais capitula devant son regard désespéré. Une minute, me dit-il, puis il se leva et la suivit. Je posai la toutouro à plat sur le bureau. Elle me regardait, et me jetait des regards défendus.

Le bruit de leurs voix s'éloigna pour aller se perdre entre les collections du musée. Le bureau sembla tout à coup bien vide, comme si monsieur Gardiol en avait été un mur porteur et que sans lui la pièce se demandait comment elle allait pouvoir tenir debout. Dans le silence, les bacs blancs me regardaient, assis bien sages contre la fenêtre. Ils ne disaient rien, mais n'en pensaient pas moins. Six mois après, c'était comme deux amis qui ne se sont pas vus depuis un bout de temps, et ne savent pas s'ils doivent se serrer la main ou se faire la bise.

Une seconde passa, je fis trois pas vers eux et mes mains se retrouvèrent sans rien dire sur les couvercles des bacs blancs. Elles ne m'appartenaient plus, j'agissais comme dans un état second. Elles soulevèrent un couvercle, et plongèrent à l'intérieur. Les toutouros étaient là, bien rangées, bien sages. Une petite voix chuchotait dans ma tête, doucereuse : « Une de plus, une de moins, ils ne vont pas voir la différence. » Une autre lui répondait, catégorique : « Évidemment que si, ce sont des pièces à conviction, tu penses bien que les gendarmes les ont listées dès le début. » À vrai dire, peu importe, je ne les écoutais pas, je ne les entendais pas, je faisais la sourde oreille. J'en pris une, au hasard, la première qui me tombait sous la main. Mon cœur battait la chamade, il tapait si fort qu'il couvrait tous les bruits autour. Sans prendre le temps de la regarder, je remis le couvercle de plastique sur le bac et fis demi-tour. Je marquai un temps d'arrêt à l'entrée du bureau, cherchant à faire taire les battements de mon cœur pour savoir où étaient monsieur Gardiol et son employée. Ils avaient l'air d'être dans les étages. Je serrai la toutouro contre moi, et fis les quelques pas qui me séparaient de la sortie du musée.

*

C'était tout. C'était fini, il n'y a pas grand-chose à dire de plus. Tout s'était passé en pilote automatique, sans trop y réfléchir. Dehors, le soleil était déjà haut dans le ciel. L'air chargé de fumée vous prenait à la gorge, vos yeux se mettaient à piquer. Le mistral soufflait sur la place Carnot, les feuilles des platanes et les mégots faisaient des tourbillons dans les coins. Dans les rues il n'y avait pas un chat. Il était déjà dix heures, Blanche devait être à la réunion d'information. Je passai à la voiture avant de la rejoindre, et cachai la toutouro dans le coffre, sous des piles de vêtements.

À la mairie, la salle était comble, il fallait se faire tout petit en s'asseyant. Blanche me vit arriver en faisant les gros yeux. « Mais où diable étais-tu passé ? » Les pompiers avaient presque fini leur présentation. Rien de bien exceptionnel à vrai dire : ils disaient que l'évacuation était préventive, que le feu était encore assez loin des maisons. Il était interdit d'y retourner, les routes étaient coupées sur tout le massif jusqu'à nouvel ordre. Les Canadair continuaient à tourner et les pompiers voulaient faire un coupe-feu autour des maisons les plus menacées. Les prévisions météo n'étaient pas bonnes : le mistral n'avait pas prévu de faiblir, loin de là.

À la sortie, Blanche me redemanda où j'avais disparu. Je lui répondis que j'étais allé à la bibliothèque, et que le temps avait filé tout seul. Cette réponse en valait bien une autre. On repassa à l'hôtel prendre nos affaires, avant d'aller chercher la voiture et de filer sur Aix. La combe était fermée : il fallait contourner tout le Luberon et passer par Cavaillon.

43. LA DERNIÈRE RAÏSSE

Nous es fouel quau li vai, mai fouel quau li retourno.
(N'est pas fou qui monte au Ventoux,
mais est fou qui y retourne.)

« S'ils le trouvent, ce pyromane, ils n'ont qu'à le brûler vif, ça lui passera l'envie de recommencer. » Devant le vingt heures, Albane commentait chaque phrase du journaliste. Il interviewait deux trois vedettes, qui venaient se lamenter devant la caméra pour leurs vacances interrompues. Les gendarmes confirmaient que l'origine de l'incendie était criminelle : les pompiers avaient trouvé pas moins de trois départs de feu. Un berger du Ventoux était venu signaler à la gendarmerie que quelqu'un avait voulu mettre le feu à son jas à la fin juin, il y avait moins d'un mois, et que ça se pouvait bien que ce soit le même gus. La gendarmerie avait lancé un appel à témoins, et le journaliste donnait le numéro vert à appeler.

On écoutait en silence, sans rien dire, le nez piqué dans notre assiette. Nous étions arrivés chez Albane en début d'après-midi, et nous avions passé l'après-midi les yeux rivés sur nos téléphones, à espérer vingt fois que la ligne de feu arrêterait de s'approcher des maisons. Les Canadair avaient fait plusieurs passages, ils avaient largué du produit retardant entre les maisons et les flammes. Ça avait marché jusqu'à présent, sans garantie que cela suffise si le mistral continuait de souffler comme un furieux. Blanche avait déjà appelé deux fois le standard des pompiers pour avoir des nouvelles de la maison et du Hussard. Ils n'avaient pas trouvé l'animal. On les avait alertés ce matin encore, en quittant la salle des fêtes : ils m'avaient dit qu'ils y retourneraient dans l'après-midi pour l'appeler. Monsieur n'avait toujours pas pointé le bout de son nez. C'était un supplice d'attendre sans savoir à quel saint se vouer, de se poser la question toutes les trente secondes. Il y avait plusieurs sentiments qui cognaient à la porte, et c'était difficile de décider auquel ouvrir en premier. Il y avait l'inquiétude pour la maison, tout ce que nous avions bâti ensemble depuis quinze ans. C'était à mi-chemin entre le matériel et le sentimental, aux carrefours de l'assurance, du compte en banque, des albums photo et de tous nos souvenirs. Il y avait le Hussard, qui était un être vivant, mais qui restait un chat, comme me l'avait si gentiment rappelé ma belle-sœur. Il y avait des pensées coupables, à mettre tout ça dans un même panier, et à se demander pour lequel il était juste de se faire le plus de mouron.

Au moment du dessert je reçus un appel de Franck, ce qui était en soi exceptionnel : mon frère ne m'appelle pour ainsi dire jamais. Il n'y a pas de raison particulière, c'est juste que c'est comme ça, c'est tout. Un an après la mort d'Andréas, Franck était parti faire ses études à Paris et il y était resté. Tout gosse il était taciturne, et la mort d'Andréas n'avait rien arrangé. Le temps avait fait le reste. Franck avait vu les infos et appelait pour voir comment ça allait, savoir si la maison y était passée. De fil en aiguille, on s'était tenu la jambe plus de trois quarts d'heure. Lorsque je raccrochai, tout le monde avait débarrassé : personne n'avait envie de faire un jeu de société, et ce fut l'heure d'aller dormir. J'attendis deux heures, le temps que le silence s'installe dans la maison et que Blanche s'endorme. La toutouro m'appelait en sourdine depuis le coffre de la voiture où je l'avais laissée le matin. Elle m'avait appelé tout au long de la journée, résonnant dans un coin de ma tête, par-dessus les instructions des pompiers, les conversations de Blanche ou d'Albane. Je me levai sans faire de bruit, faisant mon possible pour ne réveiller personne, et pris la voiture, direction le Ventoux.

*

Du haut du sommet, on voyait l'incendie différemment. C'était si petit, c'était si bas. Une allumette qui brûlait dans la nuit. Point rouge sur fond noir. On avait peine à croire qu'en réalité il y avait de vraies flammes, de vrais arbres. On revenait dans le monde réel en ouvrant la portière : le Maître-Vent se chargeait de vous accueillir comme il se doit, furieux gardien des lieux qui ne voulait pas aller se coucher. Il était impossible de marcher droit, on tanguait à gauche à droite, comme sur un bateau pendant la tempête.

Je m'étais garé contre le mur de l'observatoire et ouvris le coffre avec précaution. Je sortis la toutouro du plastique et la serrai contre moi. Naïvement, je cherchai du regard l'endroit où les Albiques, Moustache-Blanche et Hannibal avaient joué pour apaiser le Maître-Vent. D'après le Gaulois, les bergers pèlerins avaient laissé derrière eux un petit cairn de toutouros brisées, leurs dernières offrandes à Vintur. Mais, bien évidemment, il n'y avait plus de cairn depuis belle lurette : les siècles comme les travaux de l'observatoire étaient passés par là.

Le plus raisonnable eût été d'aller jouer à l'abri dans la chapelle de la Sainte-Croix, mais ce n'était pas exactement le sommet du Ventoux, c'était légèrement en contrebas. S'il fallait jouer toute la nuit pour avoir une chance de calmer le

Maître-Vent, autant bien faire les choses et jouer là où l'enfant dieu écouterait. Le cairn devait être au sommet du Ventoux, en son point le plus haut, et celui-ci n'avait pas dû beaucoup bouger au cours des siècles. Aujourd'hui, il était signalé par un panneau, qui indiquait pompeusement « *Sommet mont Ventoux 1 911 mètres* ». Des générations de cyclistes avaient posé des autocollants dessus. Je m'appuyai contre le poteau, et me laissai glisser jusqu'à son pied. Assis par terre, mon corps offrait moins de prise au mistral. Je fis passer la toutouro entre mes genoux et la calai entre deux pierres qui avaient l'air d'être là précisément pour ça. Trois brins d'herbe à côté de mon pied se mirent à jouer les métronomes : se balançant un coup à gauche, un coup à droite, ils donnaient le tempo du Maître-Vent. Je portai la toutouro à mes lèvres. On voyait l'incendie au loin dans la nuit, phare du monde réel dans une mer d'illusions. Je commençai à souffler, et fermai un œil, puis deux.

Cela restait toujours plus difficile que ça en avait l'air. J'essayai de prendre exemple sur Moustache-Blanche, de plisser les lèvres comme il l'avait montré à Hannibal. Mais le résultat n'était pas à la hauteur de mes espérances. À la première tentative, il n'en sortit aucun son, à part le bruit de l'air qui fuyait mes lèvres comme le sac d'un aspirateur percé. Mais Hannibal avait eu du mal lui aussi à la première tentative.

Après deux ou trois essais supplémentaires, un son réussit péniblement à se frayer un chemin. C'était plus un couinement de souris, un bruit de caoutchouc qu'on plisse qu'autre chose. Ce n'était pas très mélodieux : en fin de compte, j'étais assez content d'être tout seul ici, au sommet du Ventoux, sans public pour assister à ce triste spectacle. Je ne devais pas m'y prendre de la bonne manière : ce n'était pas avec un son pareil que l'on pouvait espérer endormir qui que ce soit, à commencer par le Maître-Vent.

Je calai la toutouro dans une position différente, lui donnant un angle moins abrupt avec le versant, lui faisant adopter doucement la pente de l'adret. J'essayai non plus de plisser les lèvres comme un sourire forcé face caméra, mais plutôt comme s'il fallait souffler sur du thé brûlant, trop chaud pour être bu.

Un son en sortit, comme par erreur. Un son timide qui pointait le bout de son nez, qui venait voir ce qui se passait dehors. L'oiseau qui sort la tête de son nid une fois la neige tombée. Aussi surpris que lui, je faillis arrêter de souffler, et il se mit à trembloter aussitôt, se demandant s'il était en train de vivre ses derniers instants. Comme un adolescent qui apprend à conduire et qui est tout fier d'avoir réussi à embrayer, je poussai un tantinet sur l'accélérateur de mes poumons, et offris à cette première tonalité une dizaine de secondes de vie supplémentaires. Elle brûla les derniers atomes d'oxygène de mes poumons, les traquant jusqu'au dernier. À bout de souffle, mes lèvres éjectèrent le bec de la toutouro, comme s'il les brûlait au troisième degré.

C'était tout. Ce n'était pas grand-chose, mais c'était épuisant. La toutouro pesait une tonne dans mes mains et m'avait mis les lèvres en feu. J'ouvris les yeux : les trois brins d'herbe me regardaient, narquois. Ils se balançaient, toujours à l'unisson, marquant le tempo des caprices du Maître-Vent. C'était déprimant, je commençais à me demander ce que j'étais venu faire ici, à vouloir calmer un vent fada et à prier un dieu qui n'avait plus aucun fidèle à part moi. C'était ridicule, et les trois métronomes me le faisaient bien sentir. Dans le noir, les rafales alternaient, continuant à souffler un coup à gauche, un coup à droite : le Maître-Vent n'avait pas envie d'aller se coucher et me le faisait bien sentir. J'avais envie de partir, je ne voulais pas rester, cela ne rimait à rien.

Seule, au loin à l'horizon, une petite allumette rouge me demanda de rester, de ne pas partir. Le silence se fit au sommet du Ventoux. Le Maître-Vent me regardait avec les yeux d'un enfant qui attend son histoire, la tête bien calée sur l'oreiller. Je ne savais pas quoi lui dire, ou plutôt je n'avais pas le courage de lui dire les mots qu'il attendait. Il n'y avait nulle part où aller, nulle part où se cacher. Une minute passa : je ne voulais pas, il ne fallait pas s'engager sur ce chemin-là. À mes pieds, les trois métronomes recommencèrent à marquer le tempo du Maître-Vent. Il s'agitait à nouveau, son tempérament reprenait le dessus, il allait repartir de plus belle. À reculons, mes mains portèrent la toutouro à mes lèvres, et je fermai un œil, puis deux…

*

C'est l'histoire d'un enfant qui vit dans son monde, qui n'en sort que lorsqu'il y est obligé et qu'il ne peut faire autrement. C'est l'histoire d'un enfant qui ne parle pas, qui n'a pas parlé de la maternelle jusqu'au primaire. Ses parents lui en ont fait rencontrer, des docteurs et des gens en blouse blanche, pour comprendre pourquoi il ne parle pas, pour comprendre ce qu'il a. Ce n'est pas qu'il ne peut pas parler, ce n'est pas qu'il n'a rien à dire. C'est juste qu'il est mieux dans son monde, qu'il y a tant de choses dans sa tête et si peu – croit-il – que les autres sont prêts à entendre. C'est l'histoire de mondes si complexes, d'univers si absolus que des mots simples comme bonjour ou des phrases longues comme le bras ne sauraient les décrire. Lorsqu'il essaie de parler, les mots s'étranglent dans sa gorge, elle est bien trop petite pour laisser passer tout ce qu'il y aurait à dire. Il ressent tout un peu plus, il ressent tout un peu mieux, avec une intensité qui parfois lui fait peur. Lorsqu'il ferme les yeux, lorsqu'il imagine, les couleurs sont toujours plus vives, les sons toujours plus prenants, les odeurs toujours plus enivrantes. C'est l'histoire d'une réalité plus vraie.

Lorsqu'il est avec les autres, le monde est moins intense, moins attrayant, comme si on avait mis un voile de coton sur tout ce qui l'entourait. Il se sent obligé de composer avec eux, de réduire la voilure de son monde pour le faire accoster dans leur port. Il flotte encore, mais s'arrime mal, comme deux pièces de Meccano qui ne vont pas ensemble. À l'école, les instituteurs ont appris à vivre avec, à ne plus s'inquiéter de ce roi du silence. Il y a bien les remplaçants, les premiers jours, qui demandent pourquoi cet enfant reste tout seul, là dans son coin, et viennent lui parler. L'administration les renseigne – Mais non, c'est normal, il est comme ça, il n'y a pas de problème. Lui, avec les autres enfants, il se sent ridicule, il se sent limité : alors il préfère ne rien dire, il préfère s'absenter, il préfère rester dans son monde qui est si vaste.

C'est l'histoire d'un prince dans son royaume. Son royaume est partout, il arrive à le recréer, à le transporter avec lui, à le transbahuter entre ses neurones, où qu'il aille. Dans la voiture, sur le siège arrière, il regarde le paysage qui défile et voit ses histoires prendre forme, ses héros se lever, se battre et mourir. Dans les salles d'attente, il regarde ses mains sur ses genoux, et des héros renaissent pour de nouvelles histoires. Dans le jardin de sa maison, c'est là où tout commence, là où son imaginaire prend source, les mercredis, les samedis et les dimanches. Les bassins deviennent des océans Pacifique, les carpes des Moby Dick, des *Nautilus*. Les murs des terrasses deviennent les remparts de ses citadelles, les lézards des phœnix, des dragons immortels. Les arbres deviennent des mondes perdus, leurs branches des ponts de liane au-dessus du vide. Lorsque sa mère l'appelle pour le goûter, il n'entend pas : il est trop loin, la voix des autres ne porte pas assez fort dans ses pensées. Il ne rentre qu'à la nuit, lorsqu'il ne fait plus assez jour pour défendre Peyrepertuse, Cuzco, et que ce doit être l'heure de *Zorro* à la télé. L'heure, il a du mal avec : les minutes, les secondes, ça change tout le temps et surtout ça se conjugue mal avec les mondes qu'il construit. La grande et la petite aiguille sont deux sabres qui essaient de laminer ses mondes, des ambassadeurs intrusifs du réel qui s'incrustent chaque jour sur la peau de son poignet.

C'est l'histoire d'intrusions du réel. Il les vit plutôt mal. Combien de citadelles balayées, de serments brisés, de quêtes interrompues par une porte qui s'ouvre – Mais tu ne peux pas répondre on t'a cherché partout –, par un regard – Ah, tu es là toi je ne t'avais pas vu. Combien de régiments, d'escadrons invisibles écrabouillés par les enjambées de Papa-Maman à travers le salon ?

Au début, cela le mettait dans des colères folles, toutes ses constructions patiemment assemblées, minutieusement agencées et balayées d'un revers de main en raison de leur invisibilité. Toute cette débauche d'heures, tout ce luxe de détails symétriques, toute cette richesse d'univers parfaits qui tombaient en morceaux, tout cela à cause des gros sabots du réel.

Mais il avait dû apprendre à composer, à intérioriser ses colères, sous peine de plus de questions idiotes, de plus de rendez-vous chez le spécialiste. Là où les autres ne voyaient que des sautes d'humeur, des caprices imprévisibles, lui voyait des réactions logiques face à la perte irrémédiable de mondes engloutis, d'univers anéantis.

Au fil du temps, il avait grandi, mais il n'avait jamais abandonné les clefs de son royaume. Il les laissait dans sa poche, et les sortait quand il le pouvait, à la moindre occasion. Il avait simplement compris que l'Extérieur ne serait jamais assez grand pour son royaume : il valait mieux garder ce dernier pour lui, bien caché et à l'abri du regard des autres. Il avait appris à accepter qu'une barrière se dresse pour toujours entre le réel et son royaume, infranchissable pour les autres, mais pas pour lui, avec un peu d'exercice. Il avait fait le deuil d'emmener les autres de l'autre côté : c'était trop dur, trop difficile. S'ils voulaient à tout prix rester dans leur cloître fade et sans relief, c'était leur problème après tout. Avec eux, il mettait une panoplie de normalité, un camouflage pour passer inaperçu, toléré à défaut d'être accepté. Il avait appris à masquer les vraies couleurs, à étouffer les vrais sons, à taire les vrais mots : ils étaient trop puissants, trop forts pour les autres. Non, il ne s'autorisait à voir, entendre et parler que lorsqu'il retournait dans son royaume.

Avec l'âge, il était grand maintenant : il avait le droit d'aller au bout du chemin, au-delà du portail, par-delà les champs. Le Luberon s'offrit à lui, et pour la première fois, son royaume trouva un terrain à sa mesure. Pour la première fois, il n'y avait rien à changer, rien à rétrécir : tout était parfait, tout était grand, tout était sublime. Les couleurs avaient les bons tons, les senteurs les bons arômes, les bruits la bonne intensité. C'était le théâtre parfait où jouer ses histoires, où dérouler l'action de ses aventures. Il se jeta à corps perdu sur ces sentiers, arpentant ces chemins comme les voies des univers qu'il construisait. Les villages étaient les citadelles imprenables, les ruisseaux les fleuves Amazone qui coulaient dans son royaume.

Lorsqu'il entendait des gens venir à contresens, des randonneurs, des touristes, il allait se cacher dans les buis. Ce n'est pas qu'il était timoré ou timide : non, c'est juste qu'il voulait rester dans son royaume, éviter que tout ne s'effondre à cause de simples intrus de passage. Les buis masquaient ses cathédrales de chimères et ses aqueducs d'illusions. Le Luberon était un terrain de jeu à la hauteur de son royaume : la garrigue était sa brousse, les ocres ses canyons, les bories ses cavernes super-secrètes. Les allées de cerisiers étaient des alignements de dolmens pour se cacher des légions romaines, les rangées de vignes des labyrinthes où suivre les mousquetaires, les rayons de lavande des sauts de haies pour des Olympiades.

Le calcaire était devenu le ciment parfait sur lequel il avait bâti son univers, et la folie du Maître-Vent – tout comme autrefois la porte qui s'ouvrait sans prévenir dans sa chambre – mettait en péril des mondes entiers, menaçait de faire partir en fumée tout ce qu'il avait patiemment construit.

*

Je repris mon souffle comme après une longue apnée : bruyamment, les poumons brûlants sous mon torse. J'avais les lèvres en feu, et les larmes aux yeux : j'avais joué des heures durant, sans arrêt. La nuit avait filé vite, l'histoire avait dévoré les heures. Il n'y avait plus rien d'autre à écouter que le silence, qui contamine le vide au sommet du mount Ventour. J'ouvris un œil, puis deux, et fixai sans attendre mes trois métronomes, les témoins de la colère du Maître-Vent. Pendant un instant, sous la lumière de la lune, l'ombre d'un doute plane, comme celle d'un oiseau de nuit sur le sol calcaire. Immobiles entre les ossements des bergers pèlerins, les brins d'herbe sont au garde-à-vous, retenant leur souffle et fixant les étoiles au-dessus d'eux.

Au bout d'un certain temps, je compris que la science de Moustache-Blanche avait marché encore une fois. Vintur avait entendu ma demande, le Maître-Vent avait écouté ma toutouro et était enfin aller se coucher. Le Luberon allait enfin pouvoir respirer.

*

Je me levai et fis quelques mouvements pour chasser les courbatures de cette longue nuit. L'aube n'allait pas tarder à arriver, elle pointait déjà le bout de son nez. Au loin, l'allumette rouge accrochait le regard, va savoir pour combien de temps encore.

Un éclair me répondit en silence : il zébra le ciel, aussitôt suivi d'un deuxième. *Plic, ploc*, des gouttes se mirent à consteller le calcaire. Un orage de chaleur venait d'éclater. Les premières gouttes, timides, firent attention à tomber sans faire de bruit, comme si elles ne voulaient pas réveiller le Maître-Vent. Les suivantes, plus téméraires, n'en avaient cure et commencèrent à me tremper comme une soupe. Je me mis à courir vers la voiture, mais des paroles vieilles de deux mille ans m'arrêtèrent tout net. Il avait été interdit à Hannibal de repartir du sommet avec sa toutouro, sous peine de réveiller l'enfant dieu. Non, il fallait la briser là-haut, comme une ultime offrande à Vintur, en faire un cairn pour les futurs bergers pèlerins qui prendraient le relais.

Le visage de monsieur Gardiol apparut, et avec lui l'épineuse question de savoir comment j'allais bien pouvoir me sortir de ce guêpier. Tant pis : entre les fouilles clandestines, les départs de feu, la toutouro volée au musée et maintenant la destruction d'une pièce à conviction, je n'étais plus à ça près. J'avais ma conscience pour moi, et cela ne valait pas la peine de risquer la colère de Vintur, ou pire encore, de réveiller le Maître-Vent.

Les gouttes de pluie perlaient de mes cheveux, me tombaient dans les yeux et m'empêchaient de regarder la toutouro en face. J'avais comme une boule au ventre. Mais il fallait boucler la boucle, il fallait en finir, c'était maintenant ou jamais. Je pris la trompe à bout de bras et, avec mes deux mains jointes, la frappai de toutes mes forces contre le calcaire du sommet.

44. AQUÈU DE GIPOUTOUN[86]

Le soleil fait chanter les cigales, mais, avant de mourir,
elles chantent une dernière fois au clair de lune,
parce que la lune c'est le soleil des morts.
Paul Arène

Le mistral était tombé, comme ça, d'un coup, sans rien dire à personne. L'orage du petit matin, aussi court qu'intense, avait douché les espoirs des flammes les plus téméraires. C'était fini, circulez, il n'y avait plus rien à voir. Les pompiers avaient parcouru le massif, donnant le coup de grâce aux foyers les plus récalcitrants. Les infos l'avaient annoncé et nous avions appelé les pompiers pour confirmer : oui, nous pouvions rentrer à la maison.

Estelle nous regardait rassembler nos affaires. Elle parlait de choses et d'autres, pour meubler ici et là, mais on sentait que ça l'ennuyait de nous voir partir. Le feu était fini, c'était super, mais elle aurait bien aimé que tonton et tata restent encore un peu. Elle nous accompagna avec Albane jusqu'à la voiture, le gravier crissait sous nos pas et faisait concurrence aux cigales. À travers la vitre, Estelle nous cria d'appeler sitôt que nous aurions retrouvé le Hussard. Blanche lui répondit bien sûr pour ne pas la décevoir, mais on s'attendait au pire. Il n'y avait honnêtement pas beaucoup de raisons d'être optimiste : d'après les pompiers, le feu était passé tout près de chez

86. Celui qui vient d'un pays imaginaire.

nous, et les Canadair avaient dû faire plusieurs passages pour qu'il n'aille pas plus loin.

Il était toujours recommandé d'éviter de traverser le massif, mais je ne pus résister à l'envie de passer par la combe. Je ne sais pas pourquoi, c'était plus fort que moi. Passer par Cavaillon, c'était comme passer par la petite porte, par les sentiers dérobés, alors que je n'avais rien à me reprocher, bien au contraire. D'un coup de clignotant, je pris la direction de Lourmarin. Sans trop le faire exprès, comme ça, un à-coup de mémoire musculaire. La voiture se conduisait toute seule. Blanche leva les yeux au ciel, mais ne dit rien : elle savait que c'était un combat perdu d'avance.

Une fois Lourmarin dépassé, il y a une centaine de mètres avant d'entrer dans la combe. Le moteur tournait au ralenti, la voiture roulait au pas. Il y avait au bout de la route des barrières métalliques qui bloquaient encore l'entrée de la combe. La sécurité civile n'avait sans doute pas encore eu le temps de les enlever. On les voyait de loin : elles se rapprochaient lentement mais sûrement, attirées comme des papillons de nuit par la lumière des phares. Il n'y avait pas un chat, pas un gendarme, pas un pompier. Il n'y avait pas âme qui vive. Arrivé au pied des barrières, j'ouvris la portière et descendis de voiture, en laissant le moteur tourner. Je repensai à ce qu'avait fait monsieur Sécaillat quelques jours plus tôt, en coupant à travers champs pour aller voir ses lavandins, et à quel point nous avions trouvé ça dangereux. Il n'y avait qu'à rebrousser chemin et passer par Cavaillon, c'était du pareil au même. Enfin, c'était pareil, mais ce n'était pas tout à fait la même chose : c'était choisir la face sud pour gravir l'Olympe, pénétrer dans le royaume de Vintur sans passer par tous les spasmes de douleur de la Coulobre. Je pensai aux pèlerinages des Albiques, il y a vingt siècles de cela. Ils montaient par leurs propres moyens au sommet du Ventoux, posaient le pied là où personne n'avait marché avant eux, entourés par les loups et les autres bêtes sauvages. Tout ça pour un dieu connu d'eux seuls et d'un vent récalcitrant. Nous, nous allions rentrer assis bien peinards dans la voiture, sur une route de goudron que d'autres avaient tracée bien avant nous. Et j'étais là, à hésiter à prendre un minimum de risques devant cette citadelle de cendres.

Je regardai derrière les barrières, je regardai la route disparaître derrière les premiers remparts de calcaire. Je regardai le jaseran d'Hannibal, à mon poignet, le cadeau de la Cabro d'or et le testament de Canis Lupus. Il brillait au soleil, et chacun des mots qu'il portait s'imprima au laser sur ma rétine. *Aut inveniam aut faciam.* Je trouverai un chemin ou j'en ferai un.

*

Au début, ça ne cassait pas trois pattes à un canard, c'était pareil que d'habitude. Les spasmes de la Coulobre n'avaient pas changé d'un iota, la garrigue tutoyait toujours le calcaire. La route serpentait entre les blocs, et les mêmes pins rabougris grappillaient ce que le calcaire voulait bien leur laisser. Une curiosité malsaine montait dans la voiture, rythmée par les changements de vitesse et les bruits du moteur. À chaque virage, on se demandait si ça avait cramé derrière, et si à la place du blanc et du vert, on allait voir le noir du charbon. Mais non, virage après virage, le triste spectacle se faisait attendre : non, ce n'était pas pour tout de suite.

Ce n'est qu'après avoir franchi l'Aiguebrun qu'on réalisait qu'on avait changé de monde et d'époque. C'était comme si la Coulobre était tombée sur le Luberon juste hier, et qu'elle avait tout détruit dans son agonie. Sur la gauche, le petit

Luberon était semblable à lui-même, quoique bien silencieux. Les oiseaux, les cigales ne disaient rien, ne chantaient plus, comme s'ils avaient peur de faire revenir la bête d'*ad patres*.

Sur la droite, la garrigue avait subi la fureur de la Coulobre sans mot dire, les pins étaient restés stoïques, mais on sentait qu'ils en avaient gros sur le cœur. Chaque virage était un spasme de douleur, et révélait des troncs calcinés, noirs comme l'âme du diable. Des squelettes de pins aux écailles de charbon émergeaient des cendres par dizaines, comme des croix sur un champ de bataille de 14-18. Du noir, du noir, partout. Le blanc du calcaire avait tout simplement disparu. On sentait que mère Nature avait morflé sous les râles de la Coulobre, et qu'elle en était encore toute sonnée, se demandant ce qui venait de lui arriver.

Dans la voiture, personne ne pipait mot, partagé entre le désarroi et l'envie d'en finir au plus vite. Il n'y avait pas un chat, j'avais le pied au plancher, comme si aller plus vite permettait d'en prendre un peu moins dans les yeux.

Au col du Pointu, le portable de Blanche se mit à sonner, et elle répondit. Elle aurait mérité d'être fusillée sur place, comme si elle avait décroché au beau milieu d'un enterrement. Mais je compris à son ton que c'était important, qu'il s'était passé quelque chose de grave, sans savoir exactement quoi. Une petite voix me dit que ça y était, la maison y était passée et que nous étions Gros-Jean comme devant. Blanche raccrocha et me regarda, le visage blême, livide. Ça y est, ils devaient avoir enfin retrouvé le Hussard, ou ce qu'il en restait.

« C'était l'hôpital. Ça va pas bien du tout pour madame Sécaillat. Son état s'est dégradé dans la nuit, et ils pensent qu'elle ne va pas passer la journée. Ils ont appelé monsieur Sécaillat toute la matinée et il ne répond pas. Cela fait deux jours qu'il n'est pas venu à l'hôpital. »

Je regardai Blanche en ne sachant pas quoi dire. J'aurais bien aimé avoir une bonne explication, des mots réconfortants à lui dire, mais rien ne sortit. Ce n'était pas nouveau, ce genre de chose n'avait jamais été ma spécialité.

« On est plus très loin de l'hôpital, on y sera dans dix minutes », dis-je à Blanche en appuyant sur l'accélérateur.

« Ils ont envoyé les pompiers à leur maison. Ils ont peur qu'il n'ait pas respecté le couvre-feu et qu'il se soit fait prendre par les flammes en chemin. »

Il fallait avoir de la peau de saucisson devant les yeux pour ne pas voir ce qui s'était passé. Cette tête de mule avait dû vouloir rentrer quand les routes étaient barrées, et il s'était retrouvé piégé par les flammes. Pas la peine d'attendre le retour des pompiers pour savoir où il était passé, c'était gros comme un camion. Un grand vide se fit dans ma tête, comme si on avait coupé le son de la télévision et que le film continuait. Les images de la combe se mirent à défiler en avance rapide.

*

Les portes automatiques de l'hôpital s'ouvrirent et déjà, l'envie de repartir me cisaillait le ventre. On arriva devant l'accueil et Blanche se présenta.

« Ah ! C'est vous que je viens d'avoir au téléphone il y a dix minutes. On était contents de vous avoir au bout du fil, on ne savait plus à qui s'adresser. On a eu votre numéro grâce à vos précédentes visites et… »

« Comment va Mireille Sécaillat ? On peut la voir ? » la coupa Blanche.

« Son état s'est beaucoup dégradé ces dernières heures, on l'a transférée, elle est au premier étage, maintenant. Oui, vous pouvez y aller. »

Au moment où nous nous dirigions vers l'ascenseur, l'infirmière ajouta : « Les pompiers ont appelé, ils viennent de trouver la voiture des Sécaillat garée sur le chemin qui mène à leur maison, vide. Ils ont sonné mais il n'y a personne qui répond. »

Je regardai Blanche. Elle ne dit rien, moi non plus. Elle me dévisagea, puis se dirigea vers les escaliers, sans attendre l'ascenseur. Je repartis vers la voiture.

*

En arrivant à la maison, on rentrait dans une zone de guerre. La garrigue était toujours là, elle n'avait pas brûlé. Mais elle portait les stigmates des bombardements des Canadair, qui n'avaient pas épargné leur peine pour sauver les habitations. Ils n'y étaient pas allés de main morte. Ils avaient bombardé de l'eau avec un additif retardant, qui avait tout recouvert d'une couleur ocre. Les pins, les broussailles, les pierres, la maison, tout était devenu rouge sang. La nature semblait douchée, comme lessivée par une pluie torrentielle. Ça puait une odeur chimique, ça vous donnait envie de dégueuler. Rien n'avait brûlé, tout était intact, et pourtant tout était différent. Cela allait prendre du temps avant que le paysage ne redevienne comme avant.

J'aurais pu aller directement chez les Sécaillat, mais je n'avais pas envie de tomber sur les pompiers et les questions qu'ils ne manqueraient pas de me poser. Et puis ils ne trouveraient rien dans la maison, ce n'était pas là où il fallait chercher. Je coupai à travers champs dans un état second, mes pieds avançant l'un après l'autre au milieu de la garrigue apocalyptique. Tout était couché, tout était rouge, tranchant avec le bleu du ciel. Un croissant de lune faisait sa tête de mule et refusait de disparaître. Je remontai le long du champ des cerisiers : leurs branches pendaient, elles touchaient terre comme si elles étaient encore chargées de cerises. En berne, elles rendaient un ultime hommage à celui qui avait passé ses heures et ses nuits à leur chevet, contre le gel, contre la sécheresse, contre le mildiou.

Je me dirigeai vers le bassin de la femme-calcaire. C'était comme marcher vers un tombeau. La cuve ne dérogeait pas à la règle, elle était devenue rouge ocre comme le reste. Je m'accroupis et saisis la poignée du petit portillon, sous la margelle. Le courage me manquait pour aller plus loin. C'était comme ouvrir un sarcophage scellé depuis des millénaires. À mon poignet, le jaseran d'Hannibal se mit à chatoyer au soleil. La devise apparut, baignée dans la lumière. *Aut inveniam aut faciam.* Je pris ma respiration, ouvris et jetai un coup d'œil à l'intérieur.

Il était là, recroquevillé contre le visage de la femme-calcaire, une petite bouteille vide à la main.

On aurait pu croire qu'il dormait.

*

Je me remis debout. Dans le silence, au milieu de nulle part, une cigale se mit à chanter. On n'entendait qu'elle, aucune autre ne lui répondait. Elle s'en donnait à cœur joie, elle vous aurait réveillé un mort.

Je sentis soudain quelque chose contre ma jambe : c'était le Hussard qui venait se frotter contre mon mollet. Il était sorti de Dieu sait où. Je tendis la main pour le caresser : il leva la tête et me regarda. Il cligna un œil, puis deux, et me montra le chemin à suivre.

ÉPILOGUE

L'absenço es la mairo de la denembrenço.
(L'absence est la mère de l'oubli.)

Le lecteur peut à présent refermer ce livre : il a dû obtenir les réponses qu'il cherchait, qu'elles lui plaisent ou non. Il n'est pas obligé de s'en satisfaire, il n'est pas obligé de les prendre pour argent comptant. Il reste libre d'expliquer tout ce qui s'est passé comme bon lui semble, et s'il a une meilleure explication, grand bien lui fasse. Il mérite néanmoins, pour être arrivé jusqu'à la fin, une petite poire pour la soif, une dernière histoire pour s'endormir, la plus belle de toutes.

*

Au tout début était la mer. Elle recouvrait tout, les montagnes, les collines et les plaines. Un jour, elle décida de se retirer, l'histoire ne dit pas pourquoi. Tout en haut d'une montagne, un rocher ouvrit les yeux. C'était un gros rocher de calcaire, trapu et solide comme un roc. La première chose qu'il vit fut le soleil. C'était la première fois qu'il voyait du jaune et il trouva ça beau. Il demanda ce que c'était, et l'astre lui répondit : « Je suis le Soleil, Vintur. » Vintur ouvrit grand les yeux et regarda tout autour de lui. Au loin, il vit la mer qui scintillait, se confondant avec la ligne d'horizon. C'était la première fois qu'il voyait du bleu et il trouva ça beau. Il demanda au Soleil ce que c'était, et le Soleil lui répondit. Au loin, il vit de grandes montagnes, toutes blanches et qui brillaient elles aussi. C'était la première fois qu'il voyait du blanc et il trouva ça beau. Il demanda au Soleil ce que c'était, et le Soleil lui répondit. À ses pieds, il vit la vallée, et ses forêts. C'était la première fois qu'il voyait du vert et il trouva ça beau, encore. Il demanda au Soleil ce que c'était, et le Soleil lui répondit, encore.

Chaque matin Vintur regardait le Soleil se lever, la vie s'éveiller à ses pieds, et pendant des siècles il ne s'en lassa pas. Il voyait toujours quelque chose de nouveau, quelque chose de beau qu'il ne connaissait pas. Il demandait au Soleil ce que c'était : parfois le Soleil savait, et il lui répondait. Parfois le Soleil ne savait pas : il envoyait alors le plus fort de ses rayons au fond de la vallée et la réponse remontait avec lui. D'un éclat de lumière, le Soleil disait à Vintur ce que c'était, et Vintur était content.

Un jour, Vintur vit de l'agitation, comme un attroupement dans la vallée. Il demanda au Soleil ce que c'était, et le Soleil lui répondit : « Ce sont les Albiques, Vintur. » Pour une fois, le rocher ne fut pas satisfait de la réponse et demanda qui étaient ces Albiques. Le Soleil lui répondit : « Les Albiques, ce sont les hommes, Vintur. » Il n'avait jamais entendu parler des uns ou des autres. Il ne dit rien, et les regarda en silence, de son regard de calcaire. Ils construisaient des huttes, chassaient et cueillaient dans la forêt. Comparés aux montagnes, à la mer, ils étaient tout petits et insignifiants. Vintur aurait pu s'en lasser, mais non, il se piqua d'intérêt pour eux.

Un jour, il vit au milieu d'eux quelque chose de très beau, de très pur. Il n'avait jamais rien vu d'aussi délicat, même lorsque le Soleil étendait ses longs bras pour commencer sa journée. Vintur demanda au Soleil ce que c'était et le Soleil lui répondit dans un sourire : « C'est une femme, Vintur. » Le rocher ne demanda rien de plus et se contenta de la regarder. Elle était belle.

Il eut envie de lui parler. Lui qui était resté des siècles à regarder la vallée sans parler à personne d'autre que le Soleil, ne put rester une seconde de plus en place. Il se sentit tout à coup bien seul, là-haut au sommet de la montagne. Il se sentit moche, là-haut, comme un bloc de calcaire sans forme et sans charme. Vintur piocha dans ses atomes de pierre et prit forme humaine : des oreilles, un nez, une bouche, des bras et des jambes comme il en avait vu chez les Albiques. Vintur regarda son reflet dans la mer au très loin, et se trouva beau. Il se leva et descendit dans la vallée, droit devant lui.

Il retrouva la femme qu'il avait vue un peu plus tôt au bord d'une source. Tout autour, les cerisiers étaient en fleur. Elle se baignait, l'eau avait l'air d'être chaude. Elle le vit arriver de loin, mais prétendit ne s'apercevoir de sa présence qu'à la dernière minute, quand il fut juste à côté d'elle.

« Comment t'appelles-tu ? » lui demanda-t-il de sa voix minérale.

Elle baissa ses yeux en amande et lui donna son prénom. Il le trouva joli et lui sourit.

« Et toi, qui es-tu ? Tu n'es pas d'ici, je ne t'ai jamais vu. »

« Je suis Vintur, le dieu calcaire, le dieu des montagnes. »

Elle se mit à rire : des craques, on lui en avait sorti pas mal, mais de cette taille, jamais. Vintur prit la mouche en entendant le rire de la jeune fille, et voulut l'estomaquer pour ne pas passer pour le nigaud de service. Il regarda le bassin calcaire qui entourait la source, et tendit le bras vers la résurgence. D'un geste, il réagença les atomes de pierre et le visage de la jeune fille apparut sur la paroi calcaire.

*

Si la jeune fille tomba enceinte très rapidement, l'accouchement se passa mal : le bébé bougeait dans tous les sens et n'en faisait qu'à sa tête. Le Mistral tua sa mère en venant au monde : ses rafales, ses bourrasques étaient trop violentes, trop imprévisibles pour une mortelle. La jeune Albique mourut en couches, laissant un Vintur inconsolable, seul avec son fils.

Vintur restait prostré de longues heures à côté de la source où il avait rencontré la jeune femme la première fois, contemplant son visage gravé dans la paroi. Les Albiques venaient visiter le dieu triste, essayaient de le sortir de sa mélancolie, mais il n'y avait rien à faire. Il ne disait rien, les yeux perdus dans le vide, ressassant ses souvenirs et ses regrets. Chaque jour qui passait, il se sentait de moins en moins homme, et de plus en plus calcaire.

Un soir, Vintur n'y tint plus et prit sa décision : il voulait retourner sur sa montagne. Il voulait redevenir rocher, replonger dans son sommeil de pierre et ne plus souffrir. Il fit part aux Albiques de sa décision, qui protestèrent et le supplièrent : que feraient-ils sans lui ? Il faisait partie des leurs maintenant. Vintur les écouta et, avant de partir, leur fit un cadeau. Il prit de l'argile dans la rivière toute proche, la malaxa un moment, puis leur montra comment en faire de fines trompettes.

« Je retourne là où je suis né, je retourne sur ma montagne, je retourne à mon sommeil de pierre, leur dit-il. Mais vous n'êtes pas seuls pour autant. Je vous laisse mon fils, prenez soin de lui comme s'il était un des vôtres. Une fois l'an, vous pourrez monter avec lui au sommet et me réveiller en soufflant dans ces trompes du plus fort de vos poumons. J'ouvrirai un œil, puis deux, et vous écouterai. »

Et Vintur repartit sur sa montagne. Les Albiques apprirent à vivre sans lui mais avec son fils, ce qui n'était pas facile. Il braillait par monts et par vaux, soufflait les quatre cents coups sans peur des punitions : allez essayer de vous faire obéir du fils d'un dieu, vous en avez de bonnes, vous. Au fond, les Albiques ne lui en voulaient pas vraiment : c'était d'un père et d'une mère qu'il avait besoin.

*

Une fois l'an, au printemps, quand les cerisiers se couvraient de fleurs et maculaient de blanc toute la nature environnante, les Albiques montaient tout en haut de la montagne, et soufflaient dans leurs toutouros pour réveiller le dieu endormi. Le rocher ouvrait un œil, puis deux, et leur souriait. Il prenait des nouvelles, donnait son avis quand on le lui demandait et écoutait quand on ne le lui demandait pas. Les Albiques avaient bien des tracas, bien des soucis : l'été avait été trop sec, l'hiver trop froid. Chaque année, un sujet revenait inlassablement : son fils, ce chenapan, cet enfant terrible. Il soufflait le chaud et le froid, il était imprévisible, il était intenable, il n'en faisait qu'à sa tête. Le Mistral dispersait trop souvent les brebis, et les loups s'en mettaient plein la panse. Vintur fronçait ses sourcils de lichen pour que ce ne soit pas le dit, sermonnait son petit polisson pour la forme, et donna aux Albiques un ultime conseil : « Vous n'avez qu'à vous servir des trompettes pour l'endormir, ça sera toujours ça de pris. » Mais l'instant d'après, il riait de bon cœur, et le Mistral lui répondait en écho.

Chaque printemps, c'était la même cérémonie. Les cerisiers donnaient le signal de l'ascension, et les Albiques portaient leurs toutouros en sommet du Ventoux pour réveiller le dieu calcaire. Il les écoutait, parlait avec son fils qui restait le même, puis posait ses yeux sur le Luberon, juste en face, avec la vallée à ses pieds et, dans son recoin le plus secret, la source, qui coulait encore et toujours. Chaque année, son cœur se serrait à la vue du visage gravé dans le calcaire, et chaque année une larme perlait du rocher. Il demandait alors aux Albiques de se retirer, de le laisser retourner à son sommeil de calcaire. Il se rendormait pour se soustraire à la douleur. Les Albiques pensèrent que la douleur s'en irait avec le temps, mais qu'est-ce que le temps à l'échelle de la pierre ? Rien, une poussière de rien, un atome de néant.

*

Un printemps vint où Vintur demanda aux Albiques de ne plus le réveiller, de le laisser une fois pour toutes à son sommeil de pierre. La vue de la source le faisait trop souffrir, et il ne voulait plus de cette souffrance. Il demanda aux Albiques de ne plus le réveiller, de briser leurs toutouros et d'oublier jusqu'à son nom. Les Albiques protestèrent tout ce qu'ils purent, tentèrent une ultime fois de réconforter le dieu calcaire, mais rien n'y fit. Ils se retirèrent du Ventoux, laissant tout seul au sommet le Mistral, qui ne voulait pas redescendre.

De retour dans leur vallée, ils se réunirent autour de la source : le visage était toujours gravé dans la paroi. Les Albiques le regardèrent une dernière fois, puis chacun brisa sa toutouro contre la paroi de calcaire. Il y en eut une, puis vingt, puis cent. Les toutouros des vieillards, les toutouros des tout jeunots. Ceux qui avaient fait il y a bien longtemps le pèlerinage en haut du Ventoux, et avaient gardé leurs toutouros comme une relique, au-dessus de leur couche. Ceux qui n'avaient pas encore pu le faire, et avaient déjà tout préparé pour le prochain printemps, pour la prochaine ascension.

Une fois la source comblée, les Albiques l'ensevelirent sous un mur de pierres calcaires, ultimes ex-voto pour un tumulus éternel. Ils n'apprirent pas à leurs enfants où était la source, ni à quoi pouvaient bien servir les toutouros. Les enfants de leurs enfants oublièrent jusqu'au nom du dieu calcaire, et déclinèrent ces toutouros inutiles en tarraietos, ces rossignols miniatures qu'on accroche aux murs pour décorer.

Et jamais, au grand jamais, le vent ne leur obéit. Le Mistral continua à n'en faire qu'à sa tête, soufflant certains jours de toutes ses forces comme s'il voulait réveiller un vieux rocher de calcaire. Il y en a tant au sommet du Ventoux. Un soir de septembre, j'y suis monté et j'ai demandé au vent lequel était Vintur. Il ne m'a pas répondu.

Apt

Caseneuve

Fontaine-de-Vaucluse

Fort de Buoux

Portail Saint-Jean

Pré des Sorcières

Chapelle de la Sainte-Croix

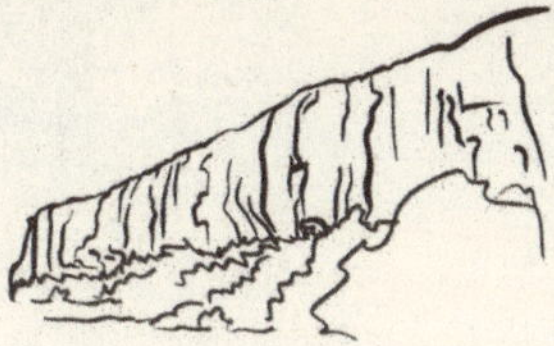

Falaise de la Madeleine

Lourmarin

Mourre Nègre

Rocher des Abeilles

Rocher des Druides

LE DIT DU MISTRAL – QUELQUES LIEUX

SOMMAIRE

CATALOGUE DES MÉTÉORES

BERNARD AMY

M04 *L'Alpiniste*

SHOLEM ALEYKHEM

M35 *Étoiles vagabondes*

KENNETH BERNARD

M00 *Extraits des archives du district*

OLIVIER BRUNEAU

M17 *Dirty Sexy Valley*

M37 *Esther*

STÉPHANE CARLIER

M27 *Le Chien de Madame Halberstadt*

JOËL CASSEUS

M39 *Crépuscules*

PIERRE CENDORS

M20 *Archives du vent*

BÉRENGÈRE COURNUT

M25 *Née contente à Oraibi*

M31 *De pierre et d'os*

LUCE D'ERAMO

M34 *Le Détour*

EDGAR HILSENRATH

M02 *Nuit*

M08 *Orgasme à Moscou*

M07 *Fuck America*

M15 *Le Nazi et le Barbier*

M36 *Les Aventures de Ruben Jablonski*

M38 *Le Conte de la dernière pensée*

JULIA

M30 *Roulio fauche le poil*

ANDRUS KIVIRÄHK

M05 *L'Homme qui savait la langue des serpents*

M21 *Les Groseilles de novembre*

M33 *Le Papillon*

JUAN JOSÉ SAER

M14 *L'Ancêtre*

M22 *Glose*

GOLIARDA SAPIENZA

M06 *L'Art de la joie*

M10 *Moi, Jean Gabin*

M16 *Rendez-vous à Positano*

M19 *L'Université de Rebibbia*

M28 *Les Certitudes du doute*

FRANÇOIS SZABOWSKI

M24 *L'Amour est une maladie ordinaire*

SIGOLÈNE VINSON

M23 *Le Caillou*

ALI ZAMIR

M12 *Anguille sous roche*

HYAM ZAYTOUN

M29 *Vigile*

« Ce n’est pas tous les jours qu’on voit
un rocher magique tirer sa révérence, après tout. »

Ce livre a été imprimé en février 2022
par les imprimeries Corlet, France,
pour la collection Météores.
N° d’imprimeur : 22010661

Conception graphique de la collection : Oskar
ISBN : 978-2-37055-320-1 | d.l. : mars 2022